百年先が見えた男

江上 剛

PHP
文芸文庫

○本表紙デザイン＋ロゴ＝川上成夫

百年先が見えた男◆目次

本書を二〇一七年三月一日に惜しまれながら享年六十九で亡くなられた伊藤文大・前クラレ社長に捧げます。伊藤さんが、大原總一郎は「百年先が見えた男」ですと示唆して下さらなければ、本書を執筆することはありませんでした。合掌。

プロローグ

「大原《おおはら》さん、奇跡的に青空になりましたね。今日の北京《ペキン》はクラレブルーですな」

と、中国人客が笑みを浮かべながら話しかけてきた。

私は、中国人らしい大げさな表現に苦笑を禁じ得なかった。

北京の長富宮飯店《チャンフーゴン》の大宴会場に客が集まり始めている。

このホテルは、ホテルニューオータニの系列で五つ星だ。近くの建国門内大街《ジエングオメンネイダージェ》という大通りを西に行くと、天安門《テイエンアンメン》広場があり、政府要人が住む中南海《ジョンナンハイ》がある。文字通り北京の中心だ。

朝、天安門広場まで散歩と称して一人で歩いてみた。

天安門のやや赤味がかった壁が、真っ青な空を背景にそびえ立ち、延々と続いている。その中央に飾られている毛沢東《もうたくとう》の巨大な肖像が、澄んだ空気に喜んでいるように見える。「北京秋天」という梅原龍三郎《うめはらりゅうざぶろう》の絵があるが、あれに描かれていた美しい秋空はこのような空だったのだろう。

実を言うと、北京に行くのは、あまり気が進まなかった。日本では連日、北京の空がPM2・5という微細な物質で灰色に汚染されているとの報道がされていたからだ。

秋から冬の寒い季節に、石炭で暖を取ることが大気汚染の原因の一つだと言われている。街を行く人々が、灰色の空気の中をマスクで口を覆って歩いているニュース映像を見るたびに、どうにか行かないで済む方法はないかと弱気になっていた。

先日、北京から帰国してきた友人が、「いやぁ、参ったよ。数メートル先が灰色、いやぁ、朝なのに暗くて、夜みたいに何も見えないんだ。おかげで乗っていたタクシーが止まってしまって、飛行機に乗り遅れないかと心配だった」と、その大気汚染のすごさを、身ぶり手ぶりを交えて話してくれた。「それで、乗り遅れたのかい」と聞くと、彼は、さも愉快そうに「飛行機も飛ばなかったから、ちょうど良かったよ」と見事なオチを用意していた。

「謙一郎《けんいちろう》さん、北京でビニロンプラント輸出五十周年の記念式典を、今年〈平成二十五年〈二〇一三〉〉の十一月十五日に開催しますので、ご出席ください」

と、社長の伊藤文大《いとうふみお》に頼まれたのが、今回の北京行きの発端だ。伊藤は学生時代にラグビーで鳴らした面影《おもかげ》が今も残っていて、立派な体格をしている。押し出しもある。「剛毅木訥仁《ごうきぼくとつじん》に近し」という『論語《ろんご》』の言葉を彷彿《ほうふつ》とさせる人物だ。私が副社長を辞してクラレの第一線から退いても、伊藤は変わらず私を身内として遇し、礼を怠《おこた》らない。

　クラレが開発した初の国産繊維ビニロンのプラント（工場設備一式）を中国に輸出したのは、父・大原總一郎《そういちろう》が手掛けた一大事業だった。その意気込みは尋常ではなく、命がけだったと言っていい。まだ国交回復が実現していなかった中国への初めての本格的なプラント輸出は、政治問題化し、多くの困難を伴った。

「はや、五十年が経ちましたか」

「我が社の原点ですので、ぜひとも記念式典を行いたいと考えております」

伊藤は口数は少ないが、ひと言ひと言に断固たる思いがこもっている。

「私が行かないといけませんか」

「はい、ぜひともお願いします」

　總一郎は、ビニロンプラントが無事、中国で稼働したのを自分の目で確認した三年後の昭和四十三年（一九六八）に、五十八歳で直腸癌《がん》で亡くなった。

北京で開催される式典への出席に気が進まないのは、北京の大気汚染だけが理由ではない。自分は、總一郎のビニロンへの執念とでも言うべき情熱を、本当に理解しているだろうかと自問し続けていたからだ。

總一郎が病にたおれた時、私は東京大学を卒業して、アメリカのコネチカット州にあるエール大学に留学していた。いずれは国際機関の職員になりたいと思っていた。總一郎の体調が芳《かんば》しくないとは知っていたが、クラレ(当時は倉敷《くらしき》レイヨンと言っていたが)に入社することは全く考えていなかった。總一郎も、決してそれを望んでいるとは思っていなかったからだ。

しかし、總一郎は癌が悪化し、再度入院した。そこで急遽《きゆうきよ》帰国し、病室に見舞いに行った時、「お前、戻ってきたのか。悪かったな」と、總一郎は力なく微笑《ほほえ》んだ。父・總一郎の弱々しい姿など見たことがない私は衝撃を受けた。

「会社はどうなの」

「ビニロンがまだまだ道半《なか》ばだ。気がかりはそれだけだ」

總一郎は答えた。

「戻ろうか」

私は、ふいに口にした。總一郎の表情が一瞬、輝いたように見えた。總一郎が生涯を賭けたビニロンが、未だ道半ばと聞いて一人息子である私が、それを無視できるだろうか。

「戻ってくれるのか」

總一郎の問いに、私は黙って頷《うなず》いた。この瞬間に国際機関の職員になる夢を捨てた。祖父・孫三郎《まごさぶろう》も總一郎も、繊維産業を本業としてきた。私が二人と同じ道を歩むのも大原家に生まれた者の運命なのだろう。私がどれほどの役に立つかは不明だが、總一郎の夢を自分の夢と重ねるのは息子の務めだ。

私は、その時、どんな表情をしたのだろうか。それは記憶にない。決して嬉しそうな顔はしていなかっただろう。

總一郎からは、帝王学と言うべき経営者教育を授かった覚えは一切ない。経営者の厳しさ、孤独というものを私に味わわせたくなかったのではないだろうか。

入社後のある日、病室に行くと、久しぶりに気分が良かったのか、ベッドの上で身体《からだ》を起こし、「よく来たな。今日はどんな話を聞いたんだ」と話しかけてきた。

社員や幹部の名前を挙げて「こんな話を聞きました」と言うと、「そうか、そうか」と相好《そうごう》を崩して喜んだ。

特に喜んだのは、耳が痛い話を聞いた時だ。会社の幹部の多くは、私が總一郎の長男であることから遠慮して、経営実態についてはっきりと言わなかった。当時は、ビニロン販売が落ち込み、経営は決して順風満帆というわけではなかったからだ。

それでも時折、実態を正直に話してくれる幹部社員もいた。その話をすると總一郎は、「あの男がなぁ」と感慨深げな表情でしばらく考えていたが、「そこまで言ってくれたのか。それは良いことを聞いた。良かった、良かった」と、心から満足そうに呟いた。私に迎合せず、きちんと諫言《かんげん》する幹部の存在に安心したのだろう。それこそが会社の将来を担《にな》う人材であると思ったに違いない。

總一郎は、私が入社してひと月足らずで亡くなった。痛みもなく、眠るように旅立っていった。

それから私は無我夢中で働いた。副社長まで務め、経営は軌道に乗った。社員たちの努力で、ビニロンの活用分野が飛躍的に広がったことが、クラレの成長に大きく貢献した。

国産初の合成繊維ビニロンは、一般の衣料分野のみならず、現在では産業用分野に広く利用されるようになった。環境に悪いアスベスト代替《と》としての建築分野、水産・農業分野、自動車工業分野などだ。最近では、水に溶けやすいという、他の繊維にはない性質を活かして、医療分野や環境保全分野へも利用価値を拡大させており、クラレを支える主要製品になっている。また原料のポリビニルアルコール（ポバール）の研究・応用が進み、液晶ディスプレイ用偏光フィルム等、最先端産業の一翼を担うようになった。

　しかし何よりもビニロンの偉大さは、日本人の手により開発された初の合成繊維ということだろう。ビニロンの量産化は、敗戦によって打ちひしがれた日本の産業界の未来を明るく照らす光となった。日本が敗戦の痛手を克服し、世界をリードする産業立国となったことに対してビニロンの果たした役割は大きい。

　一時期は、誰も倉敷レイヨンとは呼ばなかった。ビニロンにこだわり、経営を悪化させたことを揶揄《やゆ》し、〝クルシキレイヨン〟と呼ばれたこともあった。それも今では良い思い出となった。

　今や私は、總一郎が亡くなった年齢を遥かに超えてしまった。ところがこの年齢になっても、總一郎がどうしてあれほどまでにビニロンに情熱を傾けたのか、本当のところが理解できていないと、忸怩《じくじ》たる思いに囚われることがある。なんと親不孝な息子であることか。

「ねえ、伊藤さん、改めてお聞きしますが、總一郎はどうして戦後の最も苦しい時期に、ビニロンに社運を賭けたのでしょうかね」

私の質問に、伊藤はかすかな戸惑いの表情を浮かべた。伊藤はすぐには答えない。自分の考えを咀嚼《そしやく》し、きちんとまとまってからでないと口に出さない。

「私の考えを申し上げてよろしいでしょうか」

「いいですよ」

「總一郎さんは、百年先が見える目を持った経営者だったのではないでしょうか」

クラレでは社長、元社長などのトップも、役職ではなく、名前に「さん」を付けて呼ぶ。これは總一郎が提唱し、定着した習慣だった。

「百年先？　それはまた随分な褒め言葉ですね」

「クラレが今日あるのは、その目があったからだと感謝しております」

確かに總一郎は、ビニロンを商業ベースに乗せ、その原料であるポリビニルアルコールの研究・製造を徹底的に追求することで、日本の繊維・化学産業を世界レベルに引き上げた第一人者だと言えるだろう。戦後の複雑な国際情勢の中で、当時まだ国交のなかった中国へのビニロンプラント輸出も、中国との友好関係の百年先の未来を見つめていたのだろうか。

「百年先ですか……。そうですか。クラレ創業から約九十年、ビニロンプラント輸出から五十年、まだまだ道半ばですね。ねえ、伊藤さん、北京に行けば、總一郎が見た百年先が私にも見えますでしょうか」

「さあ、どうでしょうか。余人にはなかなか見えるものではないでしょう」

伊藤は真面目《まじめ》すぎるほど真面目に答えた。

「はっきりと言いますね」

私は苦笑した。

「北京行き、よろしくお願いします。謙一郎さんがご出席されませんと、何もかも始まりません。總一郎さんの名代《みょうだい》ですから」

名代とは、伊藤は上手《うま》いことを言う。

總一郎の代わりに自分の目で北京を見てみよう。まさに名代だ。それは長男としての責任を果たすことだ。何が見えるか分からない。しかし總一郎の夢の一端でも見えれば、それで良しとしようではないか。

「分かりました。出席させていただきます」

私の返事を聞き、伊藤は満足そうに頷いた。

腕時計を見た。九時半になった。会場は、招待客で埋め尽くされている。約二五〇人と伊藤から聞いている。あちらこちらで、懐かしそうに言葉を交わしている人たち。老人ばかりではない。若い人もいる。その祖父や父が、ビニロンプラントに関係していた人も来ているのだ。

司会者が開会を告げた。主催者代表として伊藤の名前が呼ばれた。しっかりとした足取りで、伊藤が演壇に登る。隣に立つ司会の女性に軽く会釈《えしゃく》をして、話し始めた。

「今年、当社がこの北京の地に合成繊維ビニロンの生産設備を輸出してから、五十周年を迎えました……」

伊藤は、中国においてのクラレの展開を説明した後、「このプラント輸出は、当社第二代社長・大原總一郎の英断によるものではありますが、それを支えた多くの人々がおられたからこそ実現できました」と語り、会場を見渡す。

誰もが真剣に伊藤の話に耳を傾けていた。

話し終えた伊藤が拍手に送られて演壇を下りると、続いて中国人民対外友好協会、在中華人民共和国日本大使館の幹部らの祝辞が続いた。

「次はあなたの番ですよ」

中国人客が私に声をかけてきた。「あなたのお父上、總一郎さんは、日中友好のためにどれほど貢献されたか分かりません。私の父は日本で技術指導を受けましたが、亡くなるまで、そのことを深く感謝しておりました」と、先ほど大げさな身ぶりで握手を求めてきた人物だ。プラント技術者の子息だという。

「父は、一度、總一郎さんにお会いしたと申しておりました。大変な偉丈夫《いじょうぶ》で、ふさふさとした黒髪と眼鏡《めがね》の奥の優しいまなざしが印象的であったようです。国を離れている父に対して励ましのお言葉をかけてくださったのです。あなたも優しいお顔立ちでいらっしゃる。總一郎さんに似ておいでなのでしょうな」と彼は微笑んだ。

私は、總一郎ほどがっしりとした体躯《たいく》ではない。優しい顔立ちかどうかは自分ではなんとも言い様がないが、髪の毛だけは豊富だ。しかし黒髪ではなく銀髪ではあるが……。

私の名前が呼ばれた。口元を引き締め、階段を上り、演壇に立った。

会場を見渡した。

急に身体の芯から激しい感情が湧《わ》き起こってきた。身体や顔が熱くなる。冷静に冷静にと、自分に言い聞かせた。今まで人前で話すことに苦痛を感じた経験はない。それなのに、今回ばかりは言葉を発することができなくなるのではないかと懸《け》念《ねん》するほど、感情が高ぶってくる。

總一郎が天から降りてきた。そう感じた。私の目を通してこの会場を見ているのだ。私の目は總一郎の目だ。大きく目を開き、会場を眺めた。出席者が私を注視している。彼らは、私の中の大原總一郎を見ようとしていた。

舞台の右手にスクリーンが設置されている。そこに總一郎の顔が大写しになった。満面の笑みだ。

「あなたが心血を注がれたビニロンプラントが、中国の大地にしっかりと根づきましたよ」

私は、呟いた。

気持ちを落ち着かせようと、会場の外の庭に視線を向けた。木々の間から、青く澄み切った空が覗いている。

あっ、と思った。急にその空が赤く、まるで血のように染まったのだ。いったい何が起きたのか。

——あの時の空の色ではないか。

私の記憶は、昭和二十年（一九四五）六月二十九日へと飛んだ。倉敷の自宅が見える。そこには四歳の私がいた。

あの日、私は、母と一緒に布団に入り、眠っていた。總一郎は鳥取に出張して不在だった。

寝苦しさを覚えて目覚めた。ごうごうと、頭上から地響きのような音が聞こえてくる。

「お母さん……」

私は母を呼んだ。母は、私を強く抱きしめ、かっと目を見開いて天井を見つめていた。

「飛行機の音だよね」

私は不安で胸が張り裂けそうだった。

「お庭に出てみましょう」

母は私を連れて庭に出た。

まだ夜は明けていない。暗い空に明るい星のような点が幾つも見える。数えきれないほどだ。それが動いている。飛行機だ。

母も夜空を見上げている。

「あの飛行機、どこへ飛んでいくのかな?」

私は聞いた。

「岡山の方角ね」

母は、沈んだ声で呟くように言った。

急に空が明るく輝いた。そしてその直後、赤く染まった。それはまるで空に血を流したのではないかと見まがうような、まがまがしい色だった。何度も明るくなり、そして赤くなることを繰り返した。やがて空全体が、鮮やかな赤から徐々に濁《にご》った赤銅《しやくどう》色になっていく。

――血……。

私は、無性に恐ろしくなり、がたがたと身体を震《ふる》わせながら、母に強くしがみついていた。

第一章　強くあれ

1

昭和二十年（一九四五）六月二十九日未明、岡山市上空にマリアナ諸島テニアン島の米軍基地から飛来してきた約一四〇機の爆撃機B－29が現れた。

目的は、岡山駅と操車場、煙草《タバコ》工場、製粉所、岡山城とバラック（中学校校舎）に焼夷弾《しょういだん》を投下すること。米軍の『目標情報票』には、それらが〝fire zone《ファイアーゾーン》〟と、特別に指定してあった。

他にも市の近郊の発電所、岡山兵舎と兵器工場、中島鋳造《ちゅうぞう》、セメント工場、化学工場、製紙工場、ガス工場、繊維工場、レーヨン工場、港湾設備などをピンポイントで爆撃し、破壊する計画だった。

しかし実際は、岡山市内全域を焼夷弾で無差別に焼き尽くすというものだったのだ。

「岡山市への空襲は、たとえ郊外の小さな工業都市であっても、戦争遂行上重要であれば、看過されるとか、無傷でいられるとかということはない、そのことは日本国民へのさらなる警告になるだろう。もし他の小都市の住民が、自分たちの未来は灰色だと考えていたなら、この空襲は、それを黒色にするだろう」と、米軍の『目標情報票』には無差別爆撃計画の趣旨が記載されていた。

岡山市には軍需工場があった。しかし他の主要都市と比べて、それほど軍事的に重要な都市とは言えなかった。いわば、のどかな地方都市の一つだった。

そのような地方の小都市に無差別空襲を加え、建物を破壊し、焼滅させ、多くの市民を殺傷することで、他の小都市に住む日本人の希望を打ち砕き、絶望の淵に突き落とすことが、米軍の目的だった。それが『目標情報票』の〝未来を黒色にする〟ということだ。

その目的達成のために、ピンポイントの破壊ではなく、無差別で悉皆《しっかい》的な都市の焼滅、破壊をするべく実行されたのが、岡山大空襲だった。

爆撃は、午前二時四十三分に始まり、午前四時七分まで続いた。たった一時間半ほどで、人口一六万三〇〇〇人余りの岡山市は灰燼《かいじん》に帰《き》した。

米軍の資料によると、九八二トンの焼夷弾が投下され、二・一三平方マイル（約五・五一平方キロメートル）を破壊し、建物密集地に対する破壊割合は六三％となっている。岡山市による被害調査では、罹災《りさい》面積七・六九平方キロメートル、罹災戸数一万二六九三戸、罹災者数約一二万人、死者数一七三七人、負傷者数六〇二六人に達している。

未明ということもあり、空襲警報が出されず、市民は、燃え盛る街の中をただむやみに逃げ惑うばかりで、炎に焼かれ傷つき、貴い命を落とした。

無尽蔵と言うべき数の焼夷弾が投下され、地上の家々は紅蓮《ぐれん》の炎を上げて燃え盛り、人々は焦熱地獄でもだえ死んでいった。空は、人間の血のように真っ赤に染まり、やがて赤銅《しゃくどう》色に変わっていった。

鳥取へ出張していた大原總一郎《そういちろう》は、岡山市が米軍の空襲で大きな被害を受けたとの報告を受け、矢も楯もたまらず車を飛ばし、帰りを急いだ。

倉敷絹織《くらしきけんしょく》（クラレの前身）の工場は、岡山市内をゆったりと流れる旭川《あさひがわ》の河口付近にある。

すでに米軍の本土空襲のために、總一郎が経営する倉敷紡績《ぼうせき》（現・クラボウ）や倉敷絹織の工場の多くが被災していた。津《つ》工場や今治《いまばり》工場などでは社員や勤労学生、女子挺身隊《ていしんたい》が被弾し、命を落としていた。

みんな無事であってくれと、總一郎は必死で祈りながら岡山市街に入った。至るところから黒々とした煙が上がり、ビルは無残に崩れ去り、黒こげの壁と鉄骨を覗かせていた。煤《すす》で薄汚れた顔で、呆然と人々がたたずんでいる。水を求めてか、あるいは行方《ゆくえ》不明になった家族を探しているのか、徘徊《はいかい》している人もいる。その姿には少しの生気もなく、まるで幽鬼《ゆうき》のようだ。

「ちょっと、君、操山《みさおやま》に回ってくれないか」

總一郎は、被害の全容を把握するため、岡山市内を一望できる操山に向かうよう、運転手に命じた。

「えっ、操山に、ですか?」

運転手は驚いて、バックミラーを覗いた。そこには、やつれたようにも見える深刻な表情の總一郎の顔があった。

操山は、岡山市の中心地から市内を流れる旭川の東岸にある、一六九メートルほどの小高い山だ。頂上付近は公園として市民の憩《いこ》いの場所となっていた。

ゆるゆるとした坂道を上り頂上に着くと、總一郎は車を降り、見晴らし台に立った。眼下に午後の明るい太陽に照らされた市街が広がっている。

「ああっ……」

總一郎は、喉《のど》から絞り出すような悲鳴とも呻《うめ》きともつかぬ声を洩《も》らした。

目に飛び込んできたのは、見慣れた市街の景色ではない。破壊し尽くされてい
る。これが昨日まで人々が楽しげに行き交い、中国地方一の賑《にぎ》わいを見せていた岡
山市なのだろうか。

目を西に転ずると、旭川を挟んで岡山城が見えるはずだ。

金烏城《きんう》と呼ばれ、宇喜多秀家《うきたひでいえ》や小早川秀秋《こばやかわひであき》、池田《いけだ》氏などの大名の居城となった名
城だ。

「天守閣《てんしゆかく》がない……」

勇壮な姿で、市民の誇りであった岡山城の天守閣が焼け落ち、黒煙を上げている。

「なんと残酷なことか……」

總一郎は絶句した。

「焼夷弾の威力は、聞きしにまさる凄まじさですなぁ」

隣にいる取締役の仙石襄《せんごくじよう》が呟いた。

「焼夷弾……」

總一郎は、アメリカ人の友人から焼夷弾開発の話を聞いたことを思い出した。

米軍は、戦争を遂行するに当たってキル・レシオ（殺戮《さつりく》比率）という考え方を導入した。それは如何《いか》に効率よく、費用をかけないで、人、すなわち日本人を殺すかという比率だった。

その比率を引き上げるためにどうするべきか、米軍は日本を研究した。そこで注目されたのが、日本に多く存在する木造の家屋や小規模工場だ。それらを効率的に燃やしてしまうような化学物質を混ぜた爆弾ならば、より多くの日本人を焼殺することができるだろうと考え、新しい焼夷弾を開発中だと彼は教えてくれた。

「なんという恐ろしいことを考えるんだ。それがキリスト教を信じる国のやることか」

總一郎は憤慨《ふんがい》した。

「アメリカという国は、神よりも効率的な利益を重んじる国なんだよ」

友人は皮肉な笑みを浮かべた。

初めて新型焼夷弾が使われたのが、三月十日の東京大空襲だった。下町に焼夷弾が投下され、一面が火の海となり、たった一晩で八万人が亡くなり、五万人もが傷ついた。

昭和十六年（一九四一）十二月八日未明、日本は真珠湾《しんじゅわん》にある米海軍基地を奇襲し、太平洋戦争に突入した。当初は、日本に勢いがあったが、昭和十七年六月のミッドウェー海戦での大敗をきっかけに、日本の後退が始まった。そして昭和二十年の三月頃から、日本各地の都市が米軍に空襲されるようになっていた。

岡山も六月二十二日に、水島《みずしま》にある三菱重工業《みつびしじゅうこうぎょう》が爆撃され、壊滅的な被害を受けた。しかし、それは軍需工場であり、米軍が爆撃するのは軍事作戦上、いたしかたないと理解できないこともない。事実、市民たちもそう思い、市街に住む人々は通常の暮らしを営んでいた。ところがその思いは、見事なまでに無残に打ち砕かれてしまった。

――これは無辜《むこ》の人々の大量虐殺だ。

總一郎の目に映る焼け跡からは、どんな説明を受けても理不尽だという怒りしか湧《わ》いてこない。一般市民を殺戮するためだけになされた爆撃であるのは、明らかだ。戦争だからといって、何をやっても赦《ゆる》されるものではないだろう。

「工場へ急ぎましょう」

仙石が言った。

「そうだね、行こう。社員が心配だ」

總一郎は岡山市街に両手を合わせ、深々と頭を下げた。

2

「私にはむなしい月々《つきづき》が割り当てられ、苦しみの夜が定められている」

總一郎は、小声で『旧約聖書』の「ヨブ記」の一節を呟く。人間の生とは苦役《くえき》そのものだと思わざるを得ないという気持ちになっていた。

總一郎を乗せた車は、廃墟のごとき市街を、土煙を上げて走る。深い悲しみと、どうしようもない空しさが込み上げてくる。

ヨブは神に忠実な男である。それなのに、神に何度も何度も、これ以上ない苦役を与えられた。ヨブには、なぜ神が自分を試すのか理解できなかった。

──私も試されているのだろうか。

明治四十二年（一九〇九）七月二十九日、總一郎は、大原孫三郎《おおはらまごさぶろう》の嫡男《ちゃくなん》として生まれた。父・孫三郎は、倉敷紡績の社長や倉敷銀行の頭取《とうどり》等を務めた、優れた実業家だった。

しかし、總一郎は父より母・寿恵子《すえこ》に大きな影響を受けた。孫三郎は多忙を極め、ほとんど倉敷の家にいなかったからだ。たまに家にいても、一家団欒《だんらん》という雰囲気はなかった。孫三郎は、いつも何かを考えている様子で、總一郎に言葉をかけてくることはあまりない。ただ話し始めると生来のやかまし屋であり、うるさくてたまらなかった。總一郎は母のところに逃げていくのが常であり、孫三郎になつくことはなかった。

孫三郎は、実業家としては一流だったが家庭人としては失格だった。決して母のことが嫌いではなかったはずだが、岡山市内に女性を囲っていた。倉敷の家にいなかったのは、仕事ばかりが理由ではなかったのだ。母は寂しかっただろうと總一郎は同情し、一層のこと母に心を寄せた。

しかし、孫三郎の家庭を顧《かえり》みない生活態度にもかかわらず、母は一度たりとも孫三郎を批判したことはなかった。むしろ總一郎に対し、孫三郎の偉さを語り、尊敬するように求めた。それは總一郎にとって子ども心にも奇異なことだったが、孫三郎と身近に接しないだけに余計に孫三郎の偉大さを感じるようになった。

孫三郎は、總一郎の教育には熱心だった。実際の教育は母に任せきりであったが、何度も「總一郎は、旅行好きの習慣と、自信のある、思慮のある、無遠慮の人間に仕上げる様、お互い注意致度候《いたしたくそうろう》。所謂《いわゆる》、可愛い子には旅をさせよとは誠に真理と存《ぞんじ》候」と、手紙を書き送った。ひと言で言えば「強くあれ」。これが孫三郎の教育方針だった。

それは、母との結婚後、なかなか子どもに恵まれなかった孫三郎にとって、總一郎は真の子宝であり、大原家存続のための「最高傑作」にしたいという強い願いがあったからだ。

總一郎にとって父の期待は重いものだったが、母に対しても重荷に感じていたことがある。それは、母が五日間の断食をして子どもが授かるよう、神に祈った結果、生まれたのが自分であると聞かされたことだ。

母が断食をして祈願し、神がその願いを聞き入れたからこそ、自分が生まれたということ。それらは自分の生が、神からの授かりものであるとの自覚を總一郎に迫り、如何に生きるべきかと絶えず問いかけてくるのだ。その問いに応えようとすることが、重荷に感じるのだろう。

母は忠実に孫三郎の教育方針に従っていたが、実際のところ總一郎が母から学んだことは、卑屈になるな、ごまかすなという世間一般の常識だ。ただ今となっては、それが最も重要なことだと理解できる。そしてもう一つ重要なことを学んだ。それは、真冬でも足袋《たび》をはかず、羽織《はおり》を着ない暮らしを続けさせられたことからだ。

実業家の裕福な家庭では、どんな贅沢《ぜいたく》も可能だ。しかし子どもに贅沢を教えると、世間の人々からずれた人間に成長すると母は心配したのだろう。おかげで總一郎は、派手な暮らしを厭《いと》う普通の人々の感覚を学び、身につけることができた。この感覚が自分の人格形成上、大きな意味を持っていると總一郎は考え、母に感謝している。これも孫三郎の「強くあれ」という教育方針の一環だったかもしれないが……。

母は、昭和五年（一九三〇）に四十六歳の若さで胆石症《たんせき》のため亡くなった。その死の床《とこ》で「私は貴方《あなた》を神さまにお任せしていますから、心配することは何もありません」と、總一郎に言い残した。

——母は、神に私を託したと言う。私に何をせよというのか。

窓の外に広がるのは瓦礫《がれき》の山、焼けただれ黒こげになった死体。目をそむけたくなる。

「まこと、酷《むご》いものですなぁ」

仙石が呟く。總一郎は、それに対して頷《うなず》くだけだった。どんなに言葉を尽くしても、この地獄を表現するのは不可能だ。

昭和七年（一九三二）に東京帝国大学経済学部を卒業し、總一郎は孫三郎の求め通りに倉敷絹織（現・クラレ）に入社した。總一郎は、「とうとう父の会社に入社してしまったか」という感慨を抱いた。一見したところ、孫三郎の思い通りになったかに見える總一郎だが、ここまで来るには、多くの葛藤《かっとう》や諍《いさか》いがあった。

大正十五年（一九二六）、總一郎は岡山の第六高等学校に入学した。孫三郎は、非常に喜んだ。自分が果たせなかった六高入学という夢を、優秀な成績で易々《やすやす》と叶えてくれた總一郎を大いに誇りに思った。ところが、總一郎は、孫三郎の実業家としての外向的な面よりも、キリスト教や社会問題等に惹かれる内向的、内省的な性質に傾いた若者に育っていた。ベートーベンやワーグナー等の音楽を愛し、カントやヘーゲル等の哲学書を読み、自分の「生」への疑問を持ち、思索し続けていた。

高校一年目の正月のことだった。

「高校を辞めたい」

總一郎は孫三郎に言った。突然の申し出に孫三郎は、当初は冗談だと思い、苦笑してそのままやり過ごす態度を見せた。

「高校を辞めさせてください」

総一郎は強い口調で再度言った。孫三郎は、總一郎の真剣な表情に驚き、ようやく尋常でないことに気づいた。

「なぜだ」

孫三郎は聞いた。

「時間が惜しいのです。高校、大学の六年間で学ぶことなどたかが知れています。私は、この一年で全てを学び終える自信がつきました」

「生意気なことを言うではないか」

「生意気ではありません。私はもっと深く哲学を学びたいと希望しています。そのためには時間がいくらあっても足りません。高校ではそれら以外の勉強に費やさなければなりません。それが無駄に思えるのです。学校を辞めさせてください」

總一郎は、孫三郎を睨《にら》むように見つめた。

孫三郎は苦渋に満ちた表情で、腕を組んだまま、無言で總一郎を見つめていた。

「頼む」

孫三郎は總一郎に向かって深く頭を下げた。總一郎は心臓が止まるほど驚いた。

いつも大声で激しい口調で命令し、家族は勿論《もちろん》だが、部下たちに頭を下げさせている孫三郎が、頭をテーブルにつけているのだ。

「お父さん……」

總一郎は絶句した。

「私の楽しみを奪わないでくれ。お前が高校や大学を出ることに意義があるとか、ないとか言っているのではない。私はお前が大学で学ぶ姿が見たいのだ。とにかく、この父のためだと観念して、理屈抜きに高校、大学と過ごしてくれないか」

孫三郎は、頭を下げたまま一気に話し終え、顔を上げた。

孫三郎の目が少し潤んでいるように見えた。孫三郎は、自分の放蕩《ほうとう》から学業を中途で断念している。そのことを本音では非常に後悔していた。總一郎には、とにもかくにも大学を卒業してもらいたかったのだ。

「分かりました……」

總一郎の孫三郎への反抗は挫折《ざせつ》した。

――あの時も父の説得に押し切られたなあ。

總一郎は、高校から大学へ進む際のことを思い出していた。

「文学部に進み、哲学を学びたいのですが……」

総一郎は、孫三郎に辞を低くして申し出た。孫三郎の要望に従い大学に進むのだから、学ぶ内容は自由に選択させてほしい。

「だめだ。経済学部に進みなさい」

孫三郎は断固とした口調で言った。それは命令と言ってもよかった。高校を辞めたいと言った時とは様子が違った。

「何故、だめなのでしょうか。大学に行かないと言っているわけではありません」

「哲学者になってもらいたいと思っていない。お前には、経営者になってもらわなければ困る」

孫三郎は怒りを隠さず、強い口調で言った。

「私が何になろうと、私の自由ではないでしょうか。それに私は哲学者になろうとしているのではありません。哲学を学び、人生の真実を探究したいと願っているのです」

「それならば、どの学部でもいいではないか。経済学部でもいいはずだ。経済学部で今まで通り哲学を学べばよい」

「お言葉ですが、それなら文学部でもよろしいではありませんか」

「違う。それは違う。お前は文学部に進めば、経営者になることなど考えないだろう。しかし経済学部という枠《わく》の中にいれば、経営者になるという道を意識するはずだ。私は多くの事業を興《おこ》し、多くの社員がいる。彼らを守るためにも経営を続けねばならない。そのためにはお前の力が必要なのだ」

孫三郎は、頭を下げた。しかし前回のように、總一郎にすがりつくといった様子は見えない。威圧するかのようだ。總一郎は迷い、返事を渋った。

「なあ、總一郎、私も若い頃、人生に迷いに迷って、キリスト教に傾倒するなどした。私はお前のように多くの哲学書を読んだわけではない。聖書のみだ。しかしこれも哲学だったと考えている。これは決して無駄ではなかった。経営にも経営者にも哲学が必要なのだ。決して利益を上げるだけで事業をしているわけではない。哲学的経営とでも言おうか、人は如何に生きるべきかを考えない経営者はダメだ。お前の学んだ哲学は、必ず経営に生きる」

孫三郎は、總一郎を見つめ、温かい微笑を浮かべた。

「分かりました」

總一郎は孫三郎の威厳に打たれ、文学部への進学を断念した。

倉敷絹織に入社する際、總一郎はこの時だけは我が儘《まま》を通し、四月に入社すべきを十一月まで延期してもらった。その間、哲学書を読み耽《ふけ》った。哲学青年から企業人へ脱皮する時間が必要だったのだ。孫三郎は、この時ばかりは快く許可してくれた。

いよいよ十一月に入社したものの、まだ正社員ではない。傭員《ようい》、いわゆる見習い扱いだ。これはたとえ自分の息子であっても特別扱いしないという孫三郎の姿勢の表れだった。しかし月給は六〇円で、銀行員の初任給が七〇円ほどだったから、倉敷という地方都市であることを考えれば、まずまずの水準だったのではないだろうか。

倉敷絹織は、孫三郎がレーヨン（人造絹糸）の事業化を目的に、大正十五年（一九二六）六月二十四日に設立した会社だ。まだ設立して、六年しか経っていない新しい会社である。

孫三郎は、總一郎をなぜ歴史の長い倉敷紡績ではなく、新しい倉敷絹織に入社させたのだろう。レーヨンの未来を信じていたからか。それとも倉敷紡績は、自分が創業した会社ではなく先代から引き継いだものであり、倉敷絹織こそ自分が創業し、繊維の未来を託した会社なのだ、そんな思いを總一郎に継いでもらいたかったのだろうか。

昭和九年（一九三四）に正社員になってからも、總一郎は一切特別扱いをされなかった。配属された新居浜《にいはま》工場で汗みどろになりながら資材を運び、徹夜で上司から命じられた費用計算をした。また、自転車に乗って工場から事務所、事務所から取引先へと走り回るのは日常茶飯事だった。

社内外から「社長の御曹司《おんぞうし》に使い走りをさせて、けしからんではないか」という声が聞こえたが、上司は「ワシの息子と思わずに鍛えてくれ」と孫三郎から頼まれたこともあり、意に介さなかった。

勿論、總一郎も同様だった。ある意味で何も考えずに一心不乱に下働き的な仕事をし、汗をかくことがなんとも心地良い思いがしたものだった。

總一郎は鳥類が好きだ。中でも猛禽類《もうきんるい》である鷹《たか》を愛している。倉敷絹織という会社の社員となって働くうち、自らは鷹であると思うようになった。鷹はただ猛々《たけだけ》しいだけではない。非常に神経質で、かつ主体性を失うことのない気質を持っている。そのうえ、一羽一羽の個性が異なる。従って鷹匠《たかじょう》は鷹を調教する際、それぞれの気性をよく見極め、判断し、適切な調教方法を施さねばならない。總一郎も同じだ。会社という組織内にあって、その制約下でも主体的であり続け、個性を輝かせるのだと自らに言い聞かせていた。

五年後の昭和十四年（一九三九）には、孫三郎が体調悪化を理由に社長を辞任したため、總一郎は二十九歳で倉敷絹織の社長に就任した。その二年後には、三十一歳で倉敷紡績の社長も兼務することになる。

孫三郎は、昭和十八年（一九四三）に亡くなった。行年六十二歳。總一郎は三十三歳の若さで、名実共に倉敷紡績、倉敷絹織など、孫三郎が遺《のこ》した企業群のトップに就任した。

「経験というものは、前のことをもう一度繰り返すことではない。まだやったことのない新しいことを、失敗なしにやり遂げることが真の経験だ」

孫三郎が常々語っていた言葉だ。總一郎は、この言葉を独創性という意味に捉え、「他人《ひと》のやれないことをやる」と心に固く誓い、邁進《まいしん》してきた。

しかし不幸にも、總一郎は戦争と共に歩む社長となってしまった。

太平洋戦争に突入してからは、国内では戦争遂行のため、企業活動が強く統制されるようになったのだ。

昭和十二年（一九三七）の「臨時資金調整法」、翌十三年に施行された「国家総動員法」によって、あらゆる物資製造が軍需優先となった。各事業は平和的不急部門（丙類《へい》）と軍需的緊急部門（甲類《こう》）に分けられ、丙類への国家予算配分を削減し、甲類に重点配分されることになったのだ。倉敷紡績、倉敷絹織など繊維業は丙類であり、綿花の輸入や設備投資なども大きく制限された。

産業統制が本格化した昭和十三年（一九三八）の正月、孫三郎は社員に向かって、「企業はただ統制当局の命令に従うだけではなく、自らも経営の知識化、科学化により、一層の合理化努力をしなければならない」と語り、「同心戮力《どうしんりくりょく》」という『春秋左氏伝《しゅんじゅうさしでん》』からの言葉を社是《しゃぜ》に掲げて、社員を鼓舞《こぶ》した。

この言葉は、猟犬は喧嘩《けんか》をしていても、山中に入るや獲物を目指して力を合わせるという意味だが、孫三郎は、社員に対して大いに議論して良い、しかし事に当たっては一致協力して立ち向かおうと呼びかけたのだ。

社長に就任した總一郎も、昭和十五年（一九四〇）に、この「同心戮力」の言葉を用いた工場綱領を定めた。

その内容は、「一、我等が工場に於て、君国に報ずるの道は、至誠以《もっ》て我国産業の新階梯を創成するに在《あ》り。一、我等は常にその使命の深く且《かつ》大なるを静思し、報謝敬虔の念を以て生活の基調たらしむべし。一、我等は不屈の精神を持し、各々その職責を完遂せざれば止《や》まざるべし。一、我等は秩序を尊び情誼《じょうぎ》を厚くし、同心戮力以て共同体の美風を宣揚《せんよう》すべし」というものだ。

總一郎は、この工場綱領を掲げるに当たって、自ら筆を執《と》った。いささか社員にとっては難しいかもしれないと思ったが、戦時統制下であっても企業を永続させねばならないという強い思いで筆を走らせたのだ。

　戦争はやりたくない。しかし戦争になった以上は、勝利しなければならない。自らも徴兵《ちょうへい》に応じ、陸軍二等兵として入隊したが、四カ月で病気除隊となってしまった。正直、恥《つの》だと思った。悔《くや》しくて堪《たま》らなかった。情けない、申し訳ない、そんな思いが募り、眠れぬ日もあった。だが總一郎は、自分の役割は兵士として働くことではなく、企業経営者として働くことであり、それが戦地に行った社員たちに応えることなのだと、考えるように努めた。

　応召《おうしょう》した社員たちが安心して戦うことができるのは、彼らの会社が永続し、帰るところがあるからだ。内地に残した家族の面倒を見てくれている会社があると思うことで、心おきなく戦うことができるに違いない。自分も彼らと一緒に銃後《じゅうご》で戦い、彼らの帰る場所を確保しておくことが、企業経営者として国に報ずることだ。

　總一郎は、多くの社員たちが戦地に旅立つのを見送った。

「無事に帰ってこいよ。ちゃんと職場は確保しておくぞ」

　そう声をかけ、一人一人握手をした。どんなことがあっても彼らと戦場を共にする思いで、戦わねばならない。總一郎は、社員たちを鼓舞すると同時に、自らも鼓舞し続けたのだ。

国家は容赦なく統制を強化してくる。

倉敷絹織、倉敷紡績は軍需工場に指定され、航空機やその部品の製造を命じられてしまった。

「我々は、木綿の飛行機を作るのではない。倉敷絹織の技術を結集して化学繊維の飛行機を作るのだ」と、總一郎は社員向けの日報に書いた。人々の生活を彩る繊維を作りたい。その思いは募るのだが、人を攻撃する飛行機を作らねばならない。大いなる矛盾。しかし会社存続のためには、国家の要請に応えねばならない。

繊維に対する技術の蓄積があるからこそ、航空機という武器を作ることで国に尽くすことができる。軍需工場への転換は、繊維を軽視するものではない。總一郎は、理を重視する。繊維会社が飛行機を作る理屈を考え出し、社員たちを勇気づけた。

日報には、「大東亜戦争勝利の暁《あかつき》には、我が社の躍進の目覚ましきことは、すでに約束されたも同然だ」とも付言した。

これは社員に向けて書いているのか、それとも自分に向けて書いているのかと、總一郎は自問した。

日報に、戦争に向けた勇ましい文章を書く。そうしなければ、自分の気持ちが折れてしまいそうになる。

――總一郎、お前はこの戦争が負け戦《いくさ》であることを、とっくに気づいているのではないか。それでも戦えと社員を鼓舞するのか。お前は人殺しの片棒を担《かつ》いでいるのだぞ。

米軍の空襲により倉敷紡績、倉敷絹織の工場が次々と罹災する。社員ばかりでなく、勤労学生や女子挺身隊の中にも犠牲になり、命を落としてしまった者がいた。悔やんでも悔やみきれない。

――お前はカントを学び、彼が著した『永遠平和のために』に感動したのではなかったのか。この戦争は、彼が言う道徳的法則が実現された〝目的の国〟へ進んでいる途上なのか。戦地では社員が飢え、被弾し、傷つき、死んでいく。内地でも工場が焼かれ、社員たちが殺される。これは本当に正義の戦争なのか。この戦争に勝利しようとも、正義や道徳に貫かれた世界は実現されない。それならこんな無意味な戦争に協力せず、さっさと工場を閉鎖し、社員たちを安全なところに疎開させてやることこそ、経営者の義務と責任ではないのか。

總一郎は、日夜、結論の出ない懊悩《おうのう》に沈み続けた。眉根《まゆね》の皺《しわ》が深くなる一方だった。

――「強くあれ」と、あなたは幼い頃から私に言い続けてこられました。私はその言葉通り、強くありたいと戦ってきました。強くあることが経営者の務めであると……。

總一郎は、孫三郎に心の内に語りかけていた。

旭川の流れが緩やかになってきた。そろそろ河口だ。児島《こじま》湾の穏やかな海が見える。

「なあ、仙石さん。私は間違っていたのかなぁ」

總一郎は、黒縁《くろぶち》の眼鏡《めがね》を少し持ち上げた。

「何を、でしょうか？」

仙石は、鋭い視線を總一郎に向けた。

「軍需工場にしたことだよ。それさえなければ、工場が攻撃されることはなかったかもしれない」

「お国のためです。仕方ありません」

「しかし、多くの社員たちが犠牲になってしまった。私は、彼らにお国のために尽くせと言ったが、本当にそれで良かったのかと思うことがしきりにあるんだ」

總一郎は力ない笑みを浮かべた。「強くあれ」と、總一郎はいつしか社員にも求めるようになっていたのかもしれない。

「強くあれ、孫三郎さんの口ぐせではありましたが、実際のところ、社長が強くなければ、この厳しい時代を生きていけませんし、死んだ者、戦地で頑張っている者も浮かばれません」

總一郎は、仙石の背後に孫三郎が見えた気がした。

「社長、着きました」

目の前に現れた岡山工場は、門柱が真ん中から折れ、周囲に瓦礫が散乱していた。門の向こうの工場も焼け落ち、鉄骨が剝《む》き出しになっている。もはや建物の体《てい》を為《な》していない。幸いにも火は消えているのか、煙は上がっていない。

車が止まった。總一郎はドアを開け、外に出た。化学物質が燃える鋭い臭気が鼻《び》腔《こう》を突き刺す。

言葉が出ない。心血を注ぎ拡張してきた工場が、幾本かの鉄骨だけを残し、廃墟となっていた。こんな無残な姿を見るために、これまで努力してきたのか。そう思うと、自分が哀れになってしまった。

「けが人は出たようですが、幸いにも亡くなった者はおりません」

仙石が言った。

「それは良かった。けが人は大至急、治療してください」

その時、焼け落ちた工場の中から人が走り出て、こちらに向かってきた。女性だ。

「あれは挺身隊の平良敏子《たいらとしこ》さんじゃないか」

平良敏子は女子挺身隊の一人で、沖縄から動員されてきていた。プロペラなどの部品のラインに従事していたが、明るく音楽好きの女性だった。

「社長！　社長！」

彼女が手を振りながら走ってくる。

「おお、平良さん、大丈夫か」

總一郎は、大声で言い、思わず駆け出していた。

黒こげの鉄柱。熱で溶《と》けた鉄板の屋根。折れ曲がり、ちぎられたように破損したパイプ。ありとあらゆる瓦礫が散乱している。總一郎は、それらに足を取られながら懸命に走った。

崩れ落ちた工場に挟まれた道路の真ん中で、平良と対面した。「社長、これは守りました。焼かれませんでした」と、平良は一枚のレコードを差し出した。それは、ベートーベンの『交響曲第五番〈運命〉』のレコードだった。

レコードジャケットには總一郎のサインがある。

「これは……」

總一郎は、大きく目を見開き、平良を見つめた。

「はい、社長からいただいたレコードです。これだけは絶対に焼かれてなるものかって。懐《ふところ》に抱いて、逃げました。お願いです。またこれを聞かせてください」

平良の瞳が輝いている。

總一郎は、女子挺身隊や学業半《なか》ばで工場に動員されてきた勤労学生を集めて、工場内でクラシック音楽の名曲鑑賞会を催していた。毎週金曜日の夜、工場内の会議室に蓄音機とレコードを持ち込み、自らが解説し、音楽を聞かせたのだ。モーツァルト、シューベルト、ベートーベンなど。戦争の暗いニュースに沈み込む彼らも、その時間だけは苦しみや悲しみを忘れ優雅で美しい音楽に身をゆだねていた。

「そうだな。また鑑賞会をやろう。絶対にやろう。こんな爆撃になんか負けてたまるものか」

總一郎は、平良の肩に優しく手を触れた。着衣のところどころに焦げた箇所があった。炎が燃え盛り、火の粉《こ》が降り注ぐ中を、〈運命〉のレコードを抱え、必死で逃げる姿が目に浮かんだ。

總一郎は込み上げてくる涙をこらえ、廃墟となった工場を睨みつけた。そして強くあれ、強くあれと何度も心の内に繰り返していた。

第二章　最後の葉書

1

昭和二十年（一九四五）八月十五日正午、日本はポツダム宣言を受諾し、連合国に無条件降伏したことを天皇自らが国民に発表した。やっと忌まわしい戦争が終わった。

ラジオから流れる天皇陛下による終戦の詔勅《しょうちょく》に、總一郎《そういちろう》は敗戦の悔《くや》しさはあったものの、どちらかというと安堵《あんど》を覚えた。しかし、安堵はすぐに虚脱感に変わった。そして数カ月が過ぎても無力感に苦しんでいた。

この数日、書斎に籠《こ》もって何事かを考え続けている。まるで思索することが職務であるかのように。

彼が座る背後の壁には、父・大原孫三郎《おおはらまごさぶろう》の書「至誠無息《しせいむそく》」の額が掲げられている。

——至誠やむことなし。

中国の儒教の聖典『中庸《ちゆうよう》』の一節だ。至誠には休みがなく、その働きは永遠至大。真心をもって生きよ、という意味だ。

總一郎は、座椅子の向きを変え、それを無言で眺めた。

孫三郎は書の名人だ。その筆づかいは勢いがあり、額を飛び出すような生命力に満ちている。

——父は、不思議な人だ。事業も芸術も、そして書さえも、全て一流だった。それに比べれば、私はなんという無能者なのか……。

總一郎は今、何を頼りに、何を目標に生きていくべきかを摑みかねていた。

たいていの事業家が守り続けているような家訓でもあれば、それにすがることもできるというものだが、大原家には家訓というものがない。

その理由を孫三郎は、總一郎に家督を譲る際、誇らしげに、「家訓なんぞを作って古い者の言いつけを後生《ごしよう》大事に守っているような人間では、仕様がない。子孫というものは、祖先を訂正するためにあるんだ。だから私もお前にああしろ、こうしろとは言わない。祖先の欠点をよく見て、それを批判して、訂正することがお前の義務だぞ」と言った。

祖先の長所を伸ばし、短所のみを矯正するというのは至難の業《わざ》だ。祖父の孝四郎《こうしろう》や父の孫三郎の、批判し、訂正すべき欠点は何か。たとえそれを見つけたとしても、それを批判し、訂正する資格や能力が、自分にはあるのか。

今思えば、どんなものでもいいから家訓を残してくれた方が、子孫としては楽だった。折に触れ、それに立ち返り、反省の材料にすればいいのだから。

孫三郎が残した言葉を思い出し、彼ならどう考え、どう行動しただろうかということを、想像しなければならない身にもなってほしい。

「至誠無息……」

孫三郎は、この書をどのような思いで書斎に掲げたのだろうか。彼もよく、この書斎で思索に耽《ふけ》っていた。總一郎も同じようにすると考えたのだろうか。その際、必ずこの書を眺めるとでも……。それなら「至誠無息」は家訓ということになる。

孫三郎は、世間から正しく理解されなかった。總一郎でさえ充分に理解できなかったのだから当然のことだ。孫三郎は、いつも何かに立ち向かっているような激しさに溢れていた。激情と内省が同居する矛盾に満ちた人であり、その葛藤《かっとう》を外に向かって強烈に発散した。

「人間がその人の全ての財産だ。その他のものは益にならない。害になる。だから人間に生まれてきた以上、真の人間たるように努力しなければならない」

孫三郎のこの言葉は、まさに「至誠無息」的な生き方を表現したものだ。

孫三郎にとって事業は、人間を磨くための手段に過ぎなかったのではないだろうか。決して金儲けのためではなかった。だからこそ困難にぶつかればぶつかるほど、あれほど自分を激しく叱咤《しった》して、「苦難苦労の先に幸福あり。光明あり。安全の道には進歩も工夫もなし」と声高《こわだか》に叫び、突き進んだのだ。その結果、孝四郎が残した倉敷紡績《くらしきぼうせき》を発展させ、新たに倉敷絹織《けんしょく》などの企業を起こした。

――私は、それらの全てを失おうとしている……。

總一郎は、両手を見つめた。この手には、祖父の孝四郎、父の孫三郎が築いてきた大原家の企業群が委ねられていた。ところがそれらは、はらはらと指の間からこぼれ落ちていこうとしている。

占領軍は、大原家を戦争に協力した財閥《ざいばつ》と認定し、解体して財産を取り上げようとしている。財産が惜しいわけではない。実際のところは、さばさばした気にもなる。しかし、一方で祖先が残したものを失うことになるのは、非常に申し訳ないと思う気持ちも強い。

祖先を批判し、訂正するのは、次世代へ新しいものを繋いでいくためだ。

——それなのに私は、文字通り「唐様《からよう》で書く三代目」となってしまった。情けないことだ。

總一郎は、深くため息をついた。

2

總一郎の書斎には書籍や書類、画集などが山のように積まれている。足を伸ばすのさえ窮屈な状態だ。

目の前の襖《ふすま》に、太く大きく「無」という文字が書かれている。棟方志功《むなかたしこう》が興にまかせて書いたものだ。決して上手《うま》い字ではない。だが生命力に溢れている。墨が飛び散り、「無」という宇宙が、襖から書斎全体に膨張していくようだ。

棟方は孫三郎の代からの付き合いだが、總一郎は、彼の板画《はんが》を外遊先で初めて見て衝撃を受けた。二つとないもの、そう確信した。多くの日本の絵画は、西洋の影響を強く受けている。たとえ巨匠の作品であっても、模倣と言ってもいいものさえある。しかし棟方は、完全に棟方そのもので、他の誰の真似《まね》でもない。

昭和十三年（一九三八）、總一郎は、外遊先から帰国し、倉敷の自宅で開催されたパーティで棟方と初めて会った。

——棟方とはいったい何者だろうかと興味津々《しんしん》で、他の参加者など目に入らなかったなぁ……。

總一郎は、軽く目を閉じ、棟方と初めて会った時のことを脳裏に思い浮かべた。

棟方は、ずんぐりした身体《からだ》に黒いスーツを着、度のきつい眼鏡《めがね》をかけ、きょろきょろと落ち着かない様子だった。總一郎は、さっと歩み寄り、握手を求めた。手を握り合ったその瞬間から、まるで遥か昔から親友であったかのように話が弾《はず》んだ。

「日本の芸術に新しい美の世界を切り拓《ひら》きましょう。一緒に力を合わせて」

總一郎は言った。

「大いにやりましょう」

棟方は応えた。

棟方の魅力とは何か。それは独創ということだ。独創の中にこそ本物の美がある。それが棟方だ。

棟方の板画の白と黒は、宇宙を表す陰陽《いんよう》。奔放に力がほとばしり、天地を引き裂き、また融合させる。夜の暗さは、真昼の影であり、白は夜の黒、黒は真昼の白。

大いなる矛盾。板画の中に彼は、豪放磊落《ごうほうらいらく》な力と精緻霊妙《せいちれいみょう》なリズムを彫り込み、日本人が原始的に持ち続けていた生の魂の輝きを描き出す。

棟方は、頻繁に總一郎の書斎を訪れ、芸術を語った。そして気が向くままに襖に落書きと称して墨痕《ぼっこん》を残し、立ち去った。

總一郎は、棟方の来訪を心から楽しんだが、見送る際には、たまらない寂しさを覚えたものだった。企業経営など、たった今、放擲《ほうてき》し、着の身着のままで彼と芸術を巡《めぐ》る旅に出たいという衝動に囚われたからだ。しかし、それは叶わぬ願いというものだ。

棟方は、疎開先に滞在したままなのだろうか。戦争が終わったというのに、まだ一度も顔を出さない。

棟方に会いたい。ビリビリと電気が走るような彼のエネルギーを全身に浴びれば、この虚脱感から抜け出せるかもしれない。

棟方との会話を空想する。

――所詮、私は、経営者になんぞ向いていないのだ。

總一郎が言う。

――では何に向いているのですか。

棟方が聞く。

――それは分からない。

總一郎は悩む。

――あなたはそんな余計なことを考える必要なんかない。「大原總一郎」になればいいのです。

棟方は豪快に笑う。


總一郎は、孫三郎の庇護の下に暮らした。正直言って同世代と比べ、何一つ不自由のない暮らしだったと言えるだろう。だから余計に、自分がなぜこのような恵まれた存在としてこの世にあるのかと、自らに問いかけるようになった。

六高時代は、マルクス主義全盛だった。友人からマルキシズム研究会への入会をしきりに誘われた。だが、マルクスの思想には馴染《なじ》めなかった。唯物論《ゆいぶつろん》には、人間的価値が重きを為《な》していないように思えたし、階級的イデオロギーや革命論には強く抵抗を覚えた。

それは事業家としての先祖や、その子孫である自分自身を否定することのように思えたのかもしれない。

總一郎は、カントなどのドイツ観念論に自分のよりどころを見つけ、マルクス主義が吹き荒れる時代を過ごした。道徳的な生き方を確立したいという理想を掲げ、人間として如何《いか》にあるべきかを思索し続けた。

この思索的生き方は孫三郎譲りだとも言える。彼も何事かを成し遂げたいという理想を掲げ、思索し、行動し、敗北し、理想と現実との狭間《はざま》で苦しみ続けたのだった。

――私は経営者として、企業のあるべき理想の姿を追求し続けた。理想の企業とは何か。企業は利益の追求のみでいいのか。永遠に続く企業とはどのようなものかということだったのだが……。それは経営者として正しかったのだろうか。企業経営とは、もっと泥臭く、欲望まみれで、人間的であるべきではなかったのか。

孫三郎は、自分の人生は失敗の歴史だと言った。しかし總一郎は、自分の人生こそ失敗の歴史だと考えていた。

最大の失敗は、社員の死だ。それも、自らが社員を死に追いやったのではないかという強い後悔を抱いていた。

戦争中、理想を掲げ続けた。戦争の勝利に全身全霊を捧げること、それが企業としての理想の姿だと社員を鼓舞《こぶ》し続けた。自分としては、その道しか考えられなかった。その結果、多くの社員を死に至らしめた。

自分は何を焦っていたのだろう。孫三郎から会社を引き継ぎ、それをさらに成長させることが役目だと考えた。孫三郎が亡くなってからは、その考えに拍車がかかった。孫三郎を超えようと思い、見えない孫三郎と戦っていたのだ。その結果が社員の死だ。どのように受け止めるべきか、まだ分からない。

お前になんの責任がある。社員は、戦地にあっては米軍の銃撃で、内地にあっては米軍の爆撃で死んだのだ。お前の責任ではない。何を悩むことがあろうか。お前に責任はない。

何者かが囁《ささや》き続ける。

――私には大いなる責任がある。中国を侵略し、沖縄の人々を犠牲にし、東京をはじめとする日本の多くの都市を破壊し尽くした戦争を賛美し、先頭に立ち、社員を非情な戦いへと導いてしまったのだから。

それはお前だけではない。日本のリーダーは、ごく一部の例外を除き、誰もが軍部に協力したのだ。無意味な負け戦《いくさ》だと承知していた者もいたのだ。

何者かの薄笑いが聞こえた。

——慰めは不要だ。私には責任があり、罪があるのだ。

總一郎は、卓上に置かれた和綴本《わとじぼん》を見つめていた。

それには、戦争で亡くなった社員たちの名前が記載してあった。

ある者は身体を溶《と》かすような灼熱《しゃくねつ》の太平洋の島々で、ある者は骨まで凍る極寒の大陸で死んだ。内地にとどまった者たちも安穏《あんのん》としてはいられなかった。爆弾が投下される中、必死で軍隊から要請された飛行機を作り続けた。そして工場が焼かれ、その炎の中でもだえ苦しみ、貴い命を落とした。

和綴本に、そっと手を置く。頬《ほお》を涙が伝う。亡くなった社員たちの顔が見え、声が聞こえる。

——本当に申し訳ない。私は、あなた方の犠牲にどう応えればいいのか。どうしたら赦《ゆる》してもらえるのか。教えてほしい。頼む、教えてくれ……。

「社長、社長」

誰かが呼んでいる。声のする方向に目を凝らすと、若くはつらつとした社員が現れた。兵隊姿だ。

「君は、確か芝田健介《しばたけんすけ》君ではないか」

總一郎が呼びかけると、彼は白い歯を見せて微笑《ほほえ》んだ。

3

總一郎は、昭和十四年（一九三九）八月十日、岡山歩兵第一〇連隊に召集された。二十九歳で初の召集であり、階級は陸軍二等兵だった。

同じ年の五月に倉敷絹織の社長に就任した總一郎に召集令状が来たことは、本人は勿論《もちろん》だが、周囲も驚かせた。

孫三郎は、悲嘆にくれた。体調が思わしくなく、社長の座を總一郎に譲った直後だったからだ。加えて、自分が作った〃最高傑作〃である總一郎が敵の銃弾に当たって死ぬかもしれないと思うと、持病の狭心症がさらに悪化するような気がして憂《ゆう》鬱《うつ》になった。

〃最高傑作〃という臆面《おくめん》のない表現に總一郎は赤面し、時には辟易《へきえき》とした。總一郎は、〃私はあなたに作られたのではありません。自らの思索で自らを作り上げてきたのです〃と心の中で反駁《はんばく》したものだった。その表現に孫三郎の愛を感じながらも、束縛感を禁じ得なかったのは事実だった。

会社の幹部たちにも動揺が走った。社長不在で倉敷絹織は存続できるのか、との不安に襲われたのだ。

妻の真佐子《まさこ》だけは気丈に振る舞っていた。さすが軍人の娘だと、總一郎は頼もしく思った。

倉敷絹織に入社して二年後の昭和九年（一九三四）に正社員に昇格した際、野津《のづ》真佐子と結婚した。

真佐子は、美しい女性だった。それは真佐子の母・末弘《すえひろ》ヒロ子の血を受け継いでいたからだろう。

ヒロ子は日本で最初のミスコンテストの優勝者だった。しかしそのことが在学していた学習院で問題となり、諭旨《ゆし》退学となってしまった。その後、ヒロ子は、薩摩藩出身で侯爵《こうしやく》、陸軍大将、貴族院議員野津道貫《みちつら》の長男で侯爵、陸軍少佐鎮之助《しずのすけ》の妻となり、その次女として生まれたのが、真佐子だった。

「武運長久《ぶうんちようきゆう》をお祈りしております」

兵営まで見送りに来た真佐子は、四歳になったばかりの幼い長女・麗子《れいこ》の手を引いて静かに言った。

「ああ、大丈夫だ。幼馴染《おさななじ》みもいるし、社員もいる。みんな私の上官になると言って喜んでいるよ」

総一郎は、できるだけ明るく振る舞った。麗子を抱いた瞬間だけは、わずかに鼻がぐずぐずとした。次に抱く時は、どれほど大きくなっていることだろうか、あるいはもう二度と抱けないかもしれないという思いがよぎったのだ。

入隊して数カ月が過ぎた頃、総一郎は全身の倦怠感《けんたい》を覚えて岡山陸軍病院分院第八病棟に入院した。脚気《かっけ》だった。この病気は、重篤《じゅうとく》になると心不全を起こし、最悪の場合は死に至るとして恐れられていた。多くはビタミンB_1の欠乏が原因である。

総一郎は、病院のベッドに横たわり、無聊《ぶりょう》な日々を過ごしていた。

「社長、お元気ですか」

とろとろと眠りに誘われていた総一郎は、いきなりの大声に目を見開き、慌ててベッドから身体を起こした。

「おお、みんな来てくれたのか」

目の前に、兵隊姿の社員たちが何人も並んでいた。

「お見舞いに参りました」

「みんな元気そうだな」

全員が黒く日焼けした精悍《せいかん》な顔に、満面の笑みを浮かべている。それに引き換え總一郎は、青白い病人そのものの顔だ。自分ながら情けない。

「社長、想像していたよりもお元気そうで安心しました」

社員の一人が言った。

「社長は、白い飯ばかり食べておられるから脚気になんぞなるんですよ。私ら、米がなくて麦と芋ばかりですから、こんなに元気です」

別の社員がからかうように言い、大口を開けて笑った。それにつられて他の社員も笑った。

「そうだな。私ももっと麦を食っておけば良かった。残念ながら我が家には、米しかなかったんだ」

總一郎も冗談を言い、黒縁《くろぶち》の眼鏡の奥の目を細めた。

「しかし、本音を申し上げますと、ご病気になられて良かったです。本当に良かったです」

営業課員だった芝田健介という社員が涙を滲《にじ》ませた。

芝田は、總一郎が入社時に配属された新居浜《にいはま》工場の資材部に所属していたのだが、取引先から明るくて気がきくと滅法《めっぽう》評判が良かったため、本社の営業部に抜擢した若手だ。

　總一郎との出会いは「うどん」だった。總一郎が若手と一緒に昼食を共にした際、うどんの早食いをした。その際、果敢にも「社長に挑戦します」と挑んできたのが芝田だった。總一郎は早食いに敗れた。「出身はどこだね」と聞くと、「香川県高松《たかまつ》市であります」と歯切れよく答えた。總一郎は大笑いし、「うどんの都の出身には負けてもしかたがない」と言った。それ以来、總一郎は芝田健介という名前をしっかりと記憶した。

「私もそう思います。本当に良かったであります」

　他の社員たちも同調し、笑みを浮かべながらも泣いている。

「おいおい、どうしたんだ。みんな、おかしいぞ。病気になっていいわけがないじゃないか」

　總一郎が呆《あき》れたように言うと、芝田が涙を拭い、真面目《まじめ》な顔になった。そして周囲に気を使いながら總一郎の耳元に口を近づけ、「社長が病気除隊になればいいのにと、皆が願っているのです。そうなれば戦地に行かれることはないからです」と囁いた。

「なんということを言うんだ。私は、帝国臣民としての義務を果たせなくて悔しいと思っているのに」

總一郎は、一瞬、険《けわ》しい顔つきになった。

芝田が気をつけと号令を発すると、全員が姿勢を正し、真《ま》っ直《す》ぐに總一郎を見つめた。

「私たちは、間もなく中国の前線に向かいます。先に行った者によりますと、戦争はますます激しくなっているようであります。私たちはこの命を国に捧げる決意であり、死ぬことになるでしょう。しかし家族のことが心配では思い切って戦い、死ぬことができません。だから、社長に死んでもらったら困るんであります。倉敷絹織が立ちゆかなくなってしまうからであります。そうなれば、私たちの家族の面倒は誰が見てくれるのでありましょうか。社長には会社を守っていただきたいと思っております。これが皆の総意であります」

芝田は、周囲を警戒しつつも、はっきりした口調で言い、敬礼をした。他の社員たちも同じように敬礼をした。

「私は君たちと一緒に戦わねばならないと思っている。病気なんぞになって本当に申し訳なく思う」

總一郎は姿勢を正した。

「お気持ちは分かります。私のような者が言うのは僭越《せんえつ》ではありますが、社長には会社を永遠に続けさせる役割があると考えます。戦地に行くのは私たちにお任せください。銃後《じゅうご》のこと、なにとぞよろしくお願いします」

總一郎は、何も言えなかった。

彼らは、總一郎がやるべきことは、銃を掲げ、大陸を這いずり回り、敵兵を殺すことではなく、倉敷絹織を永遠に続けさせることだと訴えているのだ。

「君たちの気持ちはよく分かった。ありがとう。でも私からもお願いがある。聞いてくれるかい」

「勿論であります」

芝田たちは口を揃えた。

「皆、必ず生きて帰ってきてくれ。絶対に死ぬんじゃないぞ。それだけはお願いしたい。倉敷絹織は君たちの帰りを待っているからな」

總一郎は涙が溢れるのを止めることができなかった。芝田たちの目からも涙が溢れていた。

總一郎は二カ月ほどの入院の後、その年の十二月に病気除隊となった。図《はか》らずも芝田たちの願いが叶った形になったのだ。

總一郎は、戦地に行った社員たちに申し訳なく思いつつ、兵舎を後にした。

社長業に復帰した總一郎は、命を削るかのように眠る間も惜しんで働いた。その姿を工場の社員たちは、まるで出征した社員たちと共に戦っているようだと噂した。

午前中は倉敷絹織、午後は倉敷紡績に行き、事業の進捗状況の報告を受け、社員を督励《とくれい》した。その間、上京し、政府や業界の会合に出席し、工場を視察し、そして連絡月報など社員向けの報告書に自ら筆を執《と》った。

仙石《せんごく》たち倉敷絹織の役員たちが、總一郎の働き過ぎを心配して諫《いさ》めても聞き入れなかった。

実際、總一郎の心は出征した社員たちと共にあった。

戦場にいる社員たちの運命に思いを馳《は》せると、彼らとの間に強い運命の絆と、より深き親愛の情で結ばれていると感じていた。遠く離れた社員たちと運命共同体であることを強く意識し、感情が高まり、仕事へと没頭させていたのだ。

「社長には会社を永遠に続けさせる役割があると考えます」という芝田の言葉は重かった。彼らに心おきなく戦ってもらいたい。そのためには、工場の生産力を極限まで高めねばならない。

「今、我が帝国は、過去百年の歴史に決別し、新たなる世紀の光に入るべくその門前に立っている。この戦争の成果如何《いかん》が、日本の未来を決するのだ。生産目標は、国家の目標である。絶対に死守せねばならない」

總一郎は、社員たちに檄《げき》を飛ばした。

昭和二十年（一九四五）に入り、物資は不足し始め、本土は米軍の爆撃に晒《さら》され続けた。戦局は、誰の目にも日本が不利だと分かっていた。

總一郎は、社員たちを倉敷本社工場に集めた。そして声を振り絞って語り始めた。

「今や全社を挙げて国を護る決死の突撃隊として、国家防衛につくべき時となりました。私たちは着々として産業報国の道を歩み、国家社会に貢献して参りましたが、遂に、今まで蓄積してきた一切の力を結集して、日本の運命打開のために、総力を捧げるべき時となったのであります。国家が総合力をもって決戦せんとする時、私たちは最前線で最高度の産業戦士とならねばならないのであります。私は、ここに生産責任者として次の通り宣誓いたします。一、皇国危急の時、我らはいかなる困難に遭遇するとも、断じて動ずることなく、常に不屈の闘魂を持して、冷静厳粛におのが職責を完遂せんことを期す。二、我らは純正の大義に徹することを皇民としての無上の光栄と観じ、最後の勝利のために身を挺《てい》し、一切を挙げて奮戦力闘あくことなからんことを期します」

喉《のど》が破れ、血がほとばしり出ても構わない。總一郎は、声を張り上げた。

「私は君たちに申し訳ないことをした。間違いを犯してしまった……」

總一郎は、芝田に話しかけた。

「何を間違われたのですか」

芝田は、小首を傾《かし》げた。

「戦争に協力し過ぎたことだ。工場のみんなを、戦争に駆り立ててしまった。無意味な戦いだと頭のどこかでは理解していたのに……。軍需工場にしないと会社の存続はなかったから已《や》むを得なかったと自らを慰めてはいるが、その結果、工場は爆撃で破壊され、社員が犠牲になった。それに、命を奪う武器を、あれほど煽《あお》りたてるようにして製造するべきだったのかと思うと、深く後悔している」

總一郎は、項垂《うなだ》れた。

「社長は、私たちがお願いした通り、会社を永遠に存続させるために奮闘してくださっただけです。おかげで私は、安心して戦うことができました。ありがとうございます」

4

芝田は、敬礼し、微笑みを浮かべた。

「そう言ってくれると、少しは心が晴れるというものだが、戦争中、私は冷静さを失っていた。狂気に囚われていた。ドイツ哲学を学び、人間の生き方について真剣に模索していたにもかかわらず、これほどまでの戦争協力者になってしまうとは、自分という人間が信じられない」

「戦争中は、誰もが狂気に囚われていました。社長だけではありません。私でさえ敵を殺すことが、皇国に尽くすことだと信じていたのですから。命乞いする敵兵を殺すことに、なんの躊躇《ちゅうちょ》もしませんでした」

芝田の表情が暗くなった。

「辛かったんだな。苦労をかけて本当に申し訳ない。工場の皆にも、同じように辛い思いをさせてしまった。彼らに人のためになるものではなく、人を殺すためのものを作らせてしまった。それが国家のためだと言い続けた。繊維以外のあんな武器を作るくらいなら、工場を閉鎖すれば良かったのだ。それが人間としての道であり、そうしていれば工場は破壊されず、社員は死ぬこともなかっただろう。そう思うと自分の愚かしさに腹が立つ」

その時、ふと總一郎はある男を思い出した。それは東大時代の友人の赤池清次郎《あかいけせいじろう》だった。

赤池清次郎は、日本の敗色が濃くなった昭和二十年（一九四五）の春に、ぶらりと倉敷絹織を訪ねてきた。

赤池は、同じ倉敷出身で東大では経済学を学び、卒業して商工省に入省したが、商工省は昭和十八年（一九四三）に軍需省と農商省に分割されたため、農商省の官僚になっていた。

彼は貧しい農家の息子で、孫三郎の支援で大学に進学することができた。そのことにある種の劣等感を抱いていたのか、尊大でリアリストであり、また功利《こうり》主義者でもあり、總一郎はあまり好ましいと感じていなかった。たとえば絵画を見ても、その価格がまず気になるタイプだった。

「よく来てくれたな」

總一郎は、社長室で茶を勧めた。

赤池は、ソファに座りながら、社長室をしげしげと見渡して、ニヤリとした。

「忙しそうだな」

「ああ、今では飛行機を作らされているからね」

倉敷絹織は昭和十八年十二月に軍需工場となり、倉敷航空化工と社名を変更させられた。同時に倉敷工場は、倉敷航空機材製作所となっていた。

「糸屋が飛行機か。変われば変わるものだ」

赤池は、官僚的な皮肉な笑みを浮かべた。

總一郎はむっとした。航空機製造は、軍需省の指示だ。そんなことを百も承知の赤池の言葉は、嫌み以外の何ものでもない。

「国家存亡の時だからね。我々の技術がお国のために役立って、嬉しく思うよ」

總一郎は正面から答えた。赤池は、總一郎が気分を害していることなど全く気にせず、「随分、激しく檄を飛ばしているね」と、社長室に貼られた〝自分のためには汗を、人のためには涙を、国のためには血を流そう〟と書かれたポスターを指差した。

「これか……」と總一郎もポスターを見て、「前線で社員が戦っているから、私たちも戦わねば申し訳ない」と答えた。

「君らしくないね。君は、もっと思慮深く冷静沈着な人だと思っていた。今の姿は、ただただ狂熱に突き動かされているだけだ。それに君は、ドイツに滞在してナチの異常さを見てきたはずじゃないのか。あんな国と一緒に戦って、日本が勝てるわけがないと言っていただろう。彼らには、なんら正当性も正義もないからね。この戦争はもうすぐ負ける」

赤池が言うのは、欧州に滞在した際にウィーン国立歌劇場で遭遇した事件だ。演目はワーグナーのオペラ『トリスタンとイゾルデ』。指揮は、ブルーノ・ワルターだった。オペラの終幕近く、三階席からガラス瓶《びん》が投げられ、床《ゆか》で粉々に砕け散り、悪臭が周囲に漂った。それは二硫化炭素が揮発《きはつ》し、空気中に流れ出たものだった。指揮者のワルターがユダヤ系であったことから、ナチの支持者が嫌がらせをしたのだ。その後、欧州全体をナチの悪臭が覆い尽くすことになるが、その象徴とも言える事件だった。

「赤池、お前はいやしくも国家を支える官僚だろう。それが軽々しく負けると言っていいのか」

總一郎は、厳しい口調で言った。

「官僚だから、そう言うのさ。俺たちはそろそろ負けた後の準備にかかる。軍人が大手を振って歩く時代はもう終わりだ。お前も収束にかかった方がいい。このままでは孫三郎さんが築いてきたものを、全て失うことになるぞ。よくよく考えて社員を鼓舞するんだな。そうでないと、後で吠《ほ》え面《づら》をかくことになる。俺は、お前にはなんの恩義もないが、大原家の没落は見たくないからな。これは俺からの忠告だ」

赤池は、それだけ言うと立ち上がり、去っていった。

赤池が座っていた場所には黒々と無限の空虚が、大きく口を開けていた。總一郎は、その空虚を見つめ、息もできぬほどの恐ろしさに身を震《ふる》わせ、見送りのために席を立つことができなかった。


――私は、狂熱に突き動かされていただけなのか……。

「ある人が、日本は戦争に負けると、忠告してくれた。それなのに、私は君たちを戦争に駆り立てる命令をし、私自身の言葉で煽りたてた。責任は負わねばならない。決して赦されることではないが、謝罪させてほしい」

總一郎は、芝田に頭を下げた。

「社長は、よくおっしゃいましたね。永遠に生きんと欲する者は、今日の義務に忠実で、今日の義務を果たす者だって。その言葉に勇気づけられ、私は義務を果たしたのです。社長も、戦時中は戦時中の義務を果たされたのです。それには善悪も、赦すも、何もないと考えます。今、新しい時代が始まりました。ぜひ新しい時代の義務をお果たしくださいい。願いはただ一つです。私たちの死を無駄にしないでいただきたい。それだけであります」

いつの間にか、芝田の周りに多くの者が集まってきている。總一郎は、どの顔にもはっきりと見覚えがあった。一人一人の名前を挙げることもできる。彼らは皆、戦争で亡くなった社員たちだ。不思議なことに、全員が笑みを浮かべている。

「みんな、私に新しい時代の義務を果たせと言うのか……」

總一郎は呟いた。

その手には、一枚の葉書が握られていた。和綴の社員名簿に挟まっていたのだ。

「小生、去る七月以来、北支《ほくし》山岳地帯攻略の大作戦に参加しております。この地帯は、住民たちから『狼の牙』と呼ばれているほどの峻険《しゅんけん》であります。小生は、岡山工場で共に働いておりました粕谷《かすや》と共にスクラムを組み、数匹の馬の轡《くつわ》を取り、ある時は崖を登り、またある時は急流を渡り、見事敵を打ち破りました。会社は、社員の多くが応召《おうしょう》し人的不足をきたし、また材料などの調達も日々困難になっていると聞いておりますが、なにとぞ長期聖戦の貫徹のため、邁進《まいしん》していただくよう祈念しております」

それは、戦地の芝田から届いた最後の葉書だった。

第三章　日本人の、日本人による、日本人のための合成繊維

1

日本は、初めて他国による占領という事態を経験していた。それは国の制度も人々の価値観も、それらを大変革するものだった。

米軍を中心とした連合国軍最高司令官総司令部（GHQ）の占領政策の目的は、日本の民主化だった。そのため民主化五大制度改革を実行に移した。

それは、①婦人参政権の付与、②労働者団結権の確立、③教育制度の自由主義化、④専制政治の廃止、⑤経済民主化の推進の五つだ。これがその後、戦争放棄を掲げた日本国憲法に繋がっていく。

これらの改革のうち、経済民主化については農地改革、労働民主化、財閥《ざいばつ》解体及び独占禁止の三つの具体策が打ち出された。経済界に最も直接的な影響を与えたの

は、財閥解体だった。

ＧＨＱは、「日本国の商工業の大部分を支配してきた産業上及び金融上の大コンビネーションの解体計画を指示する」との方針に基づいて、財閥解体に関する命令を発した。それが、「会社の解散の制限等に関する勅令」と言われる制限会社令だった。指定を受けた会社は解散を命じられ、その資産が処分されてしまった。

大原《おおはら》家は、昭和二十一年（一九四六）六月八日に倉敷紡績《くらしきぼうせき》、倉敷絹織《けんしょく》が制限会社の指定を受けた。また十二月七日には倉敷紡績が財閥の持株会社としての指定を受け、倉敷絹織ほか二、三社の持株の全てを、持株会社整理委員会に譲渡することとなった。

總一郎《そういちろう》は、居間のソファに寛《くつろ》ぎながらベートーベンの『交響曲第六番〈田園〉』を聞いていた。

「お父さん、何か話があるの」

謙一郎《けんいちろう》が入ってきた。妻の真佐子《まさこ》が呼んだのだ。

「謙一郎、お父さまの前に座りなさい」

真佐子は言い、謙一郎と共に總一郎の前のソファに腰を下ろした。

「真佐子、思い出すだろう」

總一郎は、穏やかに微笑《ほほえ》んだ。

「ええ、ベートーベンガンク《小道》を歩いた時のことですね」

「あの時、ベートーベンは小道を歩きながら、この曲を作曲したんだなと確信したね」

ベートーベンガンクの新緑の美しさは、月並みの表現だが筆舌に尽くしがたいと總一郎は思う。

小道をゆっくりと歩く。外套《がいとう》は不要なほどの細かい雨が降っている。それが突如、止んだ。雲が割れ、太陽の光が差し込むと木々の緑が鮮やかに輝き始める。黒い翼と黄色い嘴《くちばし》を持ったクロウタドリが啼《な》き出した。耳を澄ますと、せせらぎの音が聞こえる……。

謙一郎も、音楽を聞く心を持っているのだろう。目を閉じ、わずかに微笑みながら耳を澄ましている。まだ見ぬ異国の美しい自然に、想像の翼を広げているに違いない。

心が浮き立ち、晴れやかな思いがする〈田園〉の曲を總一郎が選んだのは、偶然ではない。今から謙一郎に心が沈む話をしなければならない。彼が理解できようと、できまいと関係なく……。

「謙一郎、お前に話しておきたいことがある」

総一郎の言葉に、謙一郎は姿勢を正した。

「いずれ我が家の財産を管理している大原合資会社を解散することになるだろう。倉敷紡績や倉敷絹織などの株がなくなってしまうんだよ。お父さんが祖先から引き継いだ財産は全てなくなるだろう。お前に遺《のこ》してやれるものは何もない」

総一郎は口角を引き上げ、ぎこちなく微笑んだ。深刻な表情をしてはならないという気持ちが働いたのだ。

事実、昭和二十三年（一九四八）一月に大原合資会社は解散させられ、その際、總一郎は、株の譲渡金二八〇〇万円を全て寄付してしまう。倉敷文化基金に一〇〇〇万円、倉敷市に一八〇〇万円。

当時の銀行員初任給（大卒）が二二〇円～五〇〇円。今日（平成二十六年）が二〇万五〇〇〇円。ここから推定すると、總一郎が寄付したのは約一一〇億円～約二六〇億円にもなるのではないか。

謙一郎は、戸惑ったような表情で首を傾《かし》げている。

「よく分からないか。それもしかたがない。まだ子どもだからな。先祖から受け継いできた財産がなくなるということだよ。お父さんは貧乏になる。それに戦争に協力したという罪で裁かれることになるだろう。だから倉敷絹織等の社長はできない。そういうことだから、これからは贅沢《ぜいたく》はできないんだぞ」

總一郎は、謙一郎の頭を撫でた。

「お父さんは、悪いことをしたの?」

謙一郎は心配そうに聞いた。

「ああ、戦争に使う武器なんかをせっせと作ったんだ。それが罪になるんだ」

GHQは、戦争犯罪人らを公職から追放する命令を出した。總一郎は軍需産業の社長であったため、追放の対象となっていた。總一郎は、それを受け入れる覚悟でいた。

先日、労働組合の委員長が社長室に来て、總一郎に意見した。

それは總一郎が戦犯《せんぱん》となり、公職追放を受ける覚悟であることへの批判だった。

「私は戦争に協力した。国家が誤謬《ごびゅう》を犯して裁かれる時、同じく間違いを犯した私が裁かれるのは当然だ。罪を逃れようとは思わない」

總一郎は彼に言った。

「社長、あなたはそれで筋《すじ》を通したとしてご満足でしょうが、あなたの下には一万人の従業員がおります。それがどうなってもいいとお思いなのですか？」

彼は厳しい口調で言い、全社員が、GHQに対して總一郎を戦犯から除外するようにとの嘆願運動をすることへの許可を求めた。

總一郎は渋々承諾したものの、戦犯を甘受《かんじゅ》する覚悟は変わらなかった。

「お父さんは警察に捕まってしまうの？」

謙一郎は、あまりのことに、泣き出しそうな顔で真佐子にしがみついた。

「大丈夫ですよ。お父さまはそんなことにはなりませんから」

真佐子が謙一郎を強く抱きしめた。

「何もかもなくなってしまうのだから、お前には苦労をかけてしまうが、もし残せるものがあるとすれば、それは大原家の精神だ。お父さんの会社の社章は、『二三印《にさんのいん》』というんだ。これは私のおじいさんの孝四郎《こうしろう》という人が、森田節斎《もりたせっさい》という偉い先生の『驕《おご》れば衰え、満は損を招き、謙は益を受く』という言葉に感動して作られたものなんだよ。つまり、いつも二番か三番のような謙虚な気持ちでいなければならない。うぬぼれや傲慢《ごうまん》を慎み、いつも努力をしなければならないという意味なんだ。戦争が終わり、新しい時代が来たんだ。謙一郎も二三印を胸に刻んで、強く生きていくんだ」

總一郎は、その場にあった紙に二という字の下に三つの黒丸を三角に並べた「二三印」を描いて、謙一郎に渡した。

謙一郎は、それをしばらく見つめていたが、きりりとした表情で總一郎を見返し、「お父さんはどうするの？」と聞いた。

總一郎は穏やかに微笑み、「私もお国のお役に立てるように頑張るつもりだよ」と答え、再び謙一郎の頭を撫でた。

2

物価庁というのは、昭和二十一年（一九四六）八月に発足した経済安定本部（通称安本《あんぽん》）の協力機関で、昭和二十一年三月に公布された物価統制令に基づき、公定価格を決める業務を担《にな》っていた。

戦後の日本は、強烈なインフレに襲われていた。街には闇市《やみいち》がそこかしこにでき、人々は「タケノコ生活」と表現されるように、わずかに残った衣類をまるでタケノコの皮を剝《は》ぐかのごとく闇市などで食料と交換し、飢えを凌《しの》ぐ生活を強《し》いられていた。

昭和二十年から昭和二十一年にかけて白米の闇値は、統制価格の一三〇倍から一五〇倍という凄まじさだった。それでも人々は、闇米がなければ生きていけなかった。闇米業者を裁く判事であった山口良忠《よしただ》が、食糧管理法を順守し、闇米を拒否した結果、昭和二十二年に栄養失調で亡くなるという悲劇も起こった。

このインフレは、食糧不足だけが原因ではなく、通貨発行の膨張も大きく影響していた。日本銀行によると、終戦の昭和二十年八月十五日は、三〇三億円であった日銀券発行残高が、その月末には四二三億円にも膨《ふく》らむというありさまだったのだ。この通貨発行額の膨張による通貨価値の下落は、日本経済に破局的なインフレをもたらした。

政府は混乱した経済を立て直すために物価統制令を発令するとともに、強力な権限を持つ官庁が必要との認識で、経済安定本部が組織され、戦後統制の総元締めを担うこととなった。「安本《あんぽん》」は、経済統制違反者の摘発を検察や警察に命じることができ、「泣く子も黙るあんぽん」と陰口を言われるほど、強大な権力を持っていた。物価庁は、この安本の協力機関として発足した。

しかし安本を組織しても日本経済は一向に上向かなかった。苛立ちを見せたGHQは、昭和二十二年（一九四七）三月に、最高司令官マッカーサーが吉田茂《よしだしげる》首相に書簡を送り、経済復興のために断固たる措置を取るように命じた。これに従い政府は、安本の大幅拡充に踏み切った。人員を発足時の三一六人から二〇〇〇人に増やし、組織も一〇局二部四八課の大編成としたのである。

昭和二十二年四月に新憲法下で行われた初の総選挙は、日本社会党が第一党となり、片山哲《かたやまてつ》内閣が日本社会党、民主党、国民協同党の三党連立で発足した。安本の長官には、元農政官僚であり参議院議員の和田博雄《わだひろお》が就任した。和田は、安本や物価庁に優れた民間人を登用することを決め、總一郎に物価庁次長への就任を要請したのである。

昭和二十一年（一九四六）十二月七日に倉敷紡績が制限会社法の持株会社に指定されたことにより、昭和二十二年一月二十七日、總一郎は社長を辞任した。また八月二日には、倉敷絹織の社長も辞した。社業は、それぞれの会社の役員が引き継いだ。總一郎は、民間会社の社長という肩書は外《はず》れたが、同日、初の社会党内閣を率いた片山哲の下で、物価庁次長に就任する。戦犯にはならなかったので、公職に就くことができたのだ。

後日、労働組合の委員長から聞いたところによると、總一郎の戦犯除外の嘆願書を持ってＧＨＱに彼が行くと、ＧＨＱ司令官は「ミスター大原は殉教者《じゅんきょうしゃ》のようだね。私が戦犯から除外してやろうかと問いかけたが、それを断ったんだ。変わった人間だよ。変わっていると言えば、労組の委員長が経営者を助けるために活動するなんて、それも珍しいことだ」と言って首を傾げたという。

「どうしても就任されるおつもりですか？」

總一郎が物価庁次長に就くため、社業を託された仙石《せんごく》が眉根《まゆね》を寄せた。

倉敷絹織の社内では、厳しい時期なので社長という立場でなくとも社業に専心してもらいたいとの思いから、總一郎が物価庁次長という公職に就任することへの反対の声が強かった。

「今は国を挙げて、経済の立て直しをしなくてはならない時だ。私は、戦争の際、軍に協力をしてしまった。大いなる間違いだよ。このたびは国家国民の真の安定、復興のために力を貸してほしいと頼まれたからには、戦争の時の間違いを正さねばならないと思っている。勝手を言わせてもらうけど、これも経営者としての義務を果たすことだと思っているんだ」

敗戦で痛烈に自己の責任を感じ、失意の中に身を沈めていた總一郎にとって、日本の復興に参加するということは、自分自身を復興させることでもあった。

「しかし……」と仙石は苦渋に満ちた表情で、「ようやく戦争が終わり、本業である平和産業の繊維事業に注力することができるようになりました。ところがご承知の通り、空襲により工場や研究所は被害を受け、軍需工場であった岡山工場は操業を許されず、廃墟と化しております。レーヨンを作れるのは西条《さいじょう》工場のみであります。このような時に社長の不在はなんとも辛いのであります」と言った。仙石は相変わらず總一郎を「社長」と呼ぶ。これは他の社員たちも同じだった。それ以外の適当な呼称を思いつかないのだろう。

本業の繊維事業に関して、昭和二十一年十二月の時点では西条工場でレーヨン糸日産一一・八トン、レーヨンステープル日産三〇・六トンなどの生産能力があるのみだった。しかし生産能力はあっても資材不足や工場設備の不調などで実際の生産量はその生産能力に到底及ばない状況だった。

總一郎は、仙石の厳しい表情を見つめていたが、穏やかな笑みを浮かべて、「義を見てせざるは勇なきなりと言うではないか。私はこの国への義務を果たしたいと思っている。我が儘《まま》を許してもらいたい」と頭を下げた。

「社長がそれほどおっしゃるのであれば、いたしかたありませんが……」

仙石は、まだ納得がいかないような顔をした。

「戦争は軍人と政治家が起こした。私たちは上からの命令に唯々諾々《いいだくだく》と従ってしまった。このことを大いに反省すべきだと思う。新しい日本は、もっと私たち民間の経営者が国造りに参加しなければならない。官にばかり任せず民間から、草の根の力で国を造らねばならない。安本の和田長官は民間の力がぜひとも必要だとの認識なんだ。この期待に応えたい」

「この国は大丈夫ですか。こんな廃墟となってしまって……。なんとかなるものでしょうか？　工場の空き地で芋を作っているようなありさまです。ああ、なんとも情けないであります」

仙石は大きな身体《からだ》を揺するように動かした。悔《くや》し涙が溢れそうになっているのを堪《た》えているのだ。

「君もその芋を食っているではないか」

總一郎は笑った。

「そうでしたなぁ」と仙石も声に出して笑い、「しかたありません。社長がいらっしゃらない間は私どもがなんとかします。精一杯、お国のために働いてください」

と言った。

「しばらく思い通りにやらしてほしい」

総一郎がそう言った時、勢いよく社長室のドアが開いた。

「社長、ポバールを本格的にやりましょう」

ドアを蹴破る勢いで入ってきたのは、研究責任者で取締役の友成九十九《ともなりつくも》だった。

「おお、友成さん、いきなりどうしたんだ」

3

友成九十九は、明治三十五年（一九〇二）に大分県国東町《くにさきまち》（現・国東市）に生まれた。優秀な若者で、「国東の三偉人」と言われて陸軍大将南次郎《みなみじろう》、外相重光葵《しげみつまもる》と並び称され、大いに将来を期待されていた秀才だった。地元の明治専門学校を卒業したが、大原孫三郎《まごさぶろう》の目に止まり、大原奨学金を得て東北帝国大学工学部に進み、昭和二年（一九二七）に倉敷絹織に入社した。東北帝大を卒業する際、大学に残る選択と日立製作所に行く選択とがあった。そこで友成は、孫三郎に相談したという。すると孫三郎は、何も聞かないうちから「おう、もうすぐうちに来られるようになったか」と言った。孫三郎に恩義を感じ、義理堅くもあった友成は、結局相談事を言い出せないまま、倉敷絹織に入社した。第一期社員だった。

それからは研究一筋。昭和五年（一九三〇）にはドイツ留学を果たし、昭和十二年（一九三七）には倉敷絹織の研究所所長となった。

友成は、合成繊維の研究を続けていた。繊維と人類の付き合いは長い。植物から綿や麻を紡ぎ、蚕《かいこ》からは絹、羊からは羊毛を採取してきた。

日本の近代化は繊維と共にあったと言って過言ではない。殖産興業のスローガンを掲げ、絹を中心とした製糸業や綿糸を中心とした紡績業は世界一の産業へと発展し、日本の近代化をリードした。

日本などの東洋の国々に絹や綿糸を依存することに危機感を覚えていた欧米各国は、自然から得られる繊維に代わる合成繊維開発の模索を続けていた。

まず欧米人の憧れの的であった絹を、どうにかして人工的に製造できないかと研究がなされ、十九世紀から二十世紀初頭に、レーヨンと名付けられた人造絹が作られるようになった。

レーヨンは、植物に含まれるセルロースを原料にした繊維で、それらを薬品に溶《と》かし再生する、再生繊維である。このレーヨンは、瞬《また》く間に世界に広がり、生糸《きいと》の生産量を凌駕《りょうが》するまでになった。

日本でもすぐにレーヨン製造が始まり、孫三郎は大正十五年（一九二六）に倉敷絹織を作った。

研究所所長としての友成の頭を悩ませていたのは、日本に最適な繊維は何かというテーマだった。

綿や生糸は耕作面積が限られる。国土の狭い日本では食料を優先すべきだ。綿畑や蚕を育てる桑畑ばかり作るわけにはいかない。

ましてや戦争が終わり、国内の食糧不足は深刻だ。危機的状況である。政府は、GHQに食糧の緊急輸入を懇請したが、GHQはそれを認めなかった。というのは、日本の食糧統計に疑念を抱いていたからだ。統計を確実なものとし、旧陸海軍の隠匿《いんとく》食糧を摘発し、正常なルートに乗せ、農家から米の供出を徹底しろ。これがGHQの姿勢だった。

国民が飢え死にするかしないかは、GHQ次第という情けなさだ。そんな時に、蚕のための桑畑や綿糸のための綿畑を作るわけにはいかない。

再生繊維のレーヨンにも問題が多い。レーヨンは、木材チップ、パルプを原料にしている。日本のレーヨン製造が世界一となった時は、パルプを全量輸入に頼っていた。しかし欧米を相手に戦争したため、輸入が困難になってしまった。

それでも戦時中は、なんとか国内需要の半分までは国内産木材で原料調達ができた。だが、日本の貴重な森林を繊維に使ってしまっていいのか、という問題に直面することになった。戦時中ならいざ知らず、戦後復興のためには日本の森林資源を大量にレーヨンに振り向けることはできない。

——日本が戦争に負けてしまったのは、繊維という平和産業をないがしろにしたためだ。衣食住を無視して戦争なんかできるか。

友成は心の中で叫んでいた。

天然繊維、再生繊維に代わる合成繊維を作らねばならない。これが友成の得た結論だった。

日本でも昭和十年代から、京都帝国大学などを中心に合成繊維の研究が進んでいたが、アメリカは一歩先んじていた。デュポン社が昭和十三年（一九三八）にナイロンを発表し、翌年には早くも工業化に踏み切ったのだ。

ナイロンは「蜘蛛《くも》の糸よりも細く、鋼鉄よりも強い」をキャッチフレーズに掲げ、瞬《また》く間に市場を席巻した。

友成はドイツ留学していた昭和六年（一九三一）頃、化学者ウイリー・O・ヘルマン博士が、石灰を原料にしたポバール（ポリビニルアルコール）から合成繊維を作り出すことに成功し、特許を出願したという情報を得た。

これだ、と友成は思った。

石炭や石油資源に乏しい日本は、ナイロンの原材料を輸入に頼らざるを得ない。しかし石灰なら、日本に無尽蔵にある。原材料を自給して繊維を作ることができる。これこそ日本が求める繊維だ。

帰国した友成は、すぐさま京都帝国大学に、ドイツ留学時代に同じ研究室で働いていた桜《さくら》田《だ》一郎《いちろう》助教授を訪ね、ヘルマン博士の作り出した合成繊維の実用化研究を開始したのだった。

友成と桜田を始め京大の研究者たちは、このポバール系繊維の研究に没頭した。当然のことながら、總一郎も強い関心を寄せ、桜田の自宅まで自ら赴き、研究費を届けるなどして励まし続けた。

開発は困難を極めた。というのは、この合成繊維は水に溶《と》けやすいという性質があったからだ。この性質を利用しての用途も考えられたが、いかんせん水に溶けやすいというのは、繊維としての重大な欠陥だった。雨に濡れて溶け出す服を着る女性はいない。このままでは実用に適さない。

友成や桜田たちは、熱処理などに工夫を重ねた結果、遂にポバール系繊維の湿式紡糸法を確立した。日本で初めて、世界ではナイロンに次ぐ第二の合成繊維は、昭和十四年（一九三九）十月に「合成一号」と名付けられた。

桜田たちが、ポバール系繊維に注力した最大の理由は、実用化に道をつければ、倉敷絹織が工業化してくれるという希望があったからだ。この希望がなければ、苦難に満ちた研究を続けることはできなかっただろう。

倉敷絹織は、合成繊維「合成一号」の生産化に着手。昭和十五年（一九四〇）には、岡山工場の研究所内に原料のポバール及び合成繊維を日産一〇キロ製造する設備を、続いて昭和十八年（一九四三）には、日産二〇〇キロを製造するパイロットプラント工場を建設した。太平洋戦争はいよいよ激しさを増していく。しかし合成繊維の製造は順調に進んだ。

ポバールから紡ぎ出される合成繊維は、倉敷絹織の希望の星となった。ところが昭和二十年（一九四五）一月八日、パイロットプラント工場のアセチレンタンクが大爆発を起こし、工員三名が即死、友成も負傷するという大事故が発生した。この事故の結果、ポバールから実用的な合成繊維を作る研究はとん挫してしまったのである。

そのうえ、友成たちを追い詰めるかのように岡山工場は米軍の空襲を受け、ポバール及び合成繊維製造の研究は、文字通り灰燼《かいじん》に帰《き》してしまったのだ。

4

「ポバール系繊維は、日本を救うと思います。今の経済を自立させるには、絶対に必要なんです。実用化までもう少しまで来ていたのですから、社長、やりましょう」

友成は熱心に訴えた。

總一郎が物価庁次長に就任してしまえば、ポバール系繊維のことに構ってはいられなくなると懸念《けねん》したのだ。

友成は焦っていた。アメリカのデュポン社等の合成繊維メーカーは、太平洋戦争中に軍需製品を製造することで飛躍的に成長していたのだが、戦後はその勢いに拍車がかかっていた。

国内でも東洋レーヨン（現・東レ）が、独自技術で作ったナイロン6にアミランという名前を付け、売り出していた。

「しかしなぁ、我が社はレーヨン製造の復興を優先しないとなぁ」

總一郎は友成の勢いに、苦しげな笑みを浮かべた。

「政府もようやく繊維産業再建三カ年計画を作って、なんとか綿糸、レーヨンを復興させようとしているところだ。今は、新しいことをやれる時期じゃない」

昭和二十一年（一九四六）八月、政府は繊維産業を、鉄鋼等に並ぶ重要産業に認定し、復興させようとしていた。

「そんなことは分かっています。しかしですよ。ポバール系繊維は、倉敷絹織が独自に開発したものです。これを生かさないでおくものかってことです。社長も常々、技術革新こそ企業の命だって、おっしゃっているじゃないですか」

友成は譲らない。

總一郎は、他社技術の模倣や、買収による自社の技術の向上を評価していない。

——真に恃《たの》むべきものは、自らのうちにある力のみであることを忘れるなら、それだけで、将来の一切の希望を放棄すると同様の結果になるだろう。

これが總一郎の基本的な考えで、この考えを社員に向けて繰り返し語っていた。

「技術革新、イノベーションがなければ、本当の経済発展はないと思っている。経営の合理化だけでは無理なんだ。この国の人々が飢えずに暮らすには、技術革新を伴った経済発展が必要だ。この考えは戦前から変わらない」

「社長のその新しいものへの挑戦の考え方があったから、私は新しい合成繊維の研究に没頭したんです。他社からはバカにされましたよね。倉敷絹織は、レーヨンの利益を海の物とも山の物ともつかない合成繊維に投資して、むざむざ儲けを減らし自分の首を絞めているって」

友成は真剣な顔で言った。

倉敷絹織が、ポバール系繊維の開発に多額の投資をしているのを同業他社は呆《あき》れ、お手並み拝見とからかいつつ眺めていたのだ。

「そうだったなぁ……」

總一郎は、どんなに他社から揶揄《やゆ》されようとも、経営が苦しくとも、合成繊維開発への投資を止めなかった。それは技術革新こそが未来を開くという信念があったからだ。

「ナイロンは、アメリカの技術です。それが今、市場を席巻しています。私たちはアメリカに戦争で負けました。これは、アメリカの技術に負けたんじゃないでしょうか。もう一回、人が死んだり、傷ついたりする戦争をしろというんじゃありません。アメリカとは、技術で戦争して、今度は絶対に勝たないといけないんです。そうでないと、この国の、日本の未来はありません。経済の自立云々《うんぬん》と言っていますが、それは新しい技術があってこそです。ポバール系繊維は、我が国の技術です。これを実用化して世に出しましょう。国家へ物価庁次長として貢献されるのもいいですが、そんなことより、社長は繊維屋じゃないですか。孝四郎さん、孫三郎さん、ご先祖の皆さんも、繊維で世の中に貢献してこられました。社長もそうでないといけません」

友成は、やや丸い顔を膨らませるように熱弁を振るった。總一郎は胸の奥に、何か明るい光のようなものが灯《とも》るのを自覚した。

戦争が終わり、復興のための仕事に忙殺されていた。しかし、心の空虚は満たされてはいなかった。その暗く冷たい闇は徐々に広がり、總一郎の全てを飲み込もうとしていた。

何もかも捨てなければ、戦争に協力した者の責任は果たされることがない。この考えが、總一郎を支配していた。物価庁次長への就任要請を受託したのは、微力であろうとも戦争で疲弊した日本の復興の役に立つことで、自分の責任の一端が果たせるのではないかと考えたからだ。戦時中、自分が愚かであったことは否定できない。しかし、その愚かさに気づき、その愚行の結果を、ほんの少しでも元に復することができたら……。そういう思いだった。

それを友成は、繊維屋であることで世の中に貢献しろと強く言う。それがお前の役割だと……。

「社長、新しい合成繊維は、綿花のように白く、美しく、柔らかく、そして鋼鉄のように強い。耐久性もあります。これは万能繊維です。日本人の私たちが、世界に先駆けて作ったんです。日本人の繊維です。それがみんなの服になり、肌着になり、靴下になるんです。誰もが笑顔になるんですよ。でも、まだまだです。水にもっと強くしないといけませんし、染色ももっと容易にしなければなりません。価格もまだ高い。綿製品より安くしないといけません。必ずできます。それにこの合成繊維がいいのは、日本の資源で作ることができるということです。他の国に頼ることがありません。ポバールの主原料はカーバイドです。石灰と石炭です。利用する酢酸《さくさん》もカーバイドから作ります。これも石灰と石炭です。社長、この合成繊維を世に出すのが、あなたの務めなんじゃありませんか。日本人の、日本人による、日本人のための合成繊維です」

友成の熱弁は、とどまるところを知らない。

總一郎の隣に立つ仙石も顔を火照《ほて》らせている。友成の熱気に当てられたのだろう。

「社長」と仙石は言った。

「私たちは、社長が戻ってこられるのをお待ちしています」

總一郎は、仙石と友成の顔をじっと見つめた。二人の顔が、戦地や空襲で亡くなった芝田《しばた》たち若い社員と重なっていく。涙がとめどなく溢れ出す。

「すまない……」と總一郎は頭を下げた。

——芝田たちは死んだ。見事にお国に命を捧げた。それに引き換え私は、戦争にも行くことができない体《てい》たらくで生き残っている。自分が生かされている役割とは何か。そんな役割などはないという声がどこからか聞こえてくる。それを聞くのは苦しい。しかし、何かあるはずだと考え続けてきた。それが友成の話から、見えてきた気がする。日本人の、日本人による、日本人のための繊維……。友成は上手《うま》いことを言う。心が動かされる。

「仙石さん、友成さん、待っていてほしい。物価庁次長の役目を終えて帰ってきたら、綿にも、羊毛にも、レーヨンにも負けない繊維を作ろう」

總一郎が差し出した手を仙石と友成が同時に摑み、強く握った。總一郎を支配していた心の空虚が、仙石や友成の熱意で満たされていくのを実感していた。

第四章　ビニロン誕生

1

總一郎《そういちろう》は、昭和二十三年（一九四八）四月二日に物価庁次長を辞任し、同六月十六日に倉敷絹織《くらしきけんしょく》社長に復帰した。

總一郎が物価庁次長に就任したのは、片山哲《かたやまてつ》内閣が民間委員を多数登用したからだ。それは軍人や官僚に牛耳《ぎゅうじ》られた社会からの解放に見えた。民間の力で新しい日本を築いていくのだという夢があった。しかし片山内閣は三月十日、九カ月足らずで瓦解《がかい》、総辞職してしまった。それに伴って民間委員たちは続々と退任していった。

總一郎は新政権から強く引き留められたが、他の民間委員と共に政治の世界を離れることにした。権力闘争に明け暮れる政治の世界は、自分のいるべき場所ではないと悟ったからだが、それ以上に「日本人の、日本人による、日本人のための繊維を作る」という友成《ともなり》の言葉に心が強く動かされていた。

總一郎は、紡績《ぼうせき》を主体とする倉敷紡績と、レーヨン等の新しい繊維を製造する倉敷絹織から社長復帰を強く要請されていた。しかし過度経済力集中排除法により兼務は許されず、苦慮した結果、倉敷絹織を選んだ。

倉敷絹織の方が、経営基盤が固まっていなかったことが選んだ理由としては大きいが、友成という人間に賭けてみたいという思いがあったのだ。總一郎は、新しく日本を再構築していくには、誰もやったことがない新技術の開発に挑戦しなければならないと強く考えていた。自分は三代に亘《わた》る繊維屋だ。だったら繊維で挑戦したい。それが日本に勇気を与えることになるだろうと、密かに夢想していた。

倉敷絹織に復帰した際の陣容は、社長が總一郎、専務が仙石襄《せんごくじょう》、常務が豊島武治《とよしまたけじ》などで、友成は取締役だった。

戦争が終わったとはいえ、未だ日本は、誰もが相手を疑い、いたわりも慈しみもなく、ただひたすらに餓鬼道《がきどう》を歩んでいるがごとき状態だった。

昭和二十三年の犯罪件数は史上最悪を数えた。一月十五日には新宿の寿《ことぶき》産院がミルク代の補助金を着服したうえ、配給品を闇市《やみいち》で売却するなどし、充分に栄養を与えなかったために一〇三人もの乳幼児が餓死していたことが明るみに出た。二月にも新宿の別の産院で六一人、駒込《こまごめ》で二二人と、同様の乳幼児餓死事件が続いた。
戦後、食糧などの配給が乏《とぼ》しく価格が高騰《こうとう》していたことが主な原因なのだが、物価の安定を担《にな》っていた物価庁の次長であった總一郎は、こうした国民の疲弊に心を痛めていた。

人間が敗戦によって知性を脱ぎ捨て、動物に堕《だ》してしまったように、總一郎には思えてならなかった。他者を傷つけることをなんとも思わない事件も起きていた。帝国銀行椎名町《しいなまち》支店で行員一二人が毒殺され、現金一六万四〇〇〇円などが盗まれる帝銀事件だ。この事件の犯人とされたのは芸術家の平沢貞通《ひらさわさだみち》だったが、彼は裁判では終始一貫、無罪を主張し続けた。

暗い世相にあって、それを明るくするのは女性のファッションだ。花森安治《はなもりやすじ》は昭和二十一年（一九四六）五月という戦後間もない時に、『スタイルブック』という雑誌を発行し、女性はもっと美しくなろうと発信した。女性が美しくなろうと思えば、戦争がなくなるという考えもあったのだろう。

その前の月には、東京・神田《かんだ》の共立《きょうりつ》講堂で戦後初のファッションショーが開催されていた。暗く厳しい生活の中でも、女性たちが中心となって時代を前進させつつあった。女性を美しく飾るものは繊維だ。繊維産業は平和産業なのだ。戦時中、繊維産業は、銃器を作る産業より下に置かれたが、戦争が終わったことにより再び脚光を浴びるに違いない。繊維産業を発展させることが平和に貢献することだという信念を、總一郎は持っていた。

「太宰治《だざいおさむ》が自殺しました」

仙石が妙に深刻な表情で社長室に入ってきた。

「太宰って、あの小説家の？」

總一郎は聞いた。太宰の作品を読んだことはない。しかしいやな気分がした。芥川龍之介《あくたがわりゅうのすけ》の自殺もそうだが、時代を鋭く感じ取っている作家が自殺すると、世の中の前途が危ういという気にさせられる。

「いつ亡くなったの？」

「六月十三日です。遺体は十九日に発見されたようですが、過去にも何回も自殺を図《はか》ったのだそうです」

「どうしてそんなに自殺がしたいんだろうね。生きてこの国を立て直さねばならない時期なのに……」

「時代に絶望したって話ですが」

仙石は眉間《みけん》に深い皺《しわ》を刻んだ。

「レミングという種類のネズミは、七年から十年ごとに大移動をして、物に憑《つ》かれたように海岸に殺到し、やがて断崖から身を投じて海の藻屑《もずく》と消えていくと聞いたことがある」

「動物も自殺するんですかねえ」

「学者によると、種の絶滅を防ぐ厳粛《げんしゅく》な自然の法則らしいね。では人間の自殺はどうなんだろうか。もし人間の自殺と動物の自殺とが違うと言うなら、人間の自殺は社会や道徳の未成熟さに責任を転嫁してはならないと思う。動物の自殺以下の意味のない行動になってしまうからね。太宰は、自殺ではなくて間違って事故で亡くなったんじゃないのかなぁ」

「遺書があったようですから自殺でしょう。小説を書くのが嫌になったたってことらしいです」

「小説家というのは芸術家だ。時におかしいことも考えるさ。遺書を書いてみたり、自殺の真似事《まねごと》をしてみたり……。彼もそれを繰り返しているうちに事故を起こしてしまったんじゃないか。そう考える方が自然だよ。一時的に作品ができなくても、悩むことを止めてはいけない。独創というのは、高貴なものだし、それはそれは辛いものさ。彼でなくても独創に取り憑かれた者は、自殺の真似事でもしたくなるものさ」

總一郎は真顔で答えた。仙石は、ぎょっとした目で總一郎を見つめた。世間の話題として太宰の自殺を話しただけなのに、總一郎自身の哲学的思想の話になったからだ。

「驚いた顔をするんじゃないよ」

總一郎は笑みを浮かべる。

「私が自殺なんか考えるものか。企業にとっても芸術家にとっても、独創することが如何《いか》に辛いものかと言いたかったんだ。私は、他人の知識によって技術水準を引き上げてもそれは評価しない。一見、頑固で独善的のように見えるけれど、真に恃《たの》むべきものは自らの内なる力だ。これが独創だよ。それを信じて問題を解決していく者だけが、明るい広場に出て、燦々《さんさん》と陽《ひ》の光を浴びられるんだ」

「ところで總一郎さん、ビニロンの件ですが」

總一郎は「社長」という呼称を止めさせた。「さん」付けを徹底したのだ。その方が新しい時代にふさわしい。今ではすっかり定着し、仙石も「社長」ではなく「總一郎さん」と呼ぶようになった。

仙石は声を潜めて言った。總一郎が独創と言えば、ビニロンのことだった。友成と京都大学の桜田《さくらだ》が、心血《しんけつ》を注いで製造方法を確立したポバール系合成繊維の一般名が「ビニロン」と決められたのは、昭和二十三年五月二十日のことだった。

倉敷絹織は、岡山空襲によって破壊された実験設備を倉敷に再建し、原料となるカーバイド、酢酸《さくさん》ビニル、ポバール、ビニロンを製造していた。しかし未だに一日の生産量は二〇〇キログラム程度で、とても商業ベースに乗る規模ではない。總一郎は、ビニロンの本格的製造をやろうとしていた。

「誰が何を言おうと、私はビニロンをやる。独創的なイノベーションがなければ、本当の産業発展にはならないからね」

總一郎は、努めて明るく答えた。仙石の顔は曇《くも》ったままだった。

2

戦後の産業は、占領軍すなわちGHQによる統制が続いていた。

繊維産業も同じで、GHQの承認なくして何もできなかった。日本に対するGHQの占領政策は、いわば〝生かさず殺さず〟が基本方針。軍国主義復活を許さないために、日本国民が飢えない程度の最低限の生活を維持するだけの産業が許可されていた。

しかしながら徐々にその方針は変更され始めた。ようやく平和産業である繊維産業を輸出産業として育てるという方針が打ち出され、倉敷絹織が属する化繊業界も復活を認められることとなった。

GHQの占領政策の変更には、国際情勢が関係していた。

米ソ冷戦時代の始まりだ。戦後、世界は米ソという二大大国によって東西に分断されてしまった。ドイツではソ連によるベルリン封鎖が行われ、ベルリンのみならず、ドイツそのものも二分されることが決定的となった。アジアにおいても朝鮮半島が、アメリカの支持する韓国（大韓民国）とソ連の支持する北朝鮮（朝鮮民主主義人民共和国）に分断された。

西側陣営強化のためにGHQは、工業力のある日本の産業力を早期に復活させる必要があったのである。

しかし繊維業界の復活は容易ならざるものがあった。度重なる空襲により工場設備が破壊されたことに加え、原材料、動力、技術者等の不足が著しかったからだ。

終戦時（一九四五年）における倉敷絹織のレーヨン糸生産は、能力こそ日産一一・八トンだったが実際には日産四・九トンしか生産できなかった。その後昭和二十一年四月になって七・八トンまで回復し、昭和二十二年四月になってようやく生産能力の一一・八トンを生産できるようになったのだ。その様なありさまで、まだまだ途上という状況だった。

「今は、ビニロンではなくレーヨン復活に注力すべき時だと考えますが……」

仙石は言葉を選びながら言った。仙石は、ビニロンをやるという總一郎の方針を充分に理解していた。しかし社内には、多様な意見があった。それらを集約して、總一郎にビニロンよりレーヨンに傾注すべしと意見具申《ぐしん》する嫌な役割を買って出ていたのだ。

ビニロンを作るだけならまだしも、その原材料であるカーバイドや酢酸まで作るという總一郎のこだわりは、本格製造が始まれば、どれだけ資金や設備が必要になるか分からない。そんな力が今の倉敷絹織にあるとはとうてい思われなかった。またGHQも許可しないだろう。大胆な投資を行うのは、レーヨンで収益基盤を作り上げてからでも遅くはないのではないかとの意見が社内の大勢を占めている現実を、總一郎に理解してもらう必要があった。

「仙石さん、すぐに合成繊維の時代が来る」

繊維は天然繊維と化学繊維に分類される。化学繊維はさらに、化学的に合成された合成繊維と、パルプや綿等のセルロースから作られる再生繊維などに分類される。ビニロンは合成繊維、レーヨンは再生繊維だ。

「それはよく理解しておるつもりであります。東レさんもナイロンに力を入れておられますから。合成繊維の時代がすぐそこに参っているのでしょうな。しかしまだまだ……」

昭和十三年（一九三八）にアメリカのデュポン社が合成繊維のナイロンを発表した。それは「蜘蛛《くも》の糸よりも細く、鋼鉄よりも強い」というキャッチフレーズで瞬《また》く間に絹を駆逐し、絹織維が主力輸出品であった日本の繊維業界に衝撃を与えた。

このナイロンに刺激されて、日本でも合成繊維の研究が盛んになり、ビニロン誕生へと繋がっていくのだが、東レはナイロンの製造に成功し、戦後にアミランという商標で製造販売していた。デュポン社はGHQに東レの特許侵害を申し立てたが、結局、デュポン社とGHQは東レに特許侵害がないことを認める結果となった。東レの合成繊維技術の勝利だった。

「いや、大臣や商工省の幹部でさえ充分に理解していない。日本はアメリカに負けたのだから、合成繊維などという高度なものは作れるはずがないと言う始末だ。しかし、ビニロンは国産の技術だよ。私たちができるというところを見せないと、この国は変わらないし、変えることもできない」

總一郎は目を輝かせた。

「はぁ、東レさんはアミラン製造には成功されましたが、ナイロンの量産化に向けてはデュポン社の特許を利用されたと聞いております。ナイロン市場は拡大しておりますし、我が社もデュポン社と交渉してナイロン製造に進出した方が安全かと……」

仙石は言葉を濁《にご》しながらも、まだ実用化の方向が定まらないビニロンよりナイロンが無難との認識を示した。

「東レさんは、東レさんだ。でもデュポン社の特許を導入しても、アメリカのことだ、多額の費用を払っても全てを開陳《かいちん》してくれるとは思えない。東レさんがナイロンを選択するのは、アミランというナイロンの独自技術があるからだ。我が社にはビニロンの独自技術があるじゃないか。それに誇りを持とう。ビニロンは完全なる日本の独自技術だ。世界に出ていけば、どうなると思う？」

「はぁ」

仙石はもはや、ため息しか出ない。

「そうなれば、日本は世界の合成繊維大国になれるんだよ。大臣や官僚たちは、技術のことを何も知らないから負け犬根性に蝕《むしば》まれているが、それこそ危険だ。この国の技術水準を引き上げ、多くの人々が人間らしく生きていくには技術革新しかない。ビニロンは、アメリカの特許じゃない。日本の特許だ。国産技術を高めていくことこそが日本を復活させるのだよ」

「どうしてもおやりになるんですね」

仙石は念を押した。

「役員は全員反対なのかね」

「いいえ、技術担当の友成さんはビニロン命ですし、賛成の人間もおりますが、まあ賛成は、二、三人というところでしょうか。実は私も正直に申し上げて心配している方です」

「そうか」と、總一郎は眼鏡《めがね》がずり落ちるほど愉快に笑った。

「何がおかしいのですか、こっちは心配しているというのに」

仙石は少しむっとして言った。

「孫三郎《まごさぶろう》の言葉を思い出したんだ。一〇人の人間がいてその中の五人が賛成するようなことを言ったら、たいていのことは手遅れだと。せいぜい一〇人のうち二、三人ぐらいがいいと言った時に仕事はやるべきで、一人もいいと言わない時にやると、それも危ないとね。二、三人の賛成なら、ちょうど今がやるべき時だ。友成さんや研究所の人たちに量産化を決めても大丈夫か、そんな技術段階に来たかと聞いてみたら、非常に自信があると言っていた。本当かどうかは別にして、自信があるならやってみようと思う」

總一郎は笑みを絶やさないが、一歩も引かない強い口調で言った。

「どうしてもやるんですか。道なき道を進むようで、私は不安です。總一郎さんは、迷いはないのですか」

仙石の質問に總一郎は、言葉を探しているのか、沈黙した。

そして強い視線で仙石を見つめ、「迷わないと言えば、嘘だよ。迷う。しかし〝強くあれ〟という父の言葉が聞こえてくる。私が迷えば、社員全員が迷う。私は、必ずビニロンの量産化を成功させる。信じてついてきてくれないか」と言った。

「總一郎さんがそうまでおっしゃるなら、私はついていきます。反対の役員は私が説得いたします」

仙石は硬い表情で言った。總一郎の方針に従うと決めたものの、まだ不安を拭えてはいなかった。

「ありがとう。しかし、仙石さん、みんなに賛成してもらうのは嬉しいが、これからも異論反論は大いにやってほしい。私はね、求められる人には『良い人』と『有能な人』がいると思う。会社とすれば『社会的にも良い人』で『組織にとっても有能な人』がいい。常識的で使いやすいからね。しかしね、『個人的に良い人』で、『個人的に有能な人』は個性が強くて組織から弾《はじ》かれてしまいがちだ。でもそういう人を大事にしないと、パイオニアとなる人を見逃してしまう。だから多少、社会や組織から外《はず》れているようでも異能、異端な人は大歓迎だ。どんどん私に意見をしてくれないか」

「よく分かりました。いろいろ耳に痛いことも申し上げさせていただきます」

總一郎は本気で異能な人材を求めていた。そのことを仙石は充分に承知している。世間では創業者・孫三郎の子であり、ワンマンと見られがちだが、決してそうではない。他人の意見にじっくりと耳を傾けるタイプだ。總一郎の考えに反する意見であっても、無理に抑えるようなことはしない。總一郎は戦前に工場綱領として「同心戮力《どうしんりくりよく》」の言葉を掲げた。多くの異論を戦わせ、その結果、同じ方向《ベクトル》を向いて力を発揮する、これが總一郎の望む会社の姿なのだった。

「実は、ビニロンの材料であるアセチレンとは深い縁があるんだ。中学一年の時のことだけどね」

總一郎が穏やかな顔で話し始めた。

「夏休みのことだよ。岡山の沙美《さみ》の海でベイカ取りをしたんだ。アセチレン灯を使ってね」

ベイカとは、米烏賊とも書く瀬戸内海に多く生息する小型のイカのことだ。

仙石は急に、總一郎が子どもの頃の思い出を話し始めるのに、戸惑った。

「あそこはベイカがたくさん取れましたなあ。あいつら灯りに集まってくるんです。いい思い出でございますね」

「いやぁ、それが大変な思い出なんだ。アセチレン灯がつかなくなってしまって……。金属の円筒の蓋《ふた》を開けて、中のカーバイドを覗き込んで、マッチの火を近づけたら、突然、ボン！」

總一郎は両手を広げて爆発した様子を表現した。

「あらあら、大変ですな。どうなりました」

「目が潰れたかと心配したけど、幸い、眉《まゆ》を焼いただけで済んだ。その事件から四半世紀近く経って、またアセチレンと向き合ってビニロンを作ることになるのだから。縁があるんだ」

總一郎は目を細めた。

「そうですか。アセチレンにそんな御縁があったとは……。他社の中には、私どもや東レさんが合成繊維で惨憺《さんたん》たる産みの苦しみを味わっているのを見て、『あんなものに手をつけるから、余計な苦労をして、レーヨンの利益を食い潰すのだ』と冷ややかに笑っているところがあると聞きます。悔《くや》しいですから、私どもはなんとしてでもビニロンを育てましょう」

仙石は言った。

「いつか私たちの、この選択が正しかったと言われる時が来ると信じています」

總一郎は微笑《ほほえ》んだ。

3

昭和二十四年（一九四九）二月十八日、倉敷絹織は取締役会において正式にビニロン工業化を決定し、工場建設計画書をＧＨＱに提出した。計画は第一期（昭和二十四年から昭和二十五年）に、一日の生産量がポバール一〇トン、ビニロンが一〇トン、第二期（昭和二十六年から昭和二十七年）にそれぞれ倍増するというものだ。第一期には織機、編機、染色などの設備も作る計画である。

ビニロン工場は岡山、ポバールはカーバイド製造拠点の関係から北陸に適地を探すこととなった。第一期建設予算だけで三六億円という意欲的なものだった。これは当時の資本金二億五〇〇〇万円の一四・四倍に相当したため、あまりにも巨額の投資に過ぎるとの判断が働き、第一期工事を前期、後期に分けた。それでも前期工事だけで資本金の五・六倍の一四億一〇〇〇万円の投資計画となった。

四月十一日には、社名を「倉敷レイヨン」に変更した。

そして五月九日には、商工省が合成繊維工業を発展させることを目的に、「合成繊維工業の急速確立に関する件」を決定した。

まさに昭和二十四年は、合成繊維工業化のエポックメイキングな年となった。この方針によって倉敷レイヨンはポバール系繊維（ビニロン）、東レはポリアミド系繊維（アミラン）の集中生産会社として認められた。

「良かったですな」

仙石と話していた總一郎のところに、研究所から友成がやってきた。満面の笑みだ。

總一郎は顔を上げ、「まずは第一歩だ」と言った。笑みはない。

「そんなに嬉しそうじゃありませんね」

友成は總一郎の様子に納得がいかない。集中生産会社に選定されたということは、資金面などで集中的に援助が得られるということだ。ビニロン工業化を一気に進めることができる。もっと喜んでいいはずだ。

「ドッジ・ラインがねぇ」

仙石が渋い表情で言った。

戦後、国民は強烈なインフレに苦しんでいた。

政府は、昭和二十一年（一九四六）二月に強制的に新円切り替えを行い、五円以上の旧紙幣を預金封鎖にした。預金封鎖とは、銀行預金などの金融資産の引き出しを制限することだ。そして三月から一世帯当たり五〇〇円まで新円で支給するなどして、通貨発行量を抑えてインフレを収束しようとしたが、それほど効果はなかった。

公務員の初任給は昭和二十一年には五四〇円、昭和二十三年六月には二九九〇円、十二月には四八六三円と上昇したが、昭和二十一年に小麦粉一〇キログラムが二一円、塩一キログラムが一円一銭だったものが、昭和二十四年には小麦粉が四〇五円、塩が二一円六六銭と、激しく物価上昇した。

安定した収入がある家庭はそれでもまだなんとかなるが、戦争で稼《かせ》ぎ手を亡くした家庭などは悲惨だった。五円、一〇円のおみくじを売り、母を助ける少女が「一晩中歩いても一〇枚も売れない時は、死んだ方がましです」と嘆く姿が雑誌に掲載され、涙を誘った。マッチ売りの少女さながらの暮らしだ。戦前は五銭で食べることができた納豆が昭和二十三年には五円にもなり、少女には手の届かない食べ物となっていたのだ。

こうした強烈なインフレを収めるため、GHQは財政経費の厳重な抑制と均衡財政の早期編成、徴税の強化徹底などの経済安定九原則を吉田茂《よしだしげる》首相に指示した。この実施を確実なものとするため、西ドイツのインフレ対策に辣腕《らつわん》を振るったデトロイト銀行頭取《とうどり》ジョセフ・ドッジが、GHQ経済顧問として昭和二十四年（一九四九）二月一日に来日する。

ドッジは、日本の経済を竹馬《たけうま》に喩《たと》え、「日本経済は地に足をつけずに竹馬に乗っているようなものだ。一本の足はアメリカの援助、もう一本の足は、国内の補助金支出機構だ。竹馬の足が高すぎると、転んで首の骨を折ってしまう。日本は竹馬の足を切って、自分の足で立ち、経済自立をしなければならない」と言った。

ドッジは、まさに竹馬の足を切るべく政府に超均衡予算を迫った。ドッジが行った一連のデフレ政策は東大教授大内兵衛《おおうちひょうえ》によってドッジ・ラインと名付けられたが、ドッジは、もう一つ重要な施策を行った。それは為替《かわせ》レートの統一である。対ドル三六〇円という単一為替レートを定めたのだ。

ドッジの超均衡政策によってインフレは一気に沈静化した。消費財の闇値も三分の一に下落し、闇市は消滅に向かった。それに伴い消費財などの価格が安定し、配給統制が撤廃されたことはドッジ・ラインがもたらした福音《ふくいん》と言うべきものだった。

一方でインフレの急激な収束は、企業経営に深刻な資金不足をもたらした。所謂《いわゆる》「安定恐慌《きょうこう》」と呼ばれる不況が深刻化したのだ。

民間企業の倒産が多発し、失業者が増大した。闇市の消滅により、それまで闇市で生計を立てていた者たちも仕事にあぶれるようになった。労働争議が頻発し、中小企業経営者の一家心中などが新聞の社会面を賑《にぎ》わすことがあった。

インフレは抑えなければならないが、デフレになり過ぎると、社会問題が深刻化する。ドッジ・ラインは功罪相半《こうざいあいなか》ばする政策と言えるだろう。

「ドッジ・ラインとはどういうことですか。理系の私には理解できかねます」

友成がやや気色《けしき》ばんだ。

「ドッジのもたらした不況で、どこもかしこもが資金不足になって金が出ないということです」

仙石は一層、表情を曇らせた。

「金が出ない？　工場を作る金が出ないんですか？　それはおかしい。政府はビニロンを輸出の目玉とするべく、重要産業にしてくれたはずじゃないですか。それには優先的に資金を出すはずでしょう」

友成の言葉が激しくなり、總一郎も暗い表情になった。

「友成さんが怒るのも無理はない。私も怒っているんです。資金計画では、国家的重要産業のお墨付きをいただくことでの見返り資金をあてにして、市中銀行から資金調達をしようと考えていたが、それが資金不足だからと却下されたのです。こうなると市中銀行からの資金は出ない……」

總一郎は、どんな事態でも明るく微笑むのが常であったため、その表情の暗さは事態が尋常でないことを友成に印象づけた。

「おかしい。そんなおかしいことがあるものか。誰が反対しとるのですか」

ビニロンの製造に命を懸けてきたと言っても過言でない友成の怒りは収まらな

い。この合成繊維こそが日本を救うのだ、という信念を抱いているからなおさらだ。

「閣議では、合成繊維に貴重な金を回すのは時期尚早《しょうそう》だとの意見ばかり。日本の技術ではロクなものは作れん、静電気が起きて糸にならん、アメリカに負けたんだから競争にならん……」

仙石の言葉に友成は、「何を！」とばかりに血相を変えて詰め寄った。

「おいおい、友成さん、私が言っているんじゃないよ。大臣たちですよ」

仙石は困惑した表情で言い訳した。

「いったいどんな会社が見返り資金を認められたのですか」

「日本窒素肥料《ちっそひりょう》、三池合成《みいけごうせい》、飯野海運《いいのかいうん》……」

仙石が会社名を並べると、友成の表情は一層、険《けわ》しくなった。

「ビニロンは日本の技術、日本の産業ですぞ。戦前も冷遇され、やっと平和になり、今こそ我らの時代と思っておりますのに、大臣たちの無理解は如何ほどのものですか。總一郎さん、どう思われますか」

友成に迫られ、總一郎も奥歯を嚙み締め、悔しさを顕《あらわ》にした。なんとか工場建設を行おうと資本金も七億五〇〇〇万円に増資した。それなのになぜ、という思いが總一郎には強い。

「ビニロンは日本の技術です。日本が本当に独立国家として国際社会で評価を受けるためには、技術面において外国、特にアメリカから自立しなくてはいけない。ビニロンはそのための試金石《しきんせき》なんだ。友成さん、三越《みつこし》の展示会を覚えているでしょう」

昭和二十四年五月二十四日から三十日まで、ビニロンを使った製品展示会を三越本店で開催した。そこで、パイロットプラントで製造したビニロンを使った製品を展示した。決して満足がいく水準ではなかったが、人々にビニロンというものを理解してもらいたい、そして優先的に資金を提供してもらいたいという一心から企画、実行した。高松宮《たかまつのみや》・同妃両殿下、吉田茂首相、池田勇人《いけだはやと》大蔵大臣など政財界人が多く訪れ、一般参加者も詰めかけ、会場は身動きできないほどの賑わいとなった。展示品目は、フィラメント、紡績糸等に加え手編み糸、背広地、婦人服地、セーター、シャツなど様々な繊維製品に及び、ビニロンの可能性を大いにアピールし、即売品の売り上げも驚異的な金額を達成した。

「覚えておりますよ」

友成が目を細めた。

「あの大盛況は、敗戦で自信を喪失した日本人がビニロンから勇気を得た証《あかし》だ。日本人にもアメリカのナイロンに負けない合成繊維を作ることができる、という自信の表れですよ。もしここで僕たちが諦めたら、国民の期待を裏切ることになる。日本人はやっぱり駄目だと自信を失ってしまう」

「そんなことは、あってはなりません」

「そうだ。あってはならないんですよ。大臣たちは我が社に資金を出すのに反対したものの、あの展示会の熱狂は忘れていないはず。今の日本には、あの熱狂が必要だと思う人が必ずいると信じています」

總一郎は、遠くを見つめるかのように顔を上げた。

「そのためにも、大臣や役人にビニロンの重要性をもっと訴えねばなりませんなぁ。繊維会社がなぜポバールなんか作るんだと言うのですから。そんなのは餅は餅屋で、化学会社に作らせればいいと言うんです。その方が資金負担が少なくて済むではないかという理屈です」

仙石が愚痴っぽく言った。

「全く分かっていませんね。良質の合成繊維を作るには、原材料にまで目配りする必要があるんです」

友成が強い口調で言った。

「先立つものは資金だからなぁ」

総一郎は深いため息をついた。

「なんともならないんでしょうか」

仙石も暗い表情になった。

「私、どんなことでもやります。總一郎さん、とことん頑張りましょう」

友成が總一郎に迫った。

「そうですね。私が弱気になったら全てが終わりますからね」

總一郎は口を固く引き締めた。

「こんな時、孫三郎さんならどうしますかね」

仙石がひとり言のように呟いた。

「父ならこう言うでしょうね。『まだやったことのない新しいことを、失敗なしにやり遂げることが真の経験だ』と。とにかくやり遂げるんだと自らを励ましたでしょうね。今がその時、今からだ。今、戦いは始まったばかりなんですよ」

總一郎は、両手を伸ばすと、二人の肩を強く摑んだ。

第五章　資金調達

1

總一郎《そういちろう》が書斎で考え事をしていると、妻の真佐子《まさこ》が入ってきた。

「あなた、沖縄からお葉書が届いていますよ」

「沖縄から？」

真佐子から受け取った葉書はシーサーの絵が添えられていた。差出人は平良敏子《たいらとしこ》とあった。

「彼女は沖縄から女子挺身隊《ていしんたい》として倉敷《くらしき》の工場に来ていたんだ。音楽好きの女性だったが、元気なのかな」

總一郎は、喜び勇《いさ》んで葉書を見た。そこには總一郎への感謝の言葉と、沖縄で芭《ば》蕉《しょう》布《ふ》の製作に励んでいることが書かれていた。

「平良さん、元気なようだな」

女子挺身隊とは、国家総動員法の下で昭和十八年（一九四三）に創設された十四歳以上、二十五歳以下の女子の勤労奉仕団体のことだ。全国の市町村、町内会、婦人団体などによって組織化された。

「大変なご苦労をされて沖縄から来られたのでしょう？」

真佐子が感慨深く言った。

平良たちは、昭和十九年三月に那覇《なは》を出発して倉敷紡績《ぼうせき》万寿《ます》工場に向かった。当時、万寿工場は、三菱水島《みつびしみずしま》製作所の部品工場となり、万寿航空機製作所に変わっていた。すでに沖縄の海域はアメリカ軍の支配下にあり、彼女たちを乗せた輸送船はアメリカ海軍の潜水艦の攻撃を受けたが、辛《かろ》うじて鹿児島に上陸した。

「潜水艦の攻撃を受けた際には、甲板の上で死を覚悟したそうだよ。その時、どこからともなく日の丸をつけた飛行機が飛んできた。その翼の赤色の鮮やかなこと。助かったという思いが募《つの》ったんだね。それで工場では、あの翼を作るんだ、って必死で飛行機の部品作りに励んだと話していたね」

「その飛行機はまるで、『旧約聖書』のノアの箱舟の物語に出てくる鳩のようね」

「オリーブの若葉を嘴《くちばし》にくわえてきた鳩のことかい？」

ノアは大洪水で何日も箱舟の中で過ごした。そして、自分が放った鳩がオリーブの若葉をつけた枝をくわえて帰ってきたのを見て、ようやく水が引いたことを知るのだった。それは生きる希望の若葉だった。

「働き始めてからも苦労が多かったんだよ。別の地域から来た挺身隊の中には、彼女たちのことを沖縄の人だからとさげすんだり、彼女たちが入浴した後には入らないというようなあからさまな差別があった。でもそれにも負けず、率先して模範的に働いたんだ。平良さんは隊長でね、みんなのまとめ役だった。ある時、島根県の少女が彼女に『沖縄の原住民はどんな風なの』と聞いたんだ。彼女はカチンときて『私が原住民です』って睨《にら》んだ。相手はびっくりして逃げ出してしまった。後から島根県の引率《いんそつ》の先生と少女が彼女に謝りに来たんだが、『私たちは沖縄の原住民ですが、それぞれ生活が違うんだから、あなた方も島根の原住民じゃないですか』と言ったそうだ」

總一郎は平良から聞いたエピソードを楽しそうに話し、「そのうち差別していた他県の少女たちも、彼女たちの頑張りに励まされて仲良くなったんだ」と言った。

「平良さんって強い人だったのね。でも差別していた少女たちも、親元を離れた寂しさを、誰かを苛《いじ》めることで忘れようとしていたのかもしれないわね」

真佐子が優しく言った。

「当時の勤労課長の林喬一《はやしきょういち》さんから聞いた話だけど、平良さんも『お母さん』と寝言《ねごと》で泣いていたらしい。表向きの強さとは裏腹で、寂しさは想像以上だったに違いないと思う」

沖縄は日本の文化を形成した源流の一つだ。總一郎は、強い関心を抱いていた。日本は近代化を急ぎ、様々なものを破壊し、その結果が戦争という究極の破壊に結びついてしまった。沖縄には、まだ近代化を追求する前の日本が残っていると考えていた。

沖縄の地を実際に踏んだことはまだない。しかしその歌、踊り、陶器、織物など、いわゆる民藝を見た時の衝撃が忘れられない。

總一郎の民藝への傾倒は、孫三郎《まごさぶろう》の影響があった。孫三郎が民藝運動家の柳宗悦《やなぎむねよし》らを支援していたからである。しかし總一郎の民藝への傾倒ぶりは、単に孫三郎の影響というひと言で片づけられないほど、強かった。

民藝は芸術ではない。それは、「貧しさの中の美しさ」とでも言うべきもので、近代の経済的な効率性や利益のみを追求したものではなく、生活に対する愛情、作る人、商う人、使う人の全ての喜び、生活する人の強さ、したたかさが美に昇華したものだった。總一郎は民藝の中に民衆の独創性を見ていたのだ。それはビニロンという合成繊維の独創性を民衆に向けて問いかけようとする、總一郎の経営姿勢そのものだった。

そしてそれらが最も色濃く残り、民藝の中の民藝と言ってもいいのが、沖縄の民藝ではないだろうか。いつか沖縄を訪ねて、直《じか》にこの目で見、この手で沖縄の民藝を味わってみたいと考えていた。

「あなたは沖縄には、ひと際強いご関心をお持ちだから」

真佐子の言葉に触発され、總一郎はある光景を思い出した。

それは沖縄女子挺身隊の少女の一人が、不幸にも結核で亡くなった時のことだ。

總一郎は、勤労課長の林や舎監長の杉本千寿太《すぎもとちずた》と共に葬儀を執《と》り行い、彼女たちと一緒に火葬場にまで赴き、骨揚《こつあ》げを行った。みんな泣いた。總一郎も涙を抑えることができなかった。故郷を遠く離れ、倉敷という異郷の地で命を失うこととなった若い娘の不幸を思うと、涙が止まらない。

「何か彼女たちを慰めるアイデアはないか」

總一郎は林に聞いた。

「あの娘たちはサツマイモが好物だということです。ふかして、腹いっぱい食べさせてやりましょう」

林は、總一郎の返事を聞く間もなく動き出していた。

工場内は、急遽《きゅうきょ》、サツマイモパーティさながらとなった。甘くふかしたサツマイモが彼女たちの腹を満たすと、誰の顔にも自然と笑みが浮かんだ。總一郎は、コレクションの中にあった沖縄の「御前風《ぐじんふう》」のレコードをかけた。祝宴の際、琉球国王の前でも歌われるものだ。

「今日《きゆぬ》の誇《ふく》らしゃや　何《なう》にじゃな譬《たてぃ》る　蕾《ちぶ》でぃ居《う》る花ぬ　露《ちゅ》ちゃたぐとぅ……」

彼女たちのすすり泣く声が工場内に響いた。故郷沖縄にいる父母、海、空を思い出しているのだろう。

少女の霊よ安らかにと總一郎は祈りを捧げた。

「大原《おおはら》社長、私たち、お礼に阿里屋《あさとや》ユンタを歌います」

平良がみんなに立ち上がるように促した。

阿里屋ユンタは、沖縄の八重山《やえやま》諸島に伝わる古謡《こよう》だ。

彼女たちが「サー」と声を合わせて歌い出した。

總一郎は不思議な感覚に囚われた。過去と現在、歌と現実との境界が一瞬にして取り払われたような気がしたのだ。今、悠久の時の流れに身を委ねている。少女は病気で亡くなったが、總一郎にもいつ死が訪れるかもしれない。今日にでも明日にでもアメリカ軍の激しい爆撃で工場が焼かれ、誰もが炎に包まれてしまうかもしれないのだ。生も死も表裏一体。区別はない。一つの流れだ。もはや恐れることはない……。

「マタハーリヌ　チンダラ　カヌシャマヨ」

彼女たちの歌が終わった。

隣にいる林は、まだ目を閉じたままだ。きっと林も自分と同じ思いを抱いているのだろう。彼女たちを慰めるつもりだったのだが、実は總一郎が慰められていたのだ。

昭和二十年（一九四五）四月一日、沖縄本島にアメリカ軍が上陸し、日本軍と壮烈な地上戦を展開した。多数の民間人を含む、日米で二十数万人が犠牲となった悲惨な戦いだった。沖縄は太平洋戦争における悲劇の島となった。

日本は、アメリカ軍の本土上陸を阻止する最後の楯として沖縄を利用した。沖縄は本土の犠牲となった。日本本土に住む何十万、何百万人の命が救われたのは沖縄の多くの人々の犠牲があったからだ。助かった命の中の一つに、間違いなく總一郎の命もあった。沖縄の悲劇が彼女たちに伝えられ、彼女たちは工場の床に伏し、号泣した。確かな情報がなく、沖縄の親や兄弟、姉妹が全員死んでしまったと思ったのだろう。總一郎は、慰める術《すべ》もなく、ただ黙ってその姿を見つめるしかなかった。

總一郎は彼女たちの泣き叫ぶ姿を見て、いかなる理由があろうとも、軍需工場を経営している自分には大いなる戦争責任があると痛切に自覚した。そして沖縄のために何かをしたい、否《いな》、するべきだ。彼女たちを襲った悲劇に対して、自分には為《な》すべきことがあるはずだ。そのために神は、自分に経営者という立場を与えているのだ。そう強く思った。

八月十五日の終戦を迎えた際、途方にくれる彼女たちを集め、總一郎は「身寄りのある人はそこを頼って行きなさい。身寄りのない人はここに残ってもよろしい。私が面倒を見ますから」と言い、全員に一人当たり三〇〇円を支給した。

当時、大卒銀行員の初任給が八〇円ほどだったから、戦後のインフレーションで物価が高騰《こうとう》したとしても当面は暮らしていけるだろうという金額だった。身寄りを頼って去っていく者、倉敷に残る者、半々となった。約六〇名が倉敷に残った。

「会社が大変な時期ですのに、本当に申し訳ありません」

平良が代表して總一郎に礼を言った。

「あなた方のご家族はきっと無事でおられるから、今は情報がなく不安だろうが、沖縄に必ず帰ることができる。希望を失わないようにしなさい」

「ありがとうございます」

「ところで私は、沖縄の民藝、文化が大好きなんだよ。できれば倉敷に沖縄娘村を作り、沖縄文化を残したいと思うのだが、皆さんに協力をお願いできないかなあ」

沖縄のためにできることは何か。總一郎が出した一つの結論は、沖縄の文化を倉敷に残すことだった。

戦争によって沖縄の文化は担《にな》い手ごと破壊されてしまったかもしれない。それならばここにいる彼女たちによって、異郷ではあるが倉敷に沖縄文化を残してもらうことに意味があるかもしれない。そう考えたのだ。

「織物なら、ある程度のことはできます」

平良が目を輝かせた。

「織物ねぇ」

「幼い頃から、見よう見真似《みまね》で芭蕉布を織っていました。祖父も父も芭蕉布の振興に力を尽くした家で育ったものですから」

芭蕉布は沖縄で最も古い織物の一つ。王族から庶民の服まで広く利用され、沖縄の各地で織られていた。

芭蕉布はまず、糸芭蕉と言われる芭蕉の原木から育てることから始まる。芽が出て、三年でようやく繊維が採取できる。原木を切り、皮を剝《は》ぐ。皮の部分によって、それぞれ織る製品が違う。最も芯に近い、柔らかい部分が着物を織る糸になる。木灰汁《もくあく》で煮たり、紡いだりして苦労に苦労を重ね、一本の糸芭蕉からたった二〇グラムの糸しかできない。着物を作るには二〇〇本の糸芭蕉が必要になるという貴重な織物だ。

「それは心強いです。沖縄文化をこの倉敷に残すために協力してください」

總一郎は、芭蕉布勉強会を事業計画として正式に認可し、彼女たちの芭蕉布作りを支援することにした。指導者として、民藝運動の仲間である外村吉之介《とのむらきちのすけ》を疎開先の福井から呼んだ。外村は、柳宗悦などと共に「用の美」を掲げる民藝運動をリードする一人である。そして總一郎と同じく、沖縄をこよなく愛している人物だった。

「沖縄は、誰もが知る通り困難の多い離島である。貧乏、不便、台風、重税――土地の人々は自らを『孤島苦《しまちゃび》』と言い、内地からそこに任を受けた役人や教師たちは、島流しの嘆きに暮れたものだ。見るべき、尊ぶべき何ものもないと誰もが思った」と、外村は沖縄が如何《いか》に本土から無視されているかを嘆き、柳宗悦と共に沖縄の価値発見に力を注いだ。

柳や外村は、沖縄の陶器、染物、織物、歌舞などの美の依《よ》って来《きた》るところの深さ、確かさを解明し、世間の長い軽視の目の鱗《うろこ》を取り去り、敬愛の念に変えるべく努めていた。

「あなたはよく仕事の合間に、平良さんたちの勉強会を覗かれていましたね」

真佐子は言った。

「平良さんたちはすぐに上達してね。やはり民藝の素養があるんだなと思った。見事な黄金《こがね》色の地に、鶴亀の絵絣《えがすり》を織り込んだ布を見せられた時には感動したね。彼女たちは本当に楽しそうに仕事をしていたなぁ」

總一郎は目を閉じると、瞼《まぶた》に平良たちの笑顔が浮かんできた。

「皆さんと一緒に阿里屋ユンタを歌われたりして、あの歌はすっかりあなたの持ち歌になりましたね」

「そうだね。数少ない持ち歌だ。物価庁次長の時、役人たちの集まりで歌ったら、皆すっかり聞き惚れていたんだぞ」

總一郎は得意げに言った。官僚たちに沖縄古謡を歌ったのは、沖縄の悲劇を忘れないでもらいたいとの思いからだった。

葉書の最後は、「大原社長様が沖縄を訪ねてくださる日を楽しみにしつつ、沖縄の誇りとなるような芭蕉布を織りたいと願っております」と結ばれていた。

「沖縄に行きたいですね」

「行きたいなぁ。頑張っている彼女たちに会いたい。そのためにもビニロンを軌道に乗せなくてはならないんだ。私も彼女たちに負けないように頑張らねばならない」

總一郎は、平良の葉書を強く握りしめた。

2

倉敷レイヨンの取締役会は紛糾《ふんきゆう》していた。ビニロン製造プラント建設資金の目《め》途《ど》が立たないためだ。

總一郎は、取締役に遠慮なく意見を言うようにと、常々話していた。父である孫三郎は總一郎と違い、非常な癇癪《かんしゃく》持ちであったため、取締役会で他の誰かが意見を言うようなことはあまりなかった。それでも孫三郎は、「新規なことを始める場合には、一〇人のうち三人賛成したら実行せよ、逡巡《しゅんじゅん》しているうちに先を越される」と言っていたから、反対意見を言う取締役もいたのだろう。

むしろ、反対意見を敢《あ》えて言わせていたのではないかと總一郎は思った。

孫三郎が最も嫌ったのは、他者への追随《ついずい》やありきたりな考えだった。また賛成とも反対ともつかぬ曖昧《あいまい》な態度も拒否した。常に相手に個性的な意見を求めた。そうした姿勢を示さない取締役には、大いなる癇癪玉《かんしゃくだま》を破裂させた。ある取締役は、そんな孫三郎を「恐ろしかったものです。明日から来るに及ばずと言われ、途方にくれました」と話したことがあった。

孫三郎は癇癪を直そうとしたが、「駄目だった。他人《ひと》を自分と同等だと思いさえしなければ……」と語っており、相手に期待し過ぎた面があったのかもしれない。

總一郎は癇癪は起こさないが、取締役に求めるものは孫三郎と全く同じだった。「耳の人」とでも言うべき、傾聴能力の高い人間ではあったが、ありきたりの意見、反対のための反対などは受けつけなかった。

取締役たちの意見を聞きながら、總一郎は孫三郎が最も苦しんだ昭和五年（一九三〇）の昭和恐慌《きょうこう》時のことを思い出していた。

總一郎はその前年に東京帝国大学経済学部に入学し、井《い》の頭《かしら》公園近くに下宿していた。

その頃の日本は濱口雄幸《はまぐちおさち》内閣の金解禁という緊縮政策で、厳しい不況に陥っていた。ドッジ不況に苦しむ現状と同様だ。

孫三郎は、それまで順調に事業を拡大していた。「わしの目は十年先が見える」と豪語し、多くの収益事業ばかりではなく社会事業も行っていた。

ところがこの不況が倉敷紡績など孫三郎の事業を直撃した。瞬《また》く間に業績が悪化し、巨額の赤字を計上することになった。銀行から融資の返済を迫られ、孫三郎は進退きわまっていた。

——孫三郎はなりふり構わず事業の救済に突き進んだ……。あの姿勢はすごい。

孫三郎は、収益事業と社会事業の板挟みで、もう何もかも投げ出したいと思ったことも再三だっただろう。しかし、弱音を吐くことはなかった。むしろ、緊縮財政で日本経済を筋肉質にし、再建するという首相・濱口雄幸や蔵相・井上準之助《いのうえじゅんのすけ》の政策を支援していた。

だが融資を受けられないと全ての事業が崩壊すると判断した瞬間、あらゆる人脈を手繰《たぐ》り寄せ、頭を下げ、熱意を持って事業継続の支援を依頼した。その結果、日本興業銀行から六〇〇万円という破格の融資を引き出し、事業を救った。勿論《もちろん》、再建のために銀行から提示された条件を全て受け入れたため、多くの従業員や事業をリストラすることにはなったのだが……。

――孫三郎の経験した昭和恐慌と、今回のドッジ不況とではどちらが厳しいだろうか？　いずれにしてもなりふり構わず行動するべきか。孫三郎は「苦難苦労の内より幸福が生まれ、光明が与えられるものである」と言っていたが……。

取締役の一人が立ち上がった。やや顔を紅潮させている。何か強い思いが腹にあるようだ。彼には通商産業省（昭和二十四年五月に商工省より改称）との折衝《せっしょう》を担当させている。

「繊維会社が原材料のポバールまで製造する必要はないと、通産省の方がおっしゃるのです。餅は餅屋に任せるべきだと。それを諦めれば八億円以上、建設費が削減できるではないかと、身の程知らずめと叱られました」

と彼は言い、急に目頭を熱くし始め、「そのお役人を殴ってやりたいと思いました」と険《けわ》しい表情で声を強くした。

「それは穏やかではない。もう少し詳しく話してください」

總一郎は聞いた。

「お役人は言うんです。敗戦国である日本が、独自の技術で合成繊維などを作ろうとすること自体が傲慢《ごうまん》なんだ。日本の技術など二流だ。だから戦争に負けたんだ。どんなに頑張っても一流にはなれない。アメリカのナイロンの技術を導入すればいい。独自技術など、どうせ失敗するに決まっている。できる限りリスクを最小化するのが名経営者だろう。大原總一郎という経営者は、敢えてリスクを最大化する道を選ぶ無能経営者だ。そんな人物に見返り資金を出すなど愚策の極みだと、まあ、言いたい放題で……」

彼は、今にも泣き出さんばかりに言った。他の取締役たちが口々に、「許せん」「なんということだ」と騒ぎ始めた。

「静かにしなさい」

總一郎は彼らを制して、「誰だね。そんなことを言うのは。その役人の名前を聞かせてください」と落ち着いた口調で聞いた。

「赤池清次郎《あかいけせいじろう》という人です。倉敷出身で、總一郎さんとも親しい仲だというので工場建設の説明に参りましたが、けんもほろろの態度で……。悔《くや》しゅうて、悔しゅうてなりません」

「あいつか……」

赤池は、總一郎が軍需工場の経営者として戦争遂行に向けて従業員を鼓舞《こぶ》していた際、戦争には負けると言い放ち、總一郎の姿勢を皮肉った。赤池なら言いかねない。總一郎は赤池の嫌みな顔を思い出し、苛立《いらだ》ちを覚えた。

「何も分かっとらん。官僚というものは前例踏襲ばかりでどうしようもない」

友成《ともなり》が怒りを爆発させた。

「石灰という日本に豊富にある資源を使って繊維を作る夢に向かって、先代・孫三郎さんの時から我々はずっと努力してきました。工場が爆発して、貴い犠牲者も出しました。戦争で工場も破壊されました。それでも我々は京大の桜田《さくらだ》先生らと協力して、石灰からポバールを製造し、それから繊維を紡ぎ出す技術の確立に努めた結果、ようやくビニロン量産化の自信を得たのです。日本の原材料でアメリカや世界に負けない繊維を作るという夢の実現は、總一郎さん、あなたの父・孫三郎さんの夢の実現でもあるんです。日本の独自技術だから意味があるんです。敗戦国の日本がこれだけやれるんだということを、世界に見せることが大事なんです」

友成の大きな目が總一郎を睨みつけた。

友成は、孫三郎によって派遣された留学先のドイツで、ポバールの生みの親であるヘルマン博士と出会った。ポバールやビニロンへの思いは誰よりも強い。

「通産省に抗議しましょう」

友成はたたみかけた。

「まあ、落ち着いてください」

總一郎は、赤池の言葉を冷静に分析してみた。誰も歩んだことがない日本の独自技術でビニロンを量産するという困難な道に対しての世間の見方を、赤池は代表しているのではないか。幾つかの企業がビニロン量産化に挑戦し、次々と撤退していった。鐘淵《かねがふち》紡績、東洋紡績……。それは技術的にも資金的にも困難だからだ。経営者は、リスクを最小化しなければならないという赤池の言葉は間違ってはいない。

「みんな、聞いてくれ」

總一郎は取締役たちに呼びかけた。彼らの視線が總一郎に集まった。

「日本独自の技術でビニロンを量産するということに対して、立派だ、偉いなどと賛成する人もいる。しかし心の中では、赤池と同じように失敗すると思っている。それをはっきり言ってくれた赤池に、私は感謝したい」

「待ってください。そんな無礼な官僚に感謝したいとは何事ですか。總一郎さんでも許せません」

友成が興奮して總一郎の言葉を遮る。取締役のうちには、友成に同調し、「その通り」と声を上げる者もいた。

「まあ、私の話を聞いてください。腹立たしいのは私も同じです。しかし、孫三郎が倉敷絹織を創業した理由をよく考えてみてほしい。彼は、日本の繊維産業が原材料を海外に依存し、単なる加工賃稼《かせ》ぎの事業に堕《だ》しているという現状から脱却するために、この会社を興《おこ》しました。海外の原材料相場に影響されることの比較的少ないパルプを材料にしたレーヨンに、日本の活路を見いだそうとした。困難な道だったが、孫三郎はそれを成し遂げた。今度、我々が製造するビニロンは、原材料も技術も全て国産だ。海外に依存することはない。しかしそれはレーヨンより何倍も困難な道だ。現に今、資金調達という入り口で足踏みしているではないか。これからもきっと、幾つもの困難が待ち受けているに違いない。しかし、この道を歩まねばならない。なぜなら、友成さんが言う通り、それは孫三郎の夢でもあるからだ。創業者の夢見た道を、我々はもっと遠くへ伸ばし、もっと確かなものとしていかねばならない。それが後継者である我々の責務だと思う」

「總一郎さんのおっしゃる通りです。ですが、赤池という官僚に『感謝したい』とは如何なる意図ですか」

　友成の怒りはまだ収まらない。

「私は天邪鬼《あまのじゃく》なんです」

「天邪鬼？　どういうことですか」

「私は天邪鬼ですから、世間が絶対失敗するだろうと思っている道を敢えて歩きたい。成功する確信は世間が持っているわけではない。私たちが持っている。私たちはその確信に向けて歩もう。世間は、結果が良ければ称賛し、悪ければ批判するだけだ。そのことを赤池は教えてくれている。だから感謝すると言ったんだ。私は赤池の言葉に勇気を奮《ふる》い立たせているんです」

　總一郎は取締役たち一人一人を見つめながら言った。

　通産省担当の取締役は、高揚した口調で「大原さんの心は充分に分かりました。絶対に成功して、あの赤池という役人に黒星をつけてやりましょう」と言い、笑顔を取り戻した。

「しかし、ビニロンの品質向上には、ポバール製造を他人任せにするわけにはいきませんが、そうは言うものの金が出ないことにはどうしようもない。頭が痛いですなあ」

仙石《せんごく》が眉根《まゆね》を寄せ、意見ともつかぬ言葉を洩《も》らした。創業者の夢を実現することに異論はないが、それがあまりにも困難であることが、仙石には充分すぎるほど分かっていた。

倉敷レイヨンの資本金は二億五〇〇〇万円だ。今後、ビニロン製造のために七億五〇〇〇万円に増資を計画しているが、それでも資金が全く足りない。資本金の二倍もの資金をどうやって調達したらいいのか。その目途さえ立たない。

「ポバール製造を他社に任せるわけには絶対にいきません」

友成が強い口調で言った。

「そんなことは、ここにいる誰もが分かっています。それでどうしようかと頭を抱えているんです」

仙石は厳しく反論した。次々と意見が飛び出す。異論あり、反論あり。誰もが必死で新しい事業の将来について頭を悩ませている。

總一郎は、仙石の深く刻まれた眉間《みけん》の皺《しわ》を見つめた。あの時も同じような深い皺を刻んでいたな、と仙石と二人で、三菱銀行の本店で幹部と面談した際の光景が浮かんできた。

豪華な絵画が壁に飾られている応接室で、總一郎は幹部と面談していた。相手は終始、うつむき気味で暗く、苦痛に満ちた表情を浮かべている。それは顔に貼りつき、もはや剝がしようがない。どうして銀行家という者は、こんなに世の苦しみを一身に受けているかのような表情を得意とするのだろうか。

「政府の見返り資金が出るとの前提で、私どももご協力したいと考えておりましたが、それが出ないとなりますとね、全ての前提が崩れるわけでございまして……」

如何にも重厚な口調で幹部は言った。

「必ず見返り資金は出ます」

仙石は大きな身体《からだ》を揺らすようにして、幹部の方に乗り出した。

「それなら、それが出てから改めて考えましょう」

幹部は薄く笑みを浮かべた。皮肉を言う時だけ笑みになるとは、なんと心が貧しいことか。

「私は、世界的な評価を受ける技術革新、イノベーションこそが日本の発展に結びつくと考えております。ビニロンの技術は、まさにそれに値するのです。私はそれに社運を賭けております」

總一郎は幹部を見つめた。

「社運を賭けるなどと……」

幹部は眉をひそめた。

「大原社長の理想はよく分かりましたが、とにかく見返り資金が出てから相談しましょう。それにしても、そんな素晴らしい技術なのに政府が見返り資金を渋ったのはなぜでしょうな」

「それは、まだ私どもの努力が足りないからでしょう」

「実際は、まだまだ未確立の技術なのではありませんか」

「そんなことはありません。改良はしていきますが、量産化の技術は確立しております。ビニロンはナイロンに負けない、国産技術による万能の合成繊維です」

仙石は言った。

この銀行家に、『新約聖書』のからし種の喩《たと》えを教えてやりたいと總一郎は思った。

イエスは、神の国を一粒の極小のからし種に喩えた。それを地に播《ま》けば、やがて木に育ち、鳥が巣を作る。日本で生み出した技術でビニロンを量産すれば、それは一粒のからし種となり、どれだけ敗戦で打ちひしがれた人々を勇気づけることだろうか。やがて日本国内に新たな技術開発の木を育て、多くの鳥が巣を作るだろう。

「あなたはニーチェをお読みになりましたか」

総一郎は幹部に聞いた。からし種の喩えより銀行家に相応《ふさわ》しいエピソードに思い至ったのだ。

「さあ、不勉強でして……」

幹部はわずかに表情を歪《ゆが》めた。總一郎は銀行家と話す時、話題の貧困さに驚くことがある。ゴルフと芸者の話なら彼らは盛り上がるのだが、残念ながら總一郎はその分野には不案内だ。

「ツァラトゥストラが十年に及ぶ洞窟《どうくつ》での孤独な生活から外に出た際、太陽が燦々《さんさん》と輝いていたのです。彼は太陽に言いました。自分は太陽の奴隷《どれい》ではない。太陽よ、お前に照らされている、この自分という者があるからこそお前は幸福なんだ……。このニーチェの言葉、どう思われますか」

總一郎が柔らかく微笑むと、幹部は苦り切った表情を浮かべた。太陽を銀行に喩えた總一郎の皮肉を理解したようだ。自分たち企業は銀行の奴隷ではない。銀行こそ企業の成長がなければ輝くことができないではないか。

「仙石さん、帰りましょう」

總一郎は、すっと立ち上がり、仙石に言った。

「お帰りですか」

幹部は、肩の荷を下ろしたような安堵《あんど》した表情になった。

「またお願いに参ると思いますので。今日のところは失礼します」

總一郎の言葉に幹部は、再び表情を曇《くも》らせた。

ようやく取締役たちの議論が鎮まった。彼らは、議論に疲れ、一様に口を閉ざした。

「みんな」

總一郎は取締役たちに呼びかけると、彼らは一斉に總一郎を見つめた。

「今一度、我が社の社章『二三印《にさんのいん》』を思い返してほしい。あれは『驕《おご》れば衰え、満は損を招き、謙は益を受く』という意味で、常に謙虚であることを教えてくれている。これこそが繁栄の道だと。しかし謙虚は消極ではない。『二三』の上には『一』がある。我々は常に、進取の気性と不屈の闘魂を事業の根源に据え、『一』を目指さねばならない。そして『一』を目指すには功を焦ってはならない。常に謙虚な反省を伴わねばならない。そのようなことを教えてくれているのが『二三印』だ。資金調達の苦労も通産省の官僚の無理解も謙虚に受け止めれば、必ず道が見つかる。私は、どんなことがあろうともビニロンに賭ける決意だ。父・孫三郎はこの地方都市・倉敷から日本を変えようとした。私には倉敷にこだわりすぎるなと言い残した。しかし、私も孫三郎と同様に倉敷にこだわり続ける。この地方都市・倉敷から日本に勇気と自信を取り戻す事業に取り組む。官僚や政治家の思惑が蠢《うごめ》く東京中心の日本では、新しいイノベーションは起こすことができない。私は、なりふり構わず、しかし正々堂々とビニロン量産化に向けて歩む。みんな、よろしく頼む」

總一郎は、取締役たちに深く頭を下げた。

「やりましょう」

仙石が大きな声で言った。友成や他の取締役たちは唇を一文字に結び、決意を込めた表情で大きく頷《うなず》いた。

總一郎の脳裏には、「法王《ほうおう》」と恐れられている日本銀行総裁・一萬田尚登《いちまだひさと》の顔が浮かんでいた。

第六章　日銀の法王

1

日本銀行総裁・一萬田尚登《いちまだひさと》は明治二十六年（一八九三）、大分県に生まれた。生家は庄屋だったが、多くの小作人を抱えていたわけではなく、あまり豊かとは言えなかった。

第五高等学校（熊本）から東京帝国大学法科に進み、日本銀行に入行した。高等文官試験にも合格したのだが、成績にいま一つ自信が持てなかったため、官僚の道には進まず、銀行員となった。

東大卒業直前に刑法学者・牧野英一《まきのえいいち》の話を聞き、感動したという。

それは「世の中は甘くないよ。諸君は転んでもただでは起きないという精神でいかなければいけない」というものだった。この教えは、一萬田が挫折《ざせつ》しそうになった時、なにくそという思いに繫がり、彼を支え続けた。

その後、京都支店長となり、エリートコースに乗ったかと思われたが、当時の日銀総裁・結城豊太郎《ゆうきとよたろう》の勘気に触れることがあり、検査役に左遷《させん》された。支店の事務を検査・監督する部署なのだが、閑職だった。もはや出世の道は断たれたかに思われたのだが、一萬田は腐ることなく仕事に励み、支店の検査手法を従来の細かいミスのあら探しから指導的な意味づけに変えてしまった。それは支店の事務を著しく向上させる好結果を招いた。一萬田は仕事への姿勢を評価され、再びエリートコースに返り咲いた。

一萬田が最も影響を受けたのは第九代、第一一代日銀総裁・井上準之助《いのうえじゅんのすけ》だった。

井上は、濱口雄幸《はまぐちおさち》首相と共に大蔵大臣として金《きん》解禁に邁進《まいしん》し、井上日召《にっしょう》率いる血盟団《けつめいだん》の小沼正《おぬましょう》によって昭和七年（一九三二）に暗殺されたが、徹底した財政均衡の思想を持つ財政家として有名だった。

一萬田が日銀に入行した大正七年（一九一八）は、第一次世界大戦が終わった年だ。戦勝国である日本の経済は、バブルの様相を呈していた。何より問題だったのは、軍部が力を持ち始めたことだ。井上はそのことを大いに懸念《けねん》し、問題視していた。

一萬田は、大正十二年（一九二三）に井上が日銀を去るまでの三年間、秘書として仕えた。まだ二十代の若さだった。

ある時、井上から大倉高等商業学校の卒業式のスピーチ原稿を頼まれた。一萬田は原稿を徹夜で書き、井上に提出した。井上は、それを秘書室の上司や同僚の前で、「みんな、一萬田君のスピーチ原稿を今から読んで聞かせる」と言い始めた。一萬田は恥ずかしくなり、「総裁、お気に入らぬところがあれば直させていただきます」と申し出た。井上は、その言葉を聞くや否《いな》や、「それはいかん。男が一度、所信をもって書いたものを、そう易々《やすやす》と変えるようではいかん。男は常に最善を尽くすと同時に、所信に忠実でなければならん」ときつく叱った。一萬田は、その時悟った。井上は、スピーチ原稿など必要ではなかった。若い一萬田に仕事の厳しさ、信念を貫くことを教えようとしたのだ。

一萬田は、昭和二十一年(一九四六)に第一八代日銀総裁に就任したが、日本のために命をも捧げる姿勢を持ち続け、結果として凶弾に斃《たお》れることになった井上を自分の生き方に重ね合わせていた。

「総裁、宮島《みやじま》様が来られました」

秘書が言った。

日銀政策委員の宮島清次郎《せいじろう》だ。なにやら深刻な電話をかけてきて、是非に会いたいと言う。「用件を言ってほしい」と言ったが、会ってから話すとはっきりしない。宮島は日清紡《にっしんぼう》の社長、会長を務め、吉田茂《よしだしげる》とも親しい。

「どうせ金のことだろうな」

一萬田は呟いた。

実は、日銀は門前市《もんぜんいち》をなす状況だったのだ。敗戦の結果、国内の民間には資金がなかった。そのため必要な資金はどうしても日銀に頼らざるを得ない。必然的に一萬田の力が強まり、一萬田は「法王《ほうおう》」と呼ばれるようになった。日銀をローマ法王庁に喩《たと》え、そこに君臨する者とみなされたのだ。実際、一萬田は耳、目、鼻、口が全て大きく、骨ばった顔立ちなど一見していかめしい風貌だ。ゆっくりと言葉を選んで話すところなど、彼の前に立てばその威厳にたいていの者が身ぶるいする。

「通してください」

秘書が総裁室を辞すると、しばらくして宮島が入ってきた。目を真《ま》っ直《す》ぐに合わせないほど恐縮している。

――やはり金の相談だな……。

「何か急用でございますか」

一萬田は、ソファに座るように勧めながら言った。

「いやぁ、総裁、困っておるんですよ」

宮島はしきりに首を左右に振り、眉根《まゆね》を寄せた。宮島は七十歳を超していたが、非常に精力的な人物で政策委員会でも積極的に発言している。

「総裁は倉敷《くらしき》レイヨンという会社をご存じですか」

「存じ上げているほどのことはございませんが……」

「大原孫三郎翁《おおはらまごさぶろうおう》が創業され、今は、ご子息の總一郎《そういちろう》氏が社長をされておりましてね。私は、孫三郎翁には随分お世話になりました……」

宮島はひとしきり孫三郎の話をし、なかなか本題に入らない。

「それで倉敷レイヨンがどうしましたか」

一萬田は先を促した。

宮島はようやく覚悟を決めたかのように一萬田を見つめた。

「それじゃ申し上げます。總一郎氏から頼まれたのですが、どうしても国産の合成繊維を作りたいので一五億円を用立ててほしいというのです。いえ、私も政策委員として現下の情勢は充分に心得ておりますので、それは無理だ。せめて五億円にしなさいと言ったのですが、一五億円でないと駄目だと……。總一郎氏は孫三郎翁の血を受け継いでおられるだけあって、立派な人物です。ぜひ一度、氏の話に耳を傾

けてくだされば と思いまして、お願いに参じた次第でして……」

宮島は一気に話し、額に汗を滲《にじ》ませた。

「一五億円ですか……」

一萬田はその金額の大きさに驚いた。

「大原總一郎氏は、確か……物価庁の次長をされておられましたね」

「はい。氏は、非常に潔い、サムライのような人物で、財閥《ざいばつ》解体も粛々《しゅくしゅく》と受け入れたばかりでなく、戦争犯罪人であると自ら進んで経営者としての責任を取ろうとまでされました。なかなか見どころのある人物です」

「親しく接したことはありませんが、物価庁次長時代は、なかなかの仕事ぶりだったと伺っております」

一萬田は、戦後のインフレを抑えるために経済安定本部とも協力関係にあった。そこで物価庁長官・和田博雄《わだひろお》の下で働いていた總一郎を見知っていたのだ。

「氏は、この日本経済の発展のために必要な人材です。教養はありますし、日本人としての矜持《きょうじ》を持っておられるし……」

「分かりました、分かりました。宮島さんがそこまで仰《おっしゃ》るならお会いしましょう」

一萬田は答えた。断りでもすれば、宮島はいつまでも喋《しゃべ》り、頼み続けるだろう。

宮島の粘り強い性格は十二分に承知している。

「それにしても一五億円もの融資を受けて、何をしようというのですか」

「ビニロンという国産初の合成繊維を作ろうというんですよ。ナイロンに対抗する素晴らしい繊維です。ところが、どこもかしこもドッジ不況でカネ詰まりです。おかげで期待していた見返り資金が、繊維には後回しになってしまいました。酷《ひど》いことを言う大臣もいて、日本の技術は二流だ、そんなものにカネは出せんと、まあ、こんな具合でね。総裁は、ドッジに対抗してディスインフレーション政策を独自に実施されておられますが……」

ディスインフレーション政策とは、ドッジの超緊縮政策を実施すると、日本経済が立ち直れないほどの打撃を受けることを懸念した一萬田が、緩和策として打ち出したもので、ドッジに対するアンチテーゼとも言える政策だ。

一萬田は、「我が国の経済の真に必要とする資金を弾力的に供給することに努力する所存である」と、昭和二十四年（一九四九）五月の全国銀行大会で発表し、多くの銀行経営者に期待を抱かせた。

日銀は、民間金融機関には預金の吸収に努力させ、日銀からの借り入れを極力抑制させ、過度な資金供給を抑える一方で、民間金融機関が企業に融資を実施する際は、産業ごとに優先順位をつけさせたり、一定額以上の融資には高率の利率を課したり、資金に余裕のある金融機関に融資斡旋《あっせん》するなどの金融緩和策を実施していた。しかし、この政策はGHQからインフレを助長すると厳しい目で睨《にら》まれてもいた。

「私は必要な産業には資金を供給し、育成していかねばならないと考えております。特に輸出振興に資するような産業には注力しなければ、日本の自立は不可能です。しかし日本の技術が遅れていることも事実です。欧米の技術に追いつき、そして追い越し、日本製品が優れていることを示さねばならないと思っています。そのために資金を使いたいと考え、この政策を実施しています」

「総裁、我が意を得たりです。倉敷レイヨンは、まさにその技術立国日本の魁《さきがけ》となる会社ですぞ」

宮島は、ぱっと表情を明るくさせ、身を乗り出した。

——大原總一郎か……。楽しみな人物のようだ。

2

一萬田は目の前にいる總一郎を見つめ、目の澄んだ男だと思った。一代の傑物《けつぶつ》、大原孫三郎の息子だから、もっとギラギラとした商売人の雰囲気を醸《かも》し出しているのではと思っていた。ところがまるで学者のような風貌で、印象的なのは眼鏡《めがね》の奥の瞳が好奇心に弾《はず》む子どものように輝いていることだ。

「一五億円とは大変な融資額ですが、そんなにも必要なのですか」

一萬田は聞いた。

總一郎は、一萬田にぐっと身を寄せるようにして、「五億、一〇億では足りません。どうしてもビニロンプラントを作るためには、一五億円が必要なのです」と強い口調で言った。

「ビニロンという繊維をどうしても作らねばならないんですか？　レーヨンなど安定した利益を見込める繊維を製造する方が、よろしいのではないですか」

一萬田の問いかけに、總一郎はわずかに表情を険《けわ》しくした。

「ビニロンはナイロンに匹敵する素晴らしい合成繊維です。先日、パイロットプラントで製造いたしましたものを三越《みつこし》で展示即売いたしましたが、大変好評でした。吉田茂首相や池田《いけだ》勇人《はやと》大蔵大臣にもご来場していただきました。何より評価すべきは日本人による発明であり、日本の原材料を使うことができる純国産の合成繊維ということです。私は、倉敷レイヨンのためにビニロンを製造したいのではありません。自社の利益のためだけならとっくに諦めております。私は、日本がこれから国際社会で認められ、再び輝くためには技術立国であるべきだと考えております。独自の新しい技術でイノベーションを起こしてこそ真の発展があります。それこそが戦争に負けて自信喪失に陥っている日本人に勇気を与え、立ち上がろうと奮起させるのだと考えます」

總一郎のほとばしるような情熱に当てられ、一萬田は顔が火照《ほて》ってくるような気がした。

――独自の新しい技術でイノベーションを起こしてこそ、発展がある……か。気持ちを震《ふる》わせることを言うものだ。

一萬田は笑みを浮かべ、「成功の見込みは、いかがですか」と聞いた。

總一郎は、眼鏡の奥の目を燃え上がらせ、「私はこの事業に社運を賭けております。大原家の全財産を投入する覚悟です。この国産合成繊維ビニロンは、父・孫三郎の夢でもあります。私は全てをなげうっても成功させてみせます。ご迷惑をおかけすることはありません」と、きっぱりと言い切った。

――宮島さんが彼のことをサムライと言っていたが、まさにその通りだ。もし謝絶すれば、この場で腹を切りかねない。

一萬田は總一郎をじっと見つめた。

「私は、ベルリンに駐在していたことがあるんです。大正十二年（一九二三）のことです」

一萬田は話を転じた。

「素晴らしいところです」

總一郎はその話題に応じた。何故、一萬田がベルリンの話題を持ち出したかなどとは考えなかった。深い意図があるのだろうと素直に感じたのだ。それに總一郎も妻・真佐子《まさこ》と一緒に昭和十一年（一九三六）から二年半もヨーロッパを訪問し、その間、ドイツのベルリンにも滞在した経験があったからだ。

「まだ入行五年の若造でしてね。いい経験をさせていただきました。当時、第一次世界大戦でドイツが敗れ、中央銀行総裁であったシャハト総裁が、インフレを抑えるのにようやく成功し始めていた頃でした。総裁から、ドイツ経済再建のために如何《い》に《か》通貨の安定に尽力しなければいけないかを学びました。現在の日本も当時のドイツと非常に似ております」

ヒャルマル・シャハトはドイツの経済学者で政治家だった。通貨供給量を抑え、インフレを抑制した。一萬田は、ドイツで薫陶《くんとう》を受けたシャハトの教えを日本にも適用し、通貨の安定を図《はか》ろうと考えていた。

「私は、父・孫三郎の勧めで新婚旅行を兼ねまして欧州を訪ね、ベルリンにも一時期、居を構えました。私がドイツ哲学を学び、ドイツ音楽が大好きなものですから。あれほど音楽好きの国民がいることに感動しました」

總一郎は、ベルリン・フィルハーモニーの演奏を聴いた際の思い出を話した。当時のドイツはすでにナチス政権下にあり、音楽家フルトヴェングラーがナチスのユダヤ人弾圧に抗議し、一時、引退をしていたが、再度、指揮台に立った頃だった。多くの優れた音楽家が弾圧から逃れて、国外に亡命した後だったため、ドイツ国民はフルトヴェングラーの復帰を大歓迎し、彼を神格化したのだった。

「非常に粗末な会場でした。椅子はベニヤ板、飾りも何もない会場でしたが、聴衆は音楽さえ聴ければ満足だったのです。多くのユダヤ人音楽家が国外に逃れてしまったことを、聴衆は悲しんでおりました。演奏家にもユダヤ人はおりませんでした。そんな中で指揮を執《と》るフルトヴェングラーの気持ちは、決して晴れ晴れとしたものではなかったでしょう。しかし彼は長い首をすっと伸ばし、極めて熱狂的に指揮をしました。人種に関係なく、ドイツのための音楽を指揮したのです。ドイツのためにという思いを込めたのだと思います。その腕が飛んでしまいそうな激しい指揮ぶりに、聴衆は感動しておりました……」

「それはいい経験をされましたね。シャハト氏もその頃は、ヒトラーに見込まれてナチスのために中央銀行の総裁を務めておられましたが、ユダヤ人排斥には反対だったと聞いております」

「あれほど芸術を愛する国民が、ヒトラーに熱狂し、ユダヤ人だという理由で多くの才能を殺し、排斥してしまったことは信じられませんし、心が痛みます」

總一郎は苦悩の色を濃くした。

一萬田は、わずかに總一郎の方に身を乗り出した。

「大原さん、戦争というのは、国家にもその国民にも過酷な運命を強《し》いるものです。私は、日本がこれから戦争をせずに生きていくには、新しい技術で経済を発展させる必要があると考えています。その点ではあなたと考えが同じです」

「孫三郎は科学、技術、教育、芸術を尊重し、それらが融合して人間の価値を高めることを、経営の本筋においておりました。その考え方は私にも生きております。私は、戦争遂行に軍需工場経営者として協力したのですが、その当時は、それが日本のために最もいいことだと思ったからです。また、戦争に行った社員たちが帰ってくる場所を確保せねばならないという責任を果たさねばなりませんでしたから。

しかし、その結果、社員や学徒動員された仲間を失うことになりました。私はある種の熱狂に浮かされてしまっていたのです。その意味ではヒトラーに煽動されたドイツ民族と同様です。そのことに深い反省を覚えております。熱狂と言いましたが、私は平和を取り戻した今、この国に自信を取り戻させるためだったら、どんなことでもしようという新たな熱狂に取り憑《つ》かれているのかもしれません。今度の熱狂は、敗戦という形で終わらせることはできない戦いです。デュポンなどの世界的メーカーに、日本のメーカーが勝てるか否かの戦いです。負けるわけにはいかない。そのために、ぜひとも支援をお願いしたいのです」

總一郎は深く頭を下げた。

「分かりました。そこまで強い熱意があれば、事業は成功されるでしょう。なんとかいたしましょう」

一萬田の眼鏡の奥の目が、優しい光を放った。

「ありがとうございます」

總一郎は、再び深く頭を下げると同時に、〝法王〟一萬田尚登を動かしたことの責任の重さを、両肩にずしりと感じていた。

一萬田は、すぐに日本興業銀行を幹事行に指名し、一五行による協調融資の実施に取り組んだ。しかし、一萬田の斡旋にもかかわらず、なかなかまとまらなかった。やはり一五億円という巨額投資に、倉敷レイヨンの経営が耐えられるかという点が問題となったのだ。いくら總一郎が日本のためにビニロンが必要だと強調しても、銀行にしてみれば融資が利息を生み、安全に返済されてこそ成功であり、倉敷レイヨンが社運を賭してもらっては困るのだった。

全ての銀行が同意し、協調融資一四億一〇〇〇万円が実行されたのは、昭和二十四年(一九四九)十月のことだった。

3

「總一郎さん、やっと動き出しましたな」

日本興業銀行で行われた協調融資の調印式の後、会場にいた仙石《せんごく》が大きな身体《からだ》を揺するようにして近づいてきた。全身に喜びが溢れている。

「これからだよ」

總一郎は冷静に答えた。

「それにしても三菱《みつびし》銀行は慎重でしたな。なかなかウンと言ってくれない。そのせいかどうか、協調融資は長期資金ではなく一年の短期資金になってしまいました。銀行というのは日本のことを考えていないんですかね」

仙石は周囲の耳を気にしながら小声で言った。喜びで興奮したのだろうか、それまで溜まっていた憤懣《ふんまん》が噴き出てきたようだった。

「成果を上げなければ一年で返済を求められる。銀行家としては当然の判断ではないだろうか。彼らには、ビニロンが商業的成功を収めるかどうかの見極めができないからね。私たちには自信があるが、銀行家というものはいつでも懐疑的なものだ。私たちが彼らの懐疑心を打ち破ればいいんだ」

總一郎は、仙石をなだめるように言った。

「やりますとも。社運を賭けとりますからね」

仙石がにやりとした。

「その言葉はタブーだよ。銀行家には刺激的すぎるからね」

總一郎は笑った。

「ご機嫌だね」

突然の声に、總一郎は目を見張った。通産官僚の赤池《あかいけ》だ。同郷で、かつて孫三郎が支援したにもかかわらず、何かと總一郎に批判的だ。今回のビニロン融資に関して通産大臣が見返り資金を提供しなかったのも、赤池の反対があったからだということを耳にした。

仙石は、赤池の顔を見るなり露骨に表情を歪《ゆが》めた。

「今日は輝かしい日だ。我が社の歴史に深く刻まれることになるだろうね」

總一郎は、淡々と話した。腹立たしさはあったが、そんなものを表情に出せば、せっかくの良き日が穢《けが》れる気がしたのだ。

「良き日になるか、最悪の日になるか、僕としては今後が楽しみだね」

赤池は意地悪い笑みを浮かべた。

「なんという言い草か……」

仙石が今にも突っかかりそうな勢いで身体を動かした。

「大丈夫だよ。最良の日になると思う。いや、してみせるさ」

總一郎は仙石の怒りを制しつつ言った。

「君には僕の考えが分からなかったようだね。せっかく通産大臣を動かして見返り資金の供給に反対したのに。あれはお世話になった孫三郎翁のためにやったことだ」

赤池は薄く笑った。

「申し訳ないが、君の言っている意味が分からない。君がビニロンの量産化に反対だということは聞いていたが」

総一郎は、不愉快そうに眉根を寄せた。

「君は理想主義者だってことだ。現実をもっと見なくちゃだめだ。ビニロンを作るために材料のポバールまで作るという。あんなものは化学会社に任せておけばいいのさ。そうすれば必要な資金はぐんと少なくなったはずだ。それにもっと言わせてもらえば今、倉敷レイヨンは〝体力〟をつける時なんじゃないか。新しい投資をして、誰も量産化に成功したことがないビニロンなんてものにうつつをぬかす時じゃないだろう。社内にも反対者がいたというじゃないか。彼らが口を揃えて言うのは、国産技術でビニロンを作ったってナイロンには負けるということだ。ナイロンほど汎用性の高い合成繊維はないからね。ビニロンは水に溶《と》けやすく、染色だってあまり上手《うま》くいかない。そんなものに血道《ちみち》を上げるくらいならレーヨンでもっと稼《かせ》いだ方がいい」

総一郎が表情を歪めても、赤池は全く気にかける様子がない。仙石が怒りで鼻息を荒くしているのが、気配だけで分かる。赤池は薄い唇を動かし、喋り続けた。

「僕はね、経営者というのは、やりたいことをやるんじゃなくて、やるべきことをやるべきなのだと思っている」

「どういうことか、説明してほしいね」

　總一郎は大儀そうに首を傾《かし》げた。

「やりたいことをやるという理想追求型の経営者は、結果として会社を滅ぼすということさ」

　赤池は冷たく言い放った。

「君は、私が会社を滅ぼす経営者だと言うのかい」

　總一郎は唇を一文字に引き締め、厳しい視線で赤池を睨んだ。

「その通りだ。まだ日本は戦後の痛手から抜け出ていない。倉敷レイヨンだって同じだ。ドッジ不況がいつまで続くか分からない。我々は国家経営をアメリカの占領軍に委ねているんだから。彼らは日本人を生かさず殺さずといった程度に扱い、極東の小さな島に住むニホンザル同様にしておきたいんだ。二度と逆らわないようにね。だったらそうした扱いに堪《た》えることが、生き残る最善の手段なんだ。それを君は、ご大層に日本人に自信を持たせたいからなどと言う。そんなことを言う力が今の倉敷レイヨンにあるかね。君は、ビニロン研究を続けてきた。それは材料のポバールの研究でもあった。長い間、新しい繊維を作ろうとし、成功したことは認めてあげよう。しかし経営者としての合理的な、やるべき判断はその成功を捨てることではないか。レーヨンに注力して会社の基盤を確固たるものにすることが、君のやるべきことではないのか」

赤池は、總一郎の視線を撥《は》ね返すように見返した。

「君は、ビニロンで苦労するだろう。僕は倉敷レイヨンが苦しむのを見たくないのだよ」

總一郎は眉間《みけん》に深く皺《しわ》を刻み、赤池の言葉に反論したいのをじっと堪えていた。

「總一郎さん、行きましょう。こんな人間と関わりになるだけ無駄というものです」

仙石が總一郎を促した。

「ああ……」

總一郎は、言葉にならない言葉を発し、足を踏み出した。心の中に重石《おもし》を置かれたような気分だった。なんとか資金調達の目途《めど》がついたその日に、赤池から理想主義的経営者は会社を滅ぼすとまで言われてしまった。確かに自分は理想を追求するタイプだ。戦時中も国家の役に立つのが企業だと考え、社員たちに苦労をかけてしまった。しかし理想を追求しないなら、企業はいったい何のために存在しているのだ。それではただの営利主義、金儲けではないのか。

總一郎は無言のまま、その場を立ち去ろうとした。

「僕に反論はないのかね。尻尾《しっぽ》を巻いて逃げるんだな」

赤池は總一郎の背中に向かって、辛辣《しんらつ》な言葉を投げつけた。

總一郎の足が止まった。そして振り向いた。

「自分自身の利益ではなく将来性のより大きい、より多くの人々のための利益を追求するのも、経営者としてのやるべきことだと思っている。企業には社会的責任がある。ということは、経営者にも社会的責任があるということだよ。その責任というのが単に利益を追求するだけなら、君は私に不動産業でもやれと言うのかい。値上がりしそうな土地を買い込んで、じっと待っていろと言うのかい。それでも企業としては立派に利益を上げられるだろう。しかし経営者の責任というのは、そんなものではない。技術革新による利潤、社会や国民経済に貢献することによって得られる利潤でなくてはならないんだ。それが私が経営する製造業の責任であり、私という経営者の責任なんだ。私のことを理想主義者だと言うが、理想を掲げるからこそ私の会社に勤める社員たちは、人格の陶冶《とうや》も可能になる。君が何と言おうと、経営者は理想主義者でなくてはいけない。しかしそれは現実を踏まえた理想主義だよ。私は、ちゃんと倉敷レイヨンが置かれた現状を理解しているつもりだ。少なくとも君よりはね」

「君は経営者失格だ。理想で社員を食わせることができるものか。ましてや日本人を、だ。そんなものより目の前の食糧が必要だよ。今の日本企業は理想を追求するより、目の前の利益を追求すべきだ」

「君の貴重な意見には、いつも感謝している。しかし、君と議論をしている時間はない。これで失礼する」

　總一郎は、赤池の視線を無視して歩き出した。

「僕はこれからもずっと、倉敷レイヨンの行く末を憂えているからね。せいぜい健闘を祈っている」

　赤池が言った。

「あの男、まだ吠えていますよ」

　仙石が忌々《いまいま》しげに呟いた。

　總一郎は、再び足を止め、赤池を振り返った。

「君に何と言われようと、私たちは、産業の新しい段階を創り出して国家社会に奉仕するつもりだ。君も国家というものを経営する官僚なら、高い理想で私たちを導いてくれなければ、私はこの国の将来が心配になる」

赤池は軽く手を上げると、くるりと踵《きびす》を返した。總一郎は、赤池が去っていく後ろ姿をじっと見つめ、立ち止まった場所の大地を、両足に力を込めて踏みしめた。

4

ポバールの製造には、その原料となる石灰から製造される炭化物であるカーバイドは勿論《もちろん》のこと、水、電力が大量に必要だ。そこで工場立地は富山県に決定した。總一郎はすぐに富山県にカーバイド工場を持つ昭和電工と交渉し、同社富山工場の敷地の一部を借用する契約をまとめ上げた。倉敷レイヨンの富山県進出は県にも歓迎され、隣地の民有地、国有地も買収し、約二万六〇〇〇坪の用地を確保し、ポバール工場建設に着手した。同時に岡山工場ではビニロン製造設備、倉敷工場では研究設備の建設も始まった。

昭和二十五年（一九五〇）九月にはそれぞれの工場設備が順調に完成し、十月にはポバール、そして十一月にはビニロンの商業生産が開始された。

同年十一月十一日、總一郎は富山工場に政財界、官界、取引先など多くの人を集め、ビニロン創業式を挙行した。そこには板画家《はんが》、棟方志功《むなかたしこう》の姿もあった。

「本日は、誠にめでたいことです」

棟方は、身体を揺するようにして全身で喜びを總一郎に伝えた。傍にいるだけで棟方の発する熱気に焼かれそうになる。

總一郎は、棟方のエネルギーに打たれ、あることを思いついた。

「棟方さん」

總一郎は言った。

「ビニロンは今、生まれたばかりです。これからまだまだ茨《いばら》の道を歩まねばなりません。ぜひとも私たちの導きの火となるような〝板画〟を制作してもらえないでしょうか。それはきっと日本を輝ける未来へと導いてくれると思います」

「作らせていただきましょう。板の声を聞き、ベートーベンの〈歓喜の歌〉のような作品にしたいですなぁ」

「ベートーベンですか……。いいですね。それにニーチェも参考にしてください。私は、このビニロン製造に、一企業の使命を超えて、日本のためにという思いを込めています。ニーチェはツァラトゥストラという超人を作り上げましたが、超人ではない私は、いつなん時、心が折れるかもしれません。そんな時、ツァラトゥストラが大いなる力を与えてくれるでしょう」

「ニーチェですか……」

棟方の厚いレンズの中の目が輝いた。

棟方は早速に〝板画〟の制作に着手し、昭和二十六年（一九五一）に『美尼羅牟《ビニロン》頌《しょう》』が完成した。棟方は一枚一枚の板画を「柵《さく》」と呼んだ。それは願いを込めた巡礼札のようなものだという。『美尼羅牟頌』は「黎明《れいめい》」から始まり、「真昼」「夕宵」「深夜」の四枚の柵で構成されている。棟方は、それぞれの「柵」に總一郎のビニロンへの願い、情熱を込めたのだった。

「ビニロンを日本の繊維産業ばかりではなく、日本産業の復活の象徴にしなければならない」

總一郎は、棟方の板画の前で強く誓った。

この板画は掛幅《かけふく》に仕立てられ、富山工場の宿舎「晏山寮《あんざん》」に掲げられ、社員たちを激励し続けた。

第七章　背水の陣

1

「どうした？　謙一郎《けんいちろう》、悩みでもあるのか」

　久しぶりに家族揃っての夕食である。忙しさにかまけて子どもたちと食事のテーブルを同じくする機会が持てなかった總一郎《そういちろう》は、この日を楽しみにしていた。しかし、謙一郎の様子がおかしい。表情が暗い。

「……お父さん、ビニロンのパンツやシャツを着たくないんです」

　謙一郎は、意を決したように強い口調で言った。總一郎は、食事を口に運んでいた箸《はし》を止めた。妻の真佐子《まさこ》は大きく目を見開いて、謙一郎を見つめた。

　總一郎は、食事の際、ワーグナーやチャイコフスキーの音楽をかける。今日は、チャイコフスキーの『くるみ割り人形』の軽快な音楽が流れている。しかし總一郎の耳から、一瞬、音楽が消えた気がした。

總一郎は、ようやく箸を置いて、謙一郎を見た。謙一郎は、きまり悪そうに顔を伏せた。身体《からだ》が細かく震《ふる》えている。怯《おび》えているのだろうか。總一郎は、決して怒鳴ったり、殴ったりするようなことはない。しかしビニロンに話が及ぶと、人格が変わる場合がある。批判された場合はなおさらだ。今、自分は相当、怖い顔をしているのだろうと總一郎は想像した。

「理由を言いなさい」

總一郎は、謙一郎に言った。冷静になろうとしているが、詰問《きつもん》調になるのを止められない。

「……友達が……」

謙一郎は、顔を伏せたまま、今にも泣き出しそうに言った。

「友達がどうしたんだ？　はっきり言いなさい」

總一郎は厳しい口調になった。

「僕のことをバカにするんです」

「何故、バカにするんだ」

「体育の時、僕のシャツやパンツを見て……」

「どんなことを言われたのか。言ってみなさい」

「……黄ばんでいるって、汚れているって。それにシャツは縮んでいるじゃないかって」

謙一郎は、か細い声で言った。言い終わると哀しげに總一郎を見上げる。

「それで謙一郎は恥ずかしかったのか」

理由を聞いて總一郎は、肩を落とした。

「ごめんなさい」

「謙一郎はビニロンの下着を着ている。他の子どもたちは木綿の下着だ。ビニロンの下着は、木綿に比べると色が悪い。黄ばんで見える。また水に溶《と》けやすいから、縮んでしまうことがある。そのことを同級生たちがからかうのか」

總一郎の問いに謙一郎が小さく頷《うなず》いた。

「お父さんが作ったのだと胸を張れないのか」

「ごめんなさい」

「着たくないんだな」

謙一郎は、何も答えない。

「謙一郎、ビニロンの悪口を言うのは止めなさい」

真佐子が言った。

「いや、構わない。他からも苦情があるんだ」

總一郎は眉根《まゆね》を寄せた。

「あなた……」

真佐子が言葉を詰まらせた。

ビニロンは、色が悪い、洗えば縮むという悪評が總一郎の耳にも聞こえていた。ナイロンに対抗して社運を賭けた繊維だが、どうも当初考えていたような万能繊維ではないのではないかと總一郎は思い始めていた。ビニロン製の着物を着た女性客が、「色が悪い、縮む」と苦情を言ってきたこともある。

「ビニロンが売れないんだよ」

總一郎は哀しげな表情になった。真佐子も子どもたちも、總一郎の話に耳を傾けた。

日本興業銀行を主幹事とする一五行によるシンジケートローン(協調融資)で一四億一〇〇〇万円を調達した總一郎は、早速、ビニロン量産化に着手し、工場建設にとりかかった。昭和二十四年(一九四九)十一月には、ビニロンの工業化が毎日新聞社による第一回の毎日工業技術賞の栄誉に輝いた。国産技術での初の合成繊維ということが評価されたのだ。敗戦後の国民に勇気と力を与えたと称賛された。

昭和二十五年（一九五〇）九月にはポバール製造の富山工場、ビニロン製造の岡山工場が完成し、国産技術での初の合成繊維ビニロンが、日産五トンで操業を始めた。

この時ほど、總一郎はビニロン量産化に踏み切って良かったと思ったことはない。自分の判断は正しかったと自信を深めた。しかしまたしてもドッジ不況が總一郎の前に立ちはだかった。

ドッジ不況は日本全体を覆い尽くし、一萬田《いちまだ》がドッジに対抗して始めたディスインフレ政策という金融緩和策は、ＧＨＱに中止を命じられてしまう。吉田茂《よしだしげる》首相や池田勇人《いけだはやと》蔵相がドッジにデフレ政策の変更を強く要請したが、受け入れられなかった。このままでは失業、企業倒産が増大し、日本国民は戦前より低い水準の耐乏生活を強《し》いられることになってしまうだろうと誰もが恐れるほど、不況が深刻化した。

倉敷《くらしき》レイヨンも厳しい経営状態となった。レーヨンの在庫が積み上がり、にっちもさっちもいかなくなっていたのだ。ビニロンへの巨額の投資も経営を圧迫していた。總一郎はビニロンに社運を賭けると言ったが、その通りとなってしまったのである。ビニロンがどんどん売れてくれなければ倒産しかねない。社内は重たい空気が支配し、ビニロンへの批判さえ出始めていた。

「戦争で倉敷レイヨンの経営が助けられたのは知っているよね。情けないことだが……」

總一郎は呟くように言った。

「朝鮮戦争のことだね」

謙一郎が答えた。總一郎は謙一郎を見つめ、頷いた。

朝鮮半島は、第二次世界大戦終結後、北緯三八度線を境に北はソ連、南はアメリカを中心とする連合国が統治した。その後、米ソは冷戦を開始し、激しく対立。昭和二十三年（一九四八）には北に朝鮮民主主義人民共和国（北朝鮮）、南に大韓民国（韓国）が、それぞれ米ソの支援の下で成立した。

昭和二十五年六月二十五日未明、北朝鮮が北緯三八度線を越えて、突如、韓国に攻撃を仕掛け、朝鮮戦争がぼっ発した。米ソ対立が遂に戦争にまで発展してしまったのである。

米ソ対立の代理戦争とでも評すべき朝鮮戦争は、朝鮮半島の人々には大いなる悲劇だったが、日本経済にとっては思わぬ僥倖《ぎょうこう》となった。

アメリカは朝鮮戦争に、ピーク時には約四〇万人の兵士を投入した。そして日本を兵站《へいたん》基地として活用した。そのため鋼材、繊維などあらゆる軍需物資が日本から調達され、ドッジ不況で一五〇〇億円にまで積み上がっていた国内滞貨が一掃されたばかりでなく、ものすごい勢いで増産が始まった。

昭和二十五年から二十八年までの三年間で、アメリカが日本から調達した軍需物資は、一〇億ドル（当時の一ドル三六〇円で換算すると三六〇〇億円）にも上った。アメリカ軍兵士による日本国内での消費などを加えると、朝鮮戦争の経済効果は、約三六億ドル（同換算約一兆三〇〇〇億円）にも達したと言われる。

朝鮮戦争による好況は、鋼材などの「金《かね》へん景気」、綿やレーヨンなどの「糸《いと》へん景気」と言われ、「昭和二十五年下半期の四〇％配当は大正時代の第一次世界大戦中の綿業ブーム時代に比肩されるものであり、また半期二〇億一〇〇〇万円の利益は、五億円の資本金に対し、資本金利益率八〇〇・四％となり大変な高収益であった。当社の経営体質はこれにより、極めて強固なものになった」と倉敷紡績《ぼうせき》の社史に、書かれるほどだった。

倉敷レイヨンも同様に糸へん景気の恩恵を受け、業績は急回復した。ところが朝鮮戦争終結と同時に一転して、国内は反動不況に襲われてしまう。

2

「戦争が終わると、途端にまた不景気になりましたわね」

真佐子が表情を曇《くも》らせた。

「真佐子の言う通りだよ。それでビニロンが全く売れなくなってしまった。クレモナっていう名前まで付けて頑張っているんだが……」

總一郎も表情を曇らせた。

クレモナはイタリアのバイオリン製造で有名な町だ。バイオリンは、オーケストラの中心楽器。ビニロンも繊維の中心を占めるようにと願いを込めて總一郎が名付けた。

「夢ではありません。羊飼いがビニロンを着て羊を追う時代が来ました。倉敷ビニロン。登録商標クレモナ。着心地の良い、強い、軽い、温かい。靴下、肌着、服地、着尺《きじやく》、工業用資材、漁業用資材——」

倉敷レイヨンのビニロン宣伝コピーを、謙一郎が諳《そら》んじた。

「なかなかいい宣伝だったのだがね」

總一郎は苦笑した。

「僕もそう思うよ」

謙一郎が總一郎を励ますように言った。

「ビニロンはね、綿や羊毛に代わる繊維だと期待していたんだ。両方とも日本では原料が取れないよね。取れても少しだ。だからお父さんはビニロンが売れれば、外国からそんなものを輸入しなくてもいいと考えた。そうすれば外貨不足の日本は、外国に頼らなくても自由に服やシャツを作ることができるからね」

總一郎は謙一郎にビニロンの意義を語った。謙一郎は熱心に耳を傾けている。

「だけどね。ビニロンは、色落ち、着物の型崩れ、洗濯後の収縮、そしてヌルヌルするなど欠点が多いんだ。謙一郎が友達にからかわれたのも、それが原因だよ。今では、外国から綿や羊毛が安く、たくさん輸入できるようになったから、売れなくなってしまったんだ」

ビニロンの工業化が始まった昭和二十五年下期は、総売上高が約六一億円、翌年上期は約六六億円と順調だったが、七月には早くも減産を強いられ、同下期は約四五億円と大幅に減少し、昭和二十七年になっても約四〇億円台で推移するような低迷状態から脱していない。

「大丈夫なの？　ビニロンは……」

謙一郎は心配そうに聞いた。

「お父さんは大丈夫だと思っている。みんなから苦情を言われる点は、全てひっくるめてビニロンの特徴だからね。欠点というのはそれがプラスになることがある。だって、そうだろう」

と總一郎は謙一郎を見つめた。その目は優しい。

「欠点をいちいちあげつらって批判だけしていたら、個性を殺してしまうことになる。その欠点を全て認めたうえで、それがどれだけ他人より競争力があるか、あるいはどれだけ劣っているかを見極めて、いいところを伸ばすようにすればいいんだ」

總一郎はビニロンの欠点を、人間の個性と同じだと説明した。

「欠点は個性なんだね。ちょっと難しいけど、なんとなく分かった気がする」

謙一郎が笑みを浮かべた。

「少しは分かってくれたか」

「ビニロンが優れているのは、どこなの？」

謙一郎は聞いた。

「ビニロンの長所はね、強くて、温かくて、軽くて、腐らないってところかな。特に優れているのは絶対に腐らないってことだよ。だから腐っては繊維として役に立たないような分野で使ってもらえれば、たくさん売れるようになると思うんだ」

總一郎は、まるで自分に言い聞かせるように表情を引き締めた。

「絶対に腐らないなんてすごいね」

謙一郎の瞳が輝いた。

「そうさ。すごいんだよ」

總一郎は強く謙一郎を見つめた。

「ビニロンは、おじいさんやお父さん、即ち大原《おおはら》家の夢なんだ。ナイロンはアメリカの技術だ。でもビニロンは、日本の技術だ。日本が世界に誇り得る合成繊維なんだ。これから日本が世界一の工業国として尊敬される国になるためには、ビニロンを育てなければならない。お父さんや倉敷レイヨンには、その責任があるんだ。謙一郎、分かったね」

「ビニロンを立派にすることが、日本のために必要なんだね。ビニロンの悪口を言って……、ごめんなさい」

謙一郎は頭を下げた。

「謝らなくてもいいさ。ビニロンの欠点がお前に嫌な思いをさせたことを、こっちが謝らなくてはならない」

總一郎は、謙一郎に自分の思想を語っておきたい誘惑に駆られた。謙一郎がどういう運命を選択するかは分からない。本人の意に反して倉敷レイヨンを継がせようとは考えていない。そうは言うものの、幼い頃から父の思想を知っておくことは、決して無駄にはならないだろう。それだけに謙一郎と語らう時間は、總一郎にとって非常に貴重だった。

「謙一郎は文化国家って考えたことはあるか」

總一郎の質問に謙一郎は困惑して、首を横に振った。

「今、チャイコフスキーの音楽が流れているけれど、こういう素晴らしい音楽を作った国は文化国家だ。でもそれだけじゃないとお父さんは思う。本当の文化国家とはね、与えられた条件、それは、自然や歴史なんだけど、そこから生き生きと文化的に価値あるものを創造し続ける能力がある国だと思うんだ」

總一郎は、分かるかという表情で謙一郎を見つめた。謙一郎は慌てて頷いた。分かったという意思表示だが、戸惑っているのは明白だ。

「倉敷レイヨンが営んでいる化学や経済の世界でも、同じことが言えるんだよ。日本が化学や経済活動において真の文化国家であるためには日本の技術、日本の設備、日本の労働をもって、自由な国際競争の場でちゃんと活躍できなければならない。国内に外国製品ばかり溢れて、一見、華やかに見えてもそれは文化国家の姿じゃない。外国の植民地みたいなものだ。そうなりたくなければ、日本を本当の文化国家にしなくちゃならない。それは謙一郎、お前の将来の活躍にかかっているんだぞ。お父さんは、期待している。お父さんは、日本を文化国家に少しでも近づけるために努力しているんだ」

總一郎は手を伸ばしたかと思うと、謙一郎の頭をぐるぐると撫でた。めったにそんなことをしてもらったことがない謙一郎は面映《おもは》ゆげに首をすくめた。

「いろんな人が批判をしても、ビニロンを誇りに思ってほしい」

總一郎は、まるで頼み事をするかのように謙一郎を見つめた。謙一郎は、元気の良い口調で「はい」と答えて、總一郎を見つめ返した。

3

今日は、心が弾《はず》む日だ、と總一郎は思った。研究所で若手研究者と昼食を共にする日なのだ。所長の友成《ともなり》から、「若手が總一郎さんと会えるのを心待ちにしております」と聞いた。若い研究者の話を聞くのは總一郎の大きな楽しみだ。

「何でも遠慮なく言うようにと、伝えておいてください」

總一郎は友成に頼んだ。

研究所の食堂で、總一郎、友成そして三人の若手研究者がそれぞれ自己紹介を終え、席についた。

總一郎は非常なうどん好きだ。研究所で食べるのはかけうどんだけ。それをものすごい速さで通常三杯は食べる。

テーブルの上には、うどんが並べられている。調理人も總一郎が食べるとなると、普段より気合を入れて出汁《だし》を取るのか、食堂内には、芳《かんば》しい香りが漂っている。總一郎は、勢いよくうどんを啜《すす》る。しかし若手研究者は箸をつけない。

「君たち、うどん、食べなさい。遠慮しなくてよろしい。ひょっとして、うどんが嫌いなのか」

總一郎は、すでに一杯目を半分は食べてしまっている。

「あっ、いえ、そんなわけじゃありません。うどんは大好きであります」

三人の若手研究者のうちの一人が慌てて答えた。

「森安太一《もりやすたいち》さんだね。実家は岡山、京大の理科出身」

総一郎は覚えている経歴を披露した。

「はい、森安であります。覚えていただき、光栄であります。ビニロンの改良に取り組んでおります」

森安は緊張した様子で答えた。

「好きなら食べなさい。私と一緒だからって遠慮することはない」

總一郎の眼鏡《めがね》の奥の目が優しく光った。

森安が左右の仲間の研究者に目配せして、うどんを啜り始めた。

「どうだね。ビニロンの改良は進んでいるのか」

總一郎が聞いた。

その時、森安たちの箸が止まった。何やら小声で相談している。

「どうしたのだ。私の質問に答えてくれないか」

總一郎が微笑しながら促した。

森安の表情が強張《こわば》っている。明らかに緊張している。様子がおかしい。

「何か言いたいことがあるなら遠慮せずに言いなさい」

總一郎が言った。

「ビニロン研究は中止いたしましょう」

森安は言い、目を固く閉じた。うどんを飲み込むように食べていた總一郎の動きが止まった。

「もう一度、言ってみなさい」

總一郎の息が荒くなった。興奮している。

森安が、膝の上で拳《こぶし》を握りしめている。力を入れ過ぎているのか、腕の筋肉がぴりぴりと細かく震えている。左右に座る仲間は項垂《うなだ》れ、總一郎と視線を合わせようとしない。

「理由を言いなさい」

總一郎は、明らかに怒っていた。眼鏡の奥の目はつり上がり、黒々とした髪の毛は逆立っているだろう。總一郎は、癇癪玉《かんしゃくだま》を破裂させ怒鳴るようなことはないが、それでも大柄な自分が怒りのオーラを発し始めると、恐ろしいほどの迫力だということは自覚していた。周囲の空気がビリビリと震え出す感じがする。

「ボーナス時にビニロン靴下の現物支給を受けましたが、履いているうちにヌルヌルになり、靴の中で靴下がコンニャクのようになりました」

「ビニロンは、親水性が高い。また吸湿性も高い。これは合成繊維中、唯一の性質だ。個性だ。これを欠点にするのも長所にするのも、君たちの研究次第だ。コンニャクのようだと言うなんて……。それが研究者の言うことか。繊維の個性を生かさないでどうするんだ」

堪《こら》えようとするのだが、總一郎は身体の奥から怒りが込み上げてくるのを感じていた。

「ビニロンは不細工な繊維です。消費者には受け入れられません」

森安は思い切って言った。

「不細工とはなんだ！　何故、不細工なんだ！」

總一郎は遂に堪え切れず声を大きくしてしまった。

「お答えします」

森安は大きく深呼吸をした。そして總一郎の怒声に負けじと、睨《にら》みつけるような目付きになった。

「ビニロン原料のポバールを一トン作るのに石灰石、石炭、そして酢酸《さくさん》など何倍もの原料が必要です。利用した酢酸は加水分解して最終的には回収しなければなりません。だったら不用な原料ではありませんか。また糸にするためには、どれだけ長いプラントが必要になるか。ナイロンやポリエステルならこんなことはありません。これではコストで絶対にナイロンには勝てません。勿論《もちろん》、天然繊維である羊毛や綿にもです。こんなにコストがかかる繊維はありません。ですから不細工であります」

森安の言う通りビニロンは、ナイロンなど他の合成繊維に比べて製造工程が多く、設備も重装備になる。

概略すると、材料のポバールが洗浄、溶解、ろ過などの過程を経て、口金から糸状に固まらせる紡糸の段階に進み、そこから乾燥、延伸、そしてようやく糸ができ、ステープルという綿のような短繊維に加工され、製品となる。

水溶性であるため乾燥する工程に時間がかかるのが特徴だ。延々と続く密封された乾燥機の中を、ゆっくりと通過させねばならない。ナイロンなどは紡糸すればすぐ伸ばし、巻き取ることができる。いわばビニロンは、手がかかる子どものような合成繊維だ。

こんなにも手間がかかるため、コスト高となり多くの繊維メーカーが製造を諦《はか》め、ナイロンやポリエステルなどの製造に転じてしまった。愚直に改良を図り、コストダウンに努力しているのは倉敷レイヨンだけだと言っても過言ではない。

森安の顔は青ざめ、身体が震えている。總一郎が社運を賭けているビニロンを、かんでいた。

不細工と罵倒《ばとう》してしまった。森安の顔には恐怖とも後悔ともとれる複雑な表情が浮

「今の発言は友成さんも承知していますか」

總一郎は荒くなった息を整え、なんとか落ち着こうとして隣に座る友成に振り向いた。友成は、森安の発言に唖然《あぜん》としている。

「申し訳ありません」

友成は険《けわ》しい表情で總一郎に頭を下げた。

「今回の発言は友成さんには全く責任はありません。私たち三人の考えです。大原さんにお会いできる機会があれば、申し上げようと考えておりました」

「そうでしょうね。友成さんがビニロンのコストのことで弱音を吐くわけがありません。友成さんは、通産省の連中がポバールを餅は餅屋に任せろ、化学メーカーに作らせればいいと言った時、断固として拒否した。化学メーカーじゃ市価七〇〇円にもなる。そんなんじゃコスト高で繊維として商売にならない。倉敷レイヨンなら一五〇円でできると言い切った。日本初の合成繊維を国民に受け入れてもらうには、それくらいコストダウンをしなくちゃならんと言い切ったのだよ。その勢いに誰も文句がつけられなくて、通産省の連中もそれなら原材料から繊維まで全部倉敷

レイヨンでやれ、ということになった。友成さんが発言したように徹底したコストダウンを図ること、それが君たちの仕事だ」

「でも石炭や石灰石を原料にしている限りは無理です。それにあまりにもビニロン、ビニロンと強調されるので、研究所内ではとにかくビニロンさえやっていればいいという弛緩《しかん》した空気が漂い始めています。これは問題だと思っています。ナイロンやポリエステルもやらせてくださ い。東レはナイロンで儲けているじゃないですか」

森安は覚悟を決めたのか、青ざめた顔に赤味が差し、はっきりと話し始めた。左右の仲間も同じと見えて、顔を上げた。

總一郎の表情も変わってきた。怒りが収まり、柔和に戻った。先ほどまでは息が詰まったのではないかと思うほど赤らんでいた顔の色が落ち着いている。

「君たちの言う通りだ。東レさんは、偉い。ナイロンは充分な利益を上げている。一方、ビニロンは国産初と期待されながら、未だに開発途上だ。三菱《みつびし》レイヨンなど他社は製造を中止してしまった。『ダイヤモンド』とかいう経済雑誌にビニロンを止めて出直せと書かれる始末だ。君たちが面白くなくて、かつ焦る気持ちも分からんでもない。実は私だって君たちと同じ思いだ」

總一郎は、森安たち三人を順々に見つめた。「同じ思い」と聞いて、森安たちが驚いている。

「しかし、ビニロンを製造する意義は何かな」

「それは国産材料、国産技術で作る合成繊維は、日本経済の自立に資するからであります」

森安が、總一郎の口から絶えず聞かされる言葉を言った。他の二人も頷いた。

「君たち分かっているじゃないか」

總一郎は笑みを浮かべた。

「日本にとって現在の為替《かわせ》レートや国内の技術水準を考えた場合、ナイロンなどのように外国の特許や技術を導入することは有利に違いない。それを否定するもんじゃない。だが、君たち、将来の日本のこと、経済的に自立することを考えれば自国の技術の確立を図り、それが世界に出ていき、国際協力に資する方がいいと思わないか。日本が真の意味で国際社会に独立国として認めてもらい、価値ある地位を得るためにはそれが必要だろう。その役割を果たすのがビニロンなのだよ」

總一郎は諭《さと》すように話した。

「お言葉ですが、そうした社会的意義も会社が利益を上げてこそではないでしょうか」

森安は反論した。

「君、君、なんてことを言うんだね」

友成が制した。

「森安さんの意見は正しい。だが私の話をもう少し聞いてくれないか。ビニロンには問題点が多いのは確かだ。日本の経済的自立を世界に問うという崇高《すうこう》な使命を帯びているが、それに加えて私は、大衆の基礎的ニーズに最適な繊維だと信じている。戦前から研究を続け、事故による犠牲者さえ出してしまった時もその歩みを止めたことはない。だから私はビニロンと一緒に将来も歩み続けるつもりだ。今こそ、倉敷レイヨンの従業員全てが力を合わせ、この難関を乗り切るんだという強い決意、信念が必要なんだ。私は、この難関を絶対に乗り切れると信じている。ビニロンは、日本にとっても倉敷レイヨンにとっても神が与えた試練のようなものだ。それを乗り越えることで私たち自身が鍛えられる。一緒に頑張ってくれないか。頼む」

「分かりました。もう私たちは何も言いません。ビニロンに殉じる覚悟を決めます」

森安が言った。總一郎がビニロンの開発から撤退すると言わないことがはっきりした。こうなると、ビニロンから逃げ出すことは倉敷レイヨンを退職することだ。退職するという選択をしない以上、覚悟してビニロンの研究を続けるしかない。それが森安たちの「覚悟を決める」という意味なのだろう。

「本当に申し訳なく思っている。君たちは、私をビニロン教の教組だと思っているだろうね。それで結構だよ。私も友成さんもビニロンに取り憑《つ》かれてしまったのさ。ここで諦めるわけにはいかない。賢い経営者なら、素早く判断して、ビニロンなどという厄介な繊維から方向転換するだろう。でも私は、賢くない経営者なのだ。ビニロンの可能性を限りなく信じている。その社会的使命もね。ねえ、友成さん」

總一郎は友成に同意を求めた。

「その通りです」

友成は大きな声を返した。

「申し訳ありませんでした。無礼をお許しください」

森安たちは深く低頭した。

「謝まることなんかない。率直な意見こそ最も重要だよ。私の方こそ怒鳴ったりして反省している。許してほしい。ところでぜひ君たちに伝えたいのは、研究開発に関しては、市場が期待しているものが何かということを、研究者自身が選ぶべきだということだよ」

總一郎は何かを思いついたのか、明るい表情になった。

「友成さん、仙石《せんごく》さんと阿部《あべ》さんをすぐ呼んでくれませんか」

「えっ、今ですか」

仙石は副社長、阿部は資材部長の阿部守忠《もりただ》だ。

「ああ、今すぐ。ちょうどいい。彼らには研究所に来るように言ってあるんです。もう着いているはずです」

總一郎は森安に振り向いた。

「君はここにいてくれ。頼みたいことがあるんだ」

「承知しましたが、いったいどういうことでしょうか」

「まあ、いいから、いいから。研究者である君自身に選んでほしいことをひらめいたのさ」

總一郎の目が輝いている。まるで子どもが何か宝物を見付けたかのようだ。森安は、仲間と顔を見合わせて、首を傾げた。不安そうな表情だ。しかし残れと言われなかった他の二人の若手研究者は、ほっとした表情で持ち場に戻っていった。

4

「とても無理であります」

阿部は必死で抵抗した。

「私は、販売などやったことがありません」

阿部は、總一郎の隣に座る仙石に助けを求めるような目をした。

「素人《しろうと》だからいいんだ。ビニロンは、全く新しい繊維だ。従来と同じ発想では売れない。だから君にやってもらいたい」

總一郎は阿部の必死さに比べ、穏やかだ。こんな抵抗は最初から予想していたといわんばかりだ。

ビニロンの販売不振を打開するため、總一郎はレーヨンの一部門だったビニロン販売部や加工技術部門を独立させようとしていた。レーヨンの付随としてではなく、ビニロン専門部を立ち上げて販売を強化しようと考えていたのだ。

「そうはおっしゃいましても、自信がありません。私は資材を調達する人間でして、デパートなどに頭を下げたことがないんです。商才もありません」

「阿部さんは、石頭と言われるくらい真面目《まじめ》な人だ。そんな真面目な人に一生懸命ビニロンを売ってほしいんだ。倉敷レイヨンは繊維メーカーだ。求めに応じて繊維を卸《おろ》していればいい。しかしそれは今までのことだ。これからは違う。メーカー自身が消費者の声を聞き、それを加工技術部門に反映させ、よりいいものを作っていく。消費者の声をメーカー自身が聞かねばならない時代なのだよ」

「メーカーは、いいものを作ってさえいればいいんじゃないんですか……」

阿部の声が、か細くなっていく。

「ビニロンはまだまだ問題が多い。今、ここにいる森安さんからも〝ビニロンは不細工〟と痛烈なひと言をいただいたところだよ」

總一郎の言葉に、森安は顔を真っ赤にしてうつむいた。

「いや、いいんだ。厳しい言葉だったから、決断ができた。もっと全社を挙げてビニロンに取り組む決意がね」

總一郎は不敵な笑みを浮かべ、森安に向き直った。

「森安さん、君は阿部さんの下で頑張ってくれないか。ビニロンの問題点は君の言う通りだ。実に不細工だ。でも製造を止めるわけにはいかない。欠点を個性に改良するんだ。もっと違う用途がないのか、消費者の声を反映して加工技術をどういう方向に進化させればいいのか、それを考えるには研究者である君自身が、販売をやってみるのがいいと思う」

　總一郎は森安を見つめた。

「えっ！　私が、販売ですか」

　森安は總一郎の突然の提案に、心臓が止まるかと思われるほど驚いた。これはビニロン研究中止の口火を切った者への報復措置なのか。否《いな》、總一郎の晴れやかな表情を見れば、そんな悪意が一切ないのは誰にでも分かる。

「私はね、一企業のためではなく、日本のためにもビニロンを本物にしなければならないと思っている。だからこそ従来通りのやり方をしていては駄目なんだ。君の指摘するビニロンの問題点も承知している。社内でさえ、ビニロンの将来性に疑問を持っているのも分かっている。しかし我が社はね、全員が一丸となってビニロンを推進しなければ、潰《つぶ》れてしまうだろう。このままビニロンと心中するしかない。方向転換して、他社のようにビニロン製造を中止してナイロンなどはやれないのだ。今からナイロンをやっても東レの後塵《こうじん》を拝する、並み以下の会社になるだけだ。それで君は満足なのか。並み以下の会社で終わりたいか。それとも個性ある会社になりたいか」

總一郎は森安に迫った。

「個性ある会社になりたいです。並み以下で終わりたくはありません」

森安は、はっきりと答えた。總一郎は満足そうに、「それならとことんビニロンを推進する道を進もうじゃないか」と言った。

「でも、もしビニロンの加工技術や用途が広がらなかったら……」

阿部が不安を口にした。總一郎の言うことはその通りだと思う。今さらビニロンからナイロンに方向を転じるわけにはいかない。しかし、それが安全な道なら経営者はそちらを選ぶべきではないのか。

「背水《はいすい》の陣というわけですな」

仙石がぽつりと言った。仙石は、ビニロンの販売や加工技術部門を独立させたいという總一郎の考えを事前に聞いていた。新しく部門を作ることは、人員やコストの面からも大きな投資になる。仙石にとってもそれは悩ましいことだった。

ましてや總一郎は、販売と技術が連動するという従来のメーカーにはない発想を持っている。メーカーはあくまで、自分たちが良かれと思う物を作ればいい。販売とは関係がない。いったいどのメーカーがデパートや主婦の声を聞いて、それを加工技術部門に反映させているだろうか。「自社繊維がどんな分野に活用できますか」と、消費者に直接に聞いて回るのだろうか。こんな新しい発想のビニロン販売部、加工技術部が本当に上手《うま》く機能するのだろうか。仙石の心配が「背水の陣」という言葉になった。

「仙石さん、いいことを言いますね。そう、背水の陣だ。絶対に引き下がれない。死地に身を置いてこそ生きる道が見つかるんだ。やってほしい。阿部さん、君ならやれる」

阿部は眉根を寄せ、唇を固く閉じ、「うーん」と唸《うな》った。

「大原さん、私、阿部さんの下でやらせてもらいます。いや、ぜひやらせてください。研究所の中で悶々《もんもん》としているより、直接、お客さまの声を聞いて、ビニロンをどうすればいいのか考えたいと思います。先ほど、ビニロンに殉じる覚悟と言った言葉にウソはありません」

森安は身体を乗り出すようにして總一郎に言った。

總一郎は満面の笑みで、「やってくれるか」と森安の手を握った。

「微力ながら私もやらせていただきます。森安さんのような若手が頑張ろうというのに、私が尻込みするわけにはいきません」

阿部は總一郎を見つめ、大きく頷いた。

「私は絶対に成功すると確信している。確信しているからこそ君たちに頼むんだ。聖書にも『狭き門より入れ』と書いてある。多くの困難を乗り越えてこそ、天国、即ち成功への道が拓《ひら》けているんだ。皆で力を合わせてこの道を進もうじゃないか」

總一郎は阿部の手を両手で強く握りしめた。

昭和二十七年（一九五二）九月、阿部を中心としたビニロン販売部が独立した。倉敷レイヨンは、總一郎のビニロンに賭ける熱意に浮かされた火の玉のような集団になった。

このまま燃え尽きてしまう危険をはらみつつ、阿部を中心にビニロンの販売促進、新しい用途開発、加工技術の開発に、文字通り突っ走り始めた。メーカー自身が販売の最前線に飛び出すことは当時、非常に珍しかった。そのため世間からは冷ややかな視線を浴びた。他のメーカーの人間たちは、「お手並み拝見ですな」と陰で囁《ささや》き合った。

第八章　中国へのビニロンプラント輸出

1

「總一郎《そういちろう》さん、すみません。死ぬなら二年前に死ねば良かったと思います。本当に申し訳ないことです」

友成《ともなり》の太りじしだった身体《からだ》が、細く枯れ枝のようになっている。

病室の窓から中庭の木々が見えるが、それらと同じだ。木々も死を迎えようとしている。冬枯れし、細く伸びた枝にはわずかに木の葉が残っているだけだ。

しかし木々と友成には決定的な違いがある。木々は一時的な死だ。むしろ次の生への準備だと言える。春になれば、また葉を茂らせ、花をつける。命を蘇《よみがえ》らせ、生を謳歌《おうか》する。一方、友成にはそれはない。細々と命の火を灯《とも》しているが、かすかな風が吹けば、それは消えてしまい、二度と灯ることはない。

——ああ、なんと残酷なことだろう。彼ほど合成繊維の国産化に使命感を持ち、その研究に励んできた男はいないというのに、なぜ神はその命を天に召そうとするのか。まだ五十五歳ではないか。

總一郎は、友成の骨ばった手を握り、涙した。

「そんなことはないですよ。ビニロンは立派に倉敷《くらしき》レイヨン、そして日本に貢献しています」

「そう言っていただけると嬉しいです。私はビニロン学生服の野立て看板を見るのが大好きなのです。あれを見ると、よし、やってやろうという気持ちになります」

友成は、肝臓にアミロイドというたんぱく質が沈着し、機能障害を起こす難病と闘っていた。全身が衰弱し、やがて死を招く。友成の死はすぐ目の前にまで迫っていた。

「倉敷で死にたい」という友成の強い希望で、実家の大分で療養していたのを倉敷中央病院に移したのは先週のことだった。總一郎は、それ以来、ビニロンに賭けた戦友とでも称すべき友成の病室に足しげく通っていた。

友成が二年前に死ねば良かったと言ったのは、昭和三十二年（一九五七）十二月の現在、日本はなべ底不況と言われる不景気に見舞われていたからだ。昭和二十九年（一九五四）十二月から始まった戦後初の好景気、いわゆる神武《じんむ》景気の反動だった。

日本経済は、朝鮮戦争の特需に沸いたが、その後、低迷した。政府は、昭和二十八年（一九五三）の「経済白書」で「特需にすがりつかなければ立ってゆけないような歪《ゆが》んだ経済」と、特需頼みを批判した。膨《ふく》れ上がった経済は、外貨不足を引き起こした。当時の吉田茂《よしだしげる》首相は、吉田デフレと言われる緊縮策を採用した。多くの企業が倒産し、ストが続き、失業者が街に溢れた。しかしこの緊縮策が功を奏した。

経済が縮小した結果、輸入が減少したが、輸出が増加に転じた。その結果、国際収支は大幅に改善した。昭和二十九年度の国際収支は前年に比べ、五億ドルもの改善をみた。また緊縮策で、企業の過剰設備などの贅肉が剥《は》がれ落ちる効果もあった。ほどなくして神武景気という好景気の循環に入り、なんと昭和三十一年の「経済白書」には「もはや『戦後』ではない」と記載されるに至った。この白書には「今後の成長は近代化によって支えられる」とも書かれ、イノベーション（技術革新）とトランスフォーメーション（近代化）という言葉が流行した。これはずっと以前から總一郎が使っていた言葉だった。

どれほど他社から悪口を言われようと、總一郎はビニロンの改良と販売に力を注いだ。まさに「イノベーションなき成長は成長ではない」との言葉の実践だった。その中心にいて總一郎を支え続けたのが友成だった。

「私こそあなたに赦《ゆる》してもらいたい。ビニロンの成功を急ぐあまりにあなたに過大な要求をして、苦しめてしまった」

友成の手を包む總一郎の手に涙が落ちた。

「赦してもらいたいなど……。もったいないことです」

友成が力なく笑った。

「目を閉じると、灯火の消えた研究所にいつまでも残り、研究を続けられていた友成さんの姿が浮かびます。早朝から深夜まで、休日もなく課題に取り組んでいただきましたね」

友成が所長を務める研究所では、ビニロンの欠点の改善に努めた結果、酢酸《さくさん》回収方法、部分重合法などによりコストと強度が向上したばかりでなく、最大の欠点とされた染色性や耐皺性も改良された。こうした改良は研究所と阿部が率いるビニロン販売部との協力で実現したものだ。改良が功を奏し、ビニロンは漁網、ロープ、そして学生服などへと利用が拡大していった。阿部たちは、「一〇〇万人がすでに着用している。倉敷ビニロン学生服」と看板を掲げた宣伝カーを全国に走らせ、各地で拡販キャンペーンを実施した。この学生服は「ウールタッチ」と評判を呼んだ。

研究、開発、販売が一体となった体制は、当時としては非常に珍しいことだった。メーカーは製造には関心があるが、販売、特に一般消費者への販売には関心を持っていなかった。メーカーはとにかく製造すればいいという考えが主流だった。倉敷レイヨンは、ビニロンを広めたいという全社一体となった熱い気持ちによって、消費者のニーズを製造、研究部門に直接反映する体制を作り上げたのだ。

ビニロンの改良と神武景気が相乗効果を生み、その生産量は急増し、昭和三十年（一九五五）には五三二六トンとなり、昭和二十五年の約二一倍となった。また全国の生産量六一五三トンの約八七％を倉敷レイヨンが占めるまでになった。まさにビニロンは倉敷レイヨンの代名詞になった。

しかし好景気は、またもや外貨準備を激減させ、政府は国際通貨基金（ＩＭＦ）から七月、八月に計一億三七〇〇万ドルもの緊急借入を行うはめに陥った。この代償に緊縮策を強いられ、日本経済は再び不況の谷へと落ちていった。

「今回の不況は長引くとか、なべ底不況などと言っているけど、私はそうは思わない。きっとすぐに回復します。そうなればビニロンはもっともっと売れるはずです」

「そうでしょうか。そんなに上手《うま》くいくでしょうか」

「神武景気は政府主導というより、民間企業がイノベーションの投資を爆発的に増やしたからなんです。それは不景気だからって止まるもんじゃない。それに大衆は生活を謳歌《おうか》することを知りましたからね。デパートには新しいファッションが溢れ、ビヤホールや野球場は人でいっぱいです。生活はまだまだ苦しいけど、それでもいい服で着飾りたい、美味《おい》しい物を食べたいという欲求が、今までになく膨らんでいるんです。これは景気を大きく上昇させると思います。ビニロンの需要は絶対に伸びる。確信しています」

「そうなるとよろしいですね」

友成の目に力が宿った。

「だから友成さんには元気になってもらって、もっともっと素晴らしいビニロンにしてもらいたいんです」

總一郎は、友成の手を強く握りしめた。

「もう一丁、頑張りますかな」

友成は總一郎の手を握り返した。

「いろいろありましたけど、あのアセチレンタンクの爆発だけは後悔しています。三人もの大切な仲間を失いましたから……」

昭和二十年（一九四五）一月八日、岡山工場にあったポバール研究施設のアセチレンタンクが爆発した。工員の三人が亡くなるという大事故となった。

「友成さんは運が良かった……」

總一郎は言った。

「タンクの鉄板が飛んできたのですが、机が支えになってくれて助かりました。しかし、仲間を失って返す返す残念です。もうすぐ彼らに会えるでしょうが、謝りますよ」

「何を言っているんですか」

總一郎は強く叱った。

「彼らは決して怨《うら》んでなんかいません。憲兵隊が事故調査に来た時、友成さんは自分に責任があると繰り返されたので、このまま逮捕されるのではないかと周りが心配したくらいです。それに毎年、彼らのためにお経を読んでおられるのをみんな知っていますから」

「ありがとうございます。そう言っていただけると、心が安らかになります。ところで、總一郎さん」

友成が總一郎を見つめた。

「ん？　どうしたんですか」

總一郎は身を乗り出した。

「これから日本や倉敷レイヨンはもっともっと立派になるでしょうね。悔《くや》しいです。その姿を見られないなんて……。私は、ビニロンの技術を世界に広げたいと願っていました。ぜひその夢を実現してください」

友成の目から涙が溢れ、頰《ほお》を伝った。

「分かっていますよ」

總一郎は一段と強く友成の手を握りしめた。

「日本は、海外の技術を導入するばかりです。これでは植民地になっているのと同じです。国産技術の名誉をかけて必ずビニロンの技術輸出を実現してみせますから」

總一郎の言葉を聞きながら友成は目を閉じた。かすかに笑みを浮かべていた。

昭和三十二年（一九五七）十二月二十六日、友成は帰らぬ人となった。享年《きょうねん》五十五だった。

　總一郎は、葬儀の弔辞《ちょうじ》の中で、友成のエピソードを披露して、その人柄を讃《たた》えた。

　總一郎の母・寿恵子《すえこ》が病気のため絶望的状況に陥った時、友成は密かに大学時代を過ごした仙台に赴き、尊敬する牧師と共に寿恵子の回復を祈ったというものだ。純粋無垢な人、それが友成九十九《つくも》だった。總一郎は、大きな柱を失った悲しみに耐えながら弔辞を読んだ。

　――友成さん、必ず、ビニロンを一人前に育て上げ、世界にその技術を輸出してみせます。

　總一郎は、友成の遺影に向かって強く誓った。

2

「敗戦の苦しい中で、よく国産の合成繊維ビニロンを作り上げられましたね」

　通訳を通して候徳榜《こうとくほう》団長が總一郎に話しかけた。目の前にはビニロン製造プラントがずらりと並んでいる。

昭和三十三年（一九五八）一月十六日、中国訪日化学工業考察団が来日し、倉敷レイヨン岡山工場と富山工場を見学した。日中関係が未だ難しい局面の中、中国側の強い要望によって実現したのは、団長の候自身が中国化学界を代表する化学者だったからだ。

「ビニロンの原料であるポバールは、我が国に豊富にある石灰石から作ることができます。外国から綿や羊毛を輸入する必要がないのです。外貨が恒常的に不足している我が国に、絶対に必要な合成繊維だと確信しています」

總一郎の説明に候は、何度も頷《うなず》き、真剣に聞いている。

「外貨不足にどのように対応するかは、私たち中国の発展のために最も必要なことです。それにしても、ここまでビニロンにこだわられるのはなぜか、あなたのお考えを教えていただけませんか」

候は背筋を伸ばし、總一郎を正面から見つめた。それは化学者として、ビニロンを製品化するまでの苦労を理解した態度だった。

「ビニロンは去年、惜しくも亡くなった友成九十九という研究者であり、かつ私どもの研究所の責任者が、戦前から倦《う》むことなく研究を続け、ようやく主力製品に育てたものです。私と彼とは日本にある材料で、日本の大衆のための繊維を作りたいという夢で一致していました。贅沢品《ぜいたくひん》を作ろうと思えば、作れるでしょう。しかし繊維はあくまで大衆のものです。安価であること、実用価値があること、それによって大衆に支持されること、それを実現できるのがビニロンであると信じております。これが私がビニロンに力を注ぐ意味です」

總一郎は候を見つめて言葉を選びながら言った。

候の顔が薄く紅潮した。總一郎の言葉に感動したのだ。候は手を差し出すと、總一郎の手を握りしめた。

「大原《おおはら》さん」

候は目を輝かせて總一郎に言った。

「まさにビニロンこそ中国発展のための繊維です。ぜひ中国のために、力を貸していただけないでしょうか」

中国の首相・周恩来《しゅうおんらい》は外国から技術を導入し、経済発展のスピード化を図《はか》りたいと考えていた。候を日本に派遣したのもそのためだ。

日中国交回復は実現していない。日本は、蔣介石《しょうかいせき》が支配する台湾を正式な中国として認めている。ましてや日本に大きな影響力を持つアメリカも、共産主義国家である中国と厳しく対立をしている。このような状況下で中国にビニロンプラントを輸出するには、多くの困難を乗り越えねばならない。

總一郎の手に、候の熱が伝わった時、身体の芯からエネルギーが湧《わ》いてくるのを感じた。

ふいに芝田《しばた》のことが思い出された。中国で戦死した若い社員だ。總一郎が入院している際、仲間の社員たちと励ましにきてくれた。あれが最後だった。明るく、希望に満ちていた若者だった。

――社長、ぜひ中国に来てください。私たちがみんなで歓迎します。国同士は戦争をしましたが、私は今、その大地に仲間たちと眠っています。そこには中国の人たちも多く眠っています。みんな一つになっているんです。

君たちを死に追いやってすまなかった。心から悔やんでいる。

――何をおっしゃるんですか。ビニロンを国産化され、国のために尽くされている社長を誇りに思います。私の死は決して無駄ではなかった。社長、中国の人たちは未だに非常に貧しいのです。戦争に勝ったにもかかわらず、日本より貧しいのです。ぜひビニロンで、中国の人たちの服を作ってあげてください。

「芝田君……」

總一郎は思わず声に出して名前を呼んだ。候が不思議な表情をした。

「どうかされましたか」

「いえ、なんでもありません。候団長、私たち倉敷レイヨンは、あなた方中国にビニロンプラントを提供することをお約束します。多くの困難が待ち受けているでしょうが、必ず実現いたします」

總一郎は、一語一語、自分の言葉を確かめるように言った。

「ありがとうございます。私たちも全面的に協力します」

候は満面の笑みを浮かべた。

3

「あなた、仙石《せんごく》さんがお見えです」

真佐子《まさこ》が玄関から戻ってきて言った。

總一郎は、真佐子と謙一郎《けんいちろう》と夕食をとっていた。

「仙石さんが……」

總一郎は、何か急用があるのかと訝《いぶか》しく思った。無事、候団長が率いる中国考察団一行を次の見学地に送り出したところだ。特に問題は起きていない。

「ここに通してくれ」

「ここにですか」

真佐子は驚いた。家族の食事の場に会社の役員を同席させるのだ。いつもなら応接室の方に案内するのに……。

「私たちが席を離れましょうか」

「いいじゃないか。謙一郎も久々に一緒なんだから。たまには仕事の話を聞かせるのもいいだろう」

謙一郎は東京大学を目指して受験勉強に忙しい。将来は、国際機関で働きたいという夢を持っているらしい。倉敷レイヨンにはあまり関心がないようだが、個人の自由を尊重する總一郎は、謙一郎の進路について何も言わなかった。孫三郎《まごさぶろう》が、なんとしても總一郎を自分の事業の跡継ぎにしたかった反動かもしれない。

總一郎は、食事中に仕事の話をすることは少ない。しかし、今日は違った。中国へプラントを輸出する夢を語った。芝田の姿が候団長の背後に見えたのが、強い動機となっていた。

日本は中国に対して戦争中、耐えがたい苦痛を与えた。そのことに対して、軍需工場経営者として總一郎は責任を感じていた。しかしそれよりも兵士として戦い、中国の大地に眠っている芝田たち若い従業員に、倉敷レイヨンの立派になった姿を見せてやりたかった。それが供養《くよう》になるのではないかと思ったのだ。

「僕も仙石さんに会いたいな。お父さんの中国への情熱を散々聞かされたから、ぜひ中国に行ってみたいって気になったんだ。それには仙石さんに約束を取りつけておくのが一番固いからね」

謙一郎は微笑《ほほえ》みながら言った。

「私が、謙一郎を中国に連れていってやると言った約束は、当てにならないとでも言うのか」

「当てにはしているさ。僕は大学を卒業したら国際機関で働きたいんだけど、これからどんな国が世界で重きをなすかと言えば、アメリカ、ソ連に続いては中国だと思う。あの国土の広さと人口の多さは侮《あなど》れない。ぜひ訪ねてみたい国だよ。そのためには、実務の責任者である仙石さんによく頼んでおかないとね。お父さんの話は夢が多いから」

「夢があるから現実をそれに近づける努力をするんだ。中国には必ず行かせるから。今はしっかり勉強して大学に受かってくれ」

總一郎は、自分なりの意見を言うようになった謙一郎を、目を細めて嬉しそうに見つめた。

仙石が落ち着かない様子でリビングに入ってきた。

「よろしいんでしょうか、お食事中に」

「仙石さんも一緒に食べませんか」

總一郎は、自分の前の席に座るように言った。

「いえいえ、私は、お茶だけで結構です」

仙石は恐縮しながら總一郎の前に座った。真佐子が茶を差し出した。

「どうかしましたか？　……何か重大事でも起こったか」

總一郎も茶を飲みながら聞いた。

「いえ、何か起きたというわけではありませんが、ぜひ總一郎さんとお話ししなければと思ったのです。今日の中国考察団の話です」

仙石は、喉《のど》を鳴らしながら茶を飲み干した。真佐子が新しい茶を注いだ。謙一郎は仙石の隣に座り、何事が始まるのかと注意深く見つめていた。

「考察団がどうかしたのか」

「候団長に中国へのプラント輸出を約束されましたね」

仙石は真剣な目で總一郎を見つめた。

「ああ、した。ものすごく喜んでおられたよ」

「中国とは国交がありません。日本は台湾を正式な中国と見て、国交を結んでいます。もし私どもが中国にプラント輸出をすれば、台湾は必ず怒ります。国際問題になります」

「なるだろうね」

總一郎は微笑した。あまりに軽く受け止められたので、仙石は拍子抜けした気持ちになった。

「今の岸《きし》内閣は台湾派で、共産主義国家である中国と敵対されております。国の方針に逆らうことで、我が社がどれだけ不利益を被《こうむ》るか分かりません」

仙石の懸念《けねん》は当然のことだった。現在の首相・岸信介《のぶすけ》は、戦前は満州《まんしゅう》国高官として名を馳せ、東條英機《とうじょうひでき》内閣で商工大臣などを歴任した。敗戦によりA級戦犯《せんぱん》被疑者として巣鴨《すがも》刑務所に勾留《こうりゅう》されたが、東條内閣打倒の立役者だったことから不起訴となり、戦後政界に復帰し、首相にまで上り詰めていた。

「岸首相は中国のことを誰よりもよくご存じだと思う。だから、本気で中国敵視政策を採っているわけではない。相当なリアリストだから、アメリカとの関係上、中国を政治的に認めるわけにはいかないだけだ。中国が政経分離という日本の考え方をすぐに認めるとは思わないけど、これから民間貿易を活発にしていけば、いずれは国交回復が実現するんじゃないか」

「それでは台湾の立場はどうなりますか。蔣介石は、日本に対する賠償を放棄してくれたのですよ。その恩義があります」

日本人の多くは、台湾の国民党総裁・蔣介石が「怨みに報いるに徳を以《もっ》てせよ」と言い、日本に対する賠償請求を放棄したことに恩義を感じていた。そうした国内の親台湾の空気を肌で感じている仙石は、總一郎の中国への認識があまりにも希望的観測に満ち過ぎているのではないかと懸念して、心配のあまり取る物も取りあえず意見具申《ぐしん》に来たのだ。

「仙石さん、確かに台湾には恩義を感じている。しかし現実に困っている中国大陸の人たちを助けるのは私たちの責任だと思う。現在は岸首相は反共で蔣介石と意気投合されているが、同じ共産国でもソ連に対する思いとは別のような気がする。五族協和を唱えて満州国を経営されていたわけだから、反共であっても反中国ではない、そう思う。政治家として中国との関係回復の道を探っておられるのではないかな」

總一郎は、仙石の心配を払うようにじっくりと話した。

「本当に問題は起きないでしょうか」

仙石は不安そうな表情をした。

「仙石さんの心配は、私も同じだよ。問題は起きる。しかし、私はどんな困難や批判があろうとも、中国へのビニロンプラントの輸出を実現したい。芝田君の姿が見えたのだよ」

總一郎の視線は遠くを見ていた。

「芝田？　あの中国戦線で戦死した社員の芝田ですか」

仙石は驚いた表情で總一郎を見た。

「彼は、私が入院している時、会社を存続させることが私の役割だと言ってくれた。そうでないと自分たちは安心して死ねないとね」

「そうでしたね……。我が社の若手社員が何人も中国で戦死しました。戦争は二度と嫌ですな」

仙石の声が沈んだ。

「今、彼らは中国の土になっている。彼らは決して中国人と戦い、殺し合いなどしたくはなかったはずだよ。それでも国家の大義に忠実であろうとした結果、犠牲になってしまった。彼らが命を落としたばかりではない。中国の人たちやその国土に多大の被害を与えてしまった。そのことを亡くなった芝田君たちも非常に後悔し、償いをしたいと願っているはずだ」

仙石は、どう答えていいか分からない。答えに窮するというのはこういうのを言うのだろうと困惑した。

「彼らと同様に、生き残った私たちには償いをする責任がある。私たちが償うことで芝田君たちが安寧《あんねい》を得られるのではないか、私はそう思うんだよ」

總一郎は、仙石にというより自分自身に語りかけていた。

——中国へのビニロンプラント輸出は、芝田たち戦争で犠牲となった若い従業員たちが自分に託した事業なのだ。

總一郎はそう思っていた。

「日本の中国への贖罪《しよくざい》と、芝田たち戦死した日本の若者の慰霊のため……なんですね」

「私はね、芝田君たちのことを思い、手を合わせているのだが、彼らが今回のプラント輸出のことを心から喜んでいる様子が目に浮かぶんだ」

總一郎は微笑んだ。

「お父さんは面白いね」

仙石とのやりとりをじっと聞いていた謙一郎が、言葉を挟んだ。

「何がそんなに面白いんだ」

總一郎は聞いた。

「ビニロンの製造販売がようやく軌道に乗り始めて、主力製品になりつつあるのに、それだけじゃ満足できないんだね。国家とか社会とか、そういった困難な課題に挑戦する時に、もっと生き生きするんだなあと思ったのさ。そこが他の経営者と違って面白いところだけど、仙石さんたちにとっては迷惑な話だね」

謙一郎は、仙石に向かって片目をつむった。

「お父さんに向かって面白いと言うなんて失礼ですよ」

真佐子が謙一郎をたしなめた。

「いや、いいんだ。ところで真佐子は、私の仕事に対する姿勢をどう思っているんだい」

「私、ですか……」

真佐子は總一郎からの質問にどのように答えるべきか考えた。

「私は謙一郎さんとは違います」

真佐子は断定的に言い、居ずまいを正した。

「では、どう思ってくれているんだい」

「素晴らしい、素敵だなと思っています。困難なことに逃げずに向かっていくあなたのことを尊敬しています。困難な状況になればなるほど生き生きされ、元気になっていかれますよね。私はそういうあなたの姿を拝見するのが、とても好きです」

真佐子はにこやかに微笑んだ。

「ありがとう」

總一郎は言った。

「仙石さん、そういうことだよ。私が最も敬意を払う妻からも賛同が得られた。なんとしてでも中国へのプラント輸出を成し遂げよう。これはビニロン技術を海外に輸出してほしいと願っていた友成さんの遺志にも応えることになるからね。きっとご苦労をおかけするが、力を貸してください」

「奥さまが賛成じゃあ、總一郎さんについていくしかないですな。しかし、また心配事が増えますなあ」

苦笑しつつも、仙石は弱気な様子を崩さなかった。この事業は政治問題化する、と確信していたからだ。製造会社は政治に関わってはいけない。戦時中は軍部独裁という政治に徹底的に翻弄《ほんろう》されてしまった。今度は冷戦という国際政治に翻弄されるだろう、と。

4

この時期、日本政府のアジア外交は、中国と台湾の間で揺れ動いていた。二つの中国、政経分離の立場で中国、台湾の両国に接していたが、それは徐々に困難となっていた。両国から日本の態度の曖昧さを責められるようになってきていたのだ。

昭和三十三年（一九五八）三月、第四次日中民間貿易協定を承認するにあたって台湾政府は、日本政府に対して厳しい態度を示した。中国との国交を断絶せよというのだ。そうしなければ、台湾は日本と国交を断絶するのも厭《いと》わないというのだった。

特に台湾は、日本政府が五星紅旗《ごせいこうき》を中国の事実上の国旗として扱っていることを非難していた。台湾がここまで強硬な姿勢になったのは、中国が徐々に国際社会で大きな地位を占めてきたからだった。日本政府は、この国旗問題で台湾と交渉を重ね、中国を承認する考えはないとの理解を得て、五星紅旗の掲揚禁止の保証は与えなかったものの国旗同様の権利は与えないという玉虫色の決着をみた。

ところがこれに中国が怒り、第四次日中民間貿易協定は、中国側から破棄されるという事態となった。

中国の態度に岸首相は驚き、苛立った。世論も中国の一方的な態度に非難の声が強くなった。

日本政府は、中国側の反省を促すべく事態を静観する姿勢に出た。その矢先の同年五月二日、長崎・浜屋デパートで中国品展示会場の五星紅旗を右翼青年が引きずり下ろすという事件が発生した。青年はすぐに逮捕されたが、旗が破損されていなかったこと、及び日本政府が五星紅旗を国旗として認めていないため、国旗侮辱罪(外国国章損壊罪)に問うことはできないということで翌日釈放になった。いわゆる長崎国旗事件の発生だ。

中国は、事件を黙認した日本政府の態度を、岸首相の中国敵視政策だ、と怒りを顕《あらわ》にした。そして報復措置として日本漁船の拿捕《だほ》、日中貿易商社に対する新規商談中止などを行い、遂に五月十一日、中国政府が「中日間の経済文化交流の全てを断絶する」旨を発表するに至り、日本と中国の国交は完全に断たれてしまった。

戦後、日中議員連盟や友好商社などを通じ、関係修復が進みつつあった日中関係だったが、国旗の取り扱いという中国のナショナリズムを刺激する問題によって、大きく後退することになった。

世間では、長崎国旗事件は台湾側の陰謀だと噂する者もいたが、真相が明らかになることはなかった。

「總一郎さん、日本は中国と国交断絶しました。これでプラント輸出の件はなくなりましたね」

仙石が社長室で執務を行う總一郎に、深刻そうな表情で言った。表情とは裏腹に仙石は、どこかでほっとした気持ちも拭《ぬぐ》えなかった。これで国際政治に翻弄《ほんろう》されなくて済むという安堵《あんど》感からだった。

書類から顔を上げ、總一郎は黒縁眼鏡《くろぶちめがね》を指先で軽く持ち上げた。

「想像以上に中国と台湾の関係は深刻な状況だね」

「そのようです。関係修復が進まないとプラント輸出は不可能でしょう」

「仙石さん、今からだよ、今から。必ず雨降って地固まるという時期が遠からずやってくるから。それに向けて準備しようじゃないですか。私は諦めません」

總一郎は弾《はず》んだ声で言った。

仙石は、思いがけないほどの總一郎の明るい表情を見て、心底、驚いた。この人は本当に困難を楽しんでいるのではないだろうか。

「困難な状況になればなるほど生き生きされ、元気になっていかれますよね……」

仙石は呟いた。

「何か言ったか?」

總一郎がにこやかな顔を仙石に向けた。

「奥さまのお言葉を、思い出したものですから」

仙石は苦笑した。

「そうですか。真佐子の言葉をね」

總一郎は声を立てて笑った。

「本当に、總一郎さんは、困難を楽しんでおられますなぁ」

仙石が呆《あき》れたように言った。

「そうでもないよ。私なりに弱気にもなっているけど、どうも諦めが悪いだけのような気がする。皆さんに申し訳ないと思っているよ。社長としては、問題ありだ」

總一郎は、表情を一変させ、何事かを考えるように険《けわ》しさを滲《にじ》ませた。

第九章　日中国交問題

1

「おお、来てくれましたか」

總一郎《そういちろう》は、社長室にやってきた仙石《せんごく》と豊島武治《とよしまたけじ》を満面の笑みで迎え入れた。

「總一郎さんが急遽《きゅうきょ》、お呼びだということで参りましたが、何事でしょうか」

仙石は總一郎のあまりの喜びように、やや怪訝《けげん》な表情を浮かべた。全く予想がつかないからだ。

「これです。これを読んでくれ」

總一郎が新聞をテーブルに広げ、ある箇所を指差した。

「何が書かれているんでしょうか」

仙石と豊島は記事を覗き込んだ。それは池田勇人《いけだはやと》首相の臨時国会での施政方針演説の内容だった。

「……従来中断状態にありました日中貿易に再開の機運が生まれることは、もとより私の歓迎いたすところであります」と、記事は池田首相の対中国外交方針を紹介していた。

「できるんだよ」

總一郎が二人に勢い込んで言った。

「何ができるんですか」

「中国へのビニロンプラント輸出だよ」

總一郎は目を輝かせると、新聞記事を握りしめ、まるで祈りを捧げるかのように天井を仰ぎ見た。

「えっ」

豊島は仙石と顔を見合わせた。共にどう言っていいか分からないという複雑な表情を浮かべ、「總一郎さんは諦めていなかった……」と無言で意思を通わせていた。

昭和三十三年（一九五八）一月十六日に中国訪日化学工業考察団が工場見学に来た際、總一郎は候徳榜《こうとくほう》団長にビニロンプラント輸出を約束した。しかし右翼青年が中国国旗を引きずり下ろすという長崎国旗事件が起き、日中関係は悪化し、それは沙汰やみになっていた。

まだ国交回復もしていない中国へのプラント輸出が国際政治問題化することは明らかであり、仙石たちは懸念《けねん》していた。だからプラント輸出の話題が消えたことは、彼らにとって、もっけの幸いだった。

国内でやるべき課題は多い。ライバル会社である東レなどが海外からポリエステル技術を導入し、テトロンの生産、販売を開始していた。合成繊維市場は本格的に拡大しつつあったのだ。倉敷《くらしき》レイヨンも負けてはいられない。さらにビニロン事業を拡大するべく、ビニロンフェスティバルを同年十一月に開催した。

大阪フェスティバルホールと東京宝塚劇場という大会場で開催されたフェスティバルは、一般消費者に加え政財界の要人も数多く招待され、大盛況となった。總一郎はここにビニロンの原料であるポバールの発明者、ウイリー・O・ヘルマン博士をドイツから招いた。

ヘルマン博士は、自らが発明したポバールが、倉敷の地でビニロンとして花開いたことに感動の色を顕《あらわ》にしていた。

博士は、高齢でかつ左目が不自由だ。總一郎は高梁川《たかはしがわ》の堤防の上を歩きながら博士に注意深く寄り添っていた。と、急に、博士が「走ろう」と言い出したのだ。そして突然走り出した。ヘルマン博士の走る先にはビニロンの工場がある。まさか、工場まで走るのか。總一郎は驚きつつも必死でヘルマン博士に遅れないように走った。

しかし、途中で若い總一郎の方が音《ね》を上げてしまった。「博士、もう無理です。止まりましょう」。荒い息を整えながらヘルマン博士を見ると、ビニロン工場を眼前にして、彼の表情は表現しがたいほどの喜びに輝いていた。

翌三十四年（一九五九）には岡山工場、富山工場、倉敷工場の設備増設などが完了。倉敷レイヨン売上高約二三八億円のうち、ビニロンの売上は約一二六億円にまでなった。自社技術のビニロンがようやく軌道に乗り始めた。仙石たち経営幹部は、今までの苦労が実り、自信を深めていた。

「やるんですか」

仙石は身を乗り出して聞いた。

「やります。やらないと思っていたのかな」

總一郎は、得意げに笑みを浮かべた。仙石と豊島は浮かない表情だ。

こうなると總一郎は、一歩も引かない。そのことを十二分に承知していた。總一郎の表情からは、「人間、何かをやり出すと必ず壁にぶつかってしまう。普通の人間はそこで止めてしまうか、いい加減になってしまう。しかしそこからが大事なのだ。壁をぶち破っていくことが大事なんだ」という持論が聞こえてきそうだった。

二人は、總一郎を支えるしか道はない。覚悟して同時に聞いた。

「どう動きますか」

「豊島さん、あなた、このプロジェクトの責任者になってください」

總一郎が強い口調で言った。

豊島は「分かりました」と答えた。しかし自信はない。本当に共産主義国家、中国にプラント輸出をすることができるのだろうか。考えれば考えるほど不安になる。責任者になれと言われても何から始めていいのか分からない。今まで誰もやったことがない、またやろうとしないプロジェクトなのだ。目の前に立ちはだかる困難を想像するだけで、気が遠くなってしまう。

――ああ、しかしなんと嬉しそうなのだろうか。

總一郎の目の輝きを見ていると、実現不可能なプロジェクトも実現できそうな気がしてくる。不思議な力が湧《わ》いてくる。

――まるで子どものようだ。

豊島は微笑《ほほえ》んだ。總一郎がひたすらに夢を追う、損得というビジネスを全く超越した純真な子どもに思えた。

——この人を支えることこそ、自分の使命なのだ。日本政府は、長崎国旗事件で日中貿易が途絶した後も、手をこまぬいていたわけではない。

中国には知日派の廖承志《りょうしょうし》がいた。廖の父・廖仲愷《ちゅうがい》はその妻・何香凝《かこうぎょう》と共に明治三十五年（一九〇二）に日本に留学し、孫文《そんぶん》と知り合い、中国同盟会の結成に夫婦で参加し、以後、孫文の活動を支え続けた。二人の間に明治四十一年（一九〇八）に東京・大久保で生まれた廖承志は、十一歳まで日本で過ごし、上海《シャンハイ》に戻った。その間、孫文にも会っていた。

廖が本格的に革命に身を投じる契機となったのは、自身も入党していた国民党の右派に父・廖仲愷が暗殺されたことだった。廖は国民党を離党する。その後、早稲《わせ》田《だ》高等学院に留学した頃から共産主義に目覚めていく。再び、中国に帰国した廖は、昭和三年（一九二八）、中国共産党に入党し、革命や抗日闘争に身を捧げる。その間、七度も逮捕勾留《こうりゅう》されながらも転向しなかったことで、毛沢東《もうたくとう》や周恩来《しゅうおんらい》からの信頼が高まり、中華人民共和国建国後は重要な役割を担《にな》うこととなる。特にその経歴から、日本担当の責任者としての役割を果たす。

長崎国旗事件で悪化した日中関係に改善の兆《きざ》しが見え始めた契機は、廖が仲介した昭和三十四年（一九五九）九月の石橋湛山《いしばしたんざん》前首相の訪中と周恩来との会談だった。その後も廖は周恩来の指示を受け、親中派議員・松村謙三《まつむらけんぞう》を周恩来に引き合わせるなど、日中の関係改善に努めていた。

昭和三十五年七月十五日、反中派の岸信介《きしのぶすけ》首相が安保改定に伴う国内混乱の責任をとって退陣し、七月十九日に池田勇人が首相に就任した。そして経済復興を第一のアジェンダとして経済最優先を標榜し、所得倍増計画を打ち出した。

そのためには、多くの人口を擁《よう》する中国との関係改善が不可欠だった。昭和三十五年当時の中国との貿易総額は二三〇〇万ドル程度で、西ドイツの一億六五〇〇万ドル、イギリスの一億五八〇〇万ドルに遠く及ばなかったのだ。経済界からも池田に対し、日中関係改善を望む声が起きていた。

「池田さんは、本気で日中の関係改善をするつもりだよ」

總一郎は、目を輝かせて仙石と豊島に言った。

「でもアメリカは賛成しないでしょう」

仙石が言った。

アメリカは朝鮮戦争で北朝鮮を支援した中国を警戒し、日本が中国との関係を改善しようとする動きを強く牽制《けんせい》していた。国民の多くは仙石と同様の意見だった。

「池田さんはアメリカとは違う独自外交を模索されている。中国と台湾の対立を容認しつつ、中国との貿易を盛んにし、事実上、中国承認の関係を築いていく方針ではないだろうか」

「そんなこと本当にできるんでしょうか。岸前首相やその弟さんの佐藤栄作《さとうえいさく》さんたちは台湾との関係を重視していますから、池田さんの動きを絶対に許さないと思いますが……」

仙石はたたみかけた。

「私は中国のため、中国の人々のために何かをせねばならないと考えている。やれ台湾だ、やれ中国だという政治的な対立関係とは次元の違う話だよ。あの大陸の数億人の人々がビニロンの服を着たいと願っているなら、そうした対立を超えて支援するのが、戦争を引き起こし、多大な被害を与えた私たち日本の経済人の責務ではないか。私はやります。ぜひ協力してほしい」

總一郎は、中国大陸にビニロン製造工場が稼働している様子を想像するかのように軽く目を閉じた。

仙石は隣に座る豊島に小さく頷《うなず》いた。やるしかないだろうという意思を通じ合わせたのだ。

総一郎の言った通り、中国との関係改善への池田の思いは本気だった。

2

昭和三十六年（一九六一）一月の国会において、日中貿易拡大の方針が打ち出された。それを実現するべく、六月にはケネディ大統領の理解を得るために池田は訪米した。ケネディに対して日本と中国との歴史、文化的な関係を説明し、日中両国が現在のように欧州諸国の後塵《こうじん》を拝するような貿易関係であることの異常さに理解を求めた。そして広大な国土と膨大な人口を擁する中国が、国連に加盟していないことの不自然さにも言及した。

しかし日本側の熱意にもかかわらず、アメリカの態度は厳しい。アメリカは、中ソ対立や中国の大躍進政策の大失敗により、数千万人が餓死していることを熟知していた。この機に乗じて中国を追い詰めようと考えていたのだ。

池田はアメリカの対中国感情の厳しさを実感し、「アメリカは共産中国に憎しみを持っている」と記者に嘆息混じりに語った。しかし池田は諦めない。日中関係改善は、池田が独自性を発揮する絶好の政策だ。アメリカの考えを踏まえつつ、慎重に進めていこうと覚悟していた。

一方、中国も国内経済再建のために日本との関係改善は必至だった。

中国は池田を支援するために、周恩来が日中貿易三原則を打ち出した。政府間協定、民間契約、個別的配慮の三つだ。三原則の眼目は、二つ目の民間契約だった。政府間協定を急速に進めることは困難であると中国は認識し、まず「友好商社」を経由する形で民間契約を先行させることにしたのだ。

中国は多くの問題を抱えていた。国際的にはアメリカやソ連との対立。特に同じ共産主義国であるソ連との対立は深刻だった。一九六〇年、ソ連が中国との経済協力を破棄。突如、一三九〇名の専門技術者を引き揚げてしまったのだ。このため多くのプロジェクトが中断し、中ソ貿易も激減した。

さらに、毛沢東はアメリカを経済的に凌《しの》ぐことを考え、市場経済を無視した大躍進政策を進めた。工業を最優先し、農業をないがしろにしたため食糧生産が減少し、折からの百年に一度という旱魃《かんばつ》にも見舞われ、餓死者などが四〇〇〇万人以上とも言われる大飢饉《ききん》を招来してしまったのだ。こうした国内外の事情により、中国は日本との関係改善に活路を見つけざるを得なかった。

總一郎は、中国へのビニロンプラント輸出に向けて精力的に活動を開始した。台湾派の重鎮である佐藤栄作に面会を求めた。日中関係改善に反対する大物議員の考えを聞くことから始めるのは、いかにも總一郎らしい。まず困難にぶつかっていく。八月の夏の盛り、軽井沢の別荘に佐藤を訪ねた。

佐藤は「民間の事業だからアメリカに過剰な配慮をする必要はない」と、淡々と答えた。

總一郎は、佐藤の言葉に安堵《あんど》した。しかし、台湾派で反共政治家である佐藤が反対意見を述べないことを、意外に思った。真意ではないと感じ取った。

「先生は、中国政府が友好商社に取引を扱わせる方式に政治的な意図を含むものであれば、日本側としては容認すべきではないとのお考えをお持ちと拝察しております。また共産主義はお嫌いと公言もされておられます。私どもがこのプロジェクトを進めても、本当に問題はないとお考えなのでしょうか」

總一郎は、重ねて聞いた。無礼な奴と叱責《しっせき》を受けるのは承知だった。しかし、社交辞令で賛意を表明しているのではないかとの懸念を払拭《ふっしょく》するためには、ぜひとも真意を確かめないといけない。佐藤は、眉根《まゆね》を寄せた。いかにもこの話題はもう結構だという表情だ。

「總一郎君、君は、中国人民への贖罪《しょくざい》の気持ちを表すためにもビニロンプラントを輸出したいのだろう。それは純粋な君の心から発したものだ。私がとやかく言えるわけがない。君の行為は民間のことだ、政治が関与すべきことではない。だから賛成だと言ったんだ。しかし政治家として私が言いたいのは、中国が民間貿易を盛んにし、我が国を取り込み、台湾を切り捨てさせようとしているのではないかということだよ。その一点だけが気がかりなのだ」

「それでは日中貿易が盛んになることには反対だと、理解せざるを得ませんが……」

總一郎の発言に佐藤は一層、顔をしかめた。いい加減にしてほしい、それ以上の答えを自分から求めるなどとでも言いたげだ。

佐藤は民間の事業に政治が関与することはないというが、国交がない中国へのプラント輸出は極めて政治的な意味を持つのは自明のことだ。ぜひにも中国へのプラント輸出に対し、政治的な立場から反対しないという言質《げんち》をとっておきたい。

「反対はしない。あれだけの巨大な国だ。日本の経済界としても現状のままというわけにはいかないだろう。しかし私が政治家として積極的には賛成ではないと、理解してほしい。中国は台湾を排し、なんとしても国連に代表として加盟したいと思っている。台湾が国連において、共同代表として参加することなど許さない。それは台湾とて同じだ。私は台湾こそ正統な中国の代表だという立場を崩すわけにはいかない。蔣介石《しょうかいせき》には恩義がある。分かってくれたまえ」

佐藤は特徴ある大きな目で總一郎を見つめた。

「よく分かりました」

總一郎は、丁寧に頭を下げた。

佐藤は、政治家としてぎりぎりの内容を話してくれている。ありがたい。少なくとも強硬に反対しないという意思は確認できた。たとえプラント輸出が政治問題化しても、佐藤がこれを阻止すべく積極的に動くことはないだろう。それだけで充分だ。すんなりと事が運ぶとは考えていない。ただ政治的イデオロギーだけで反対されては、できるものもできなくなる。それだけは避けたかった。

佐藤は、總一郎を見送りながら「真意は伝わっただろうか。それにしても總一郎君は困難だと分かっていることになぜ突き進むのかね。それほど儲かるビジネスとは思えないが」と隣に立つ妻の寛子《ひろこ》に呟いた。寛子はその言葉を黙って聞いていた。

翌昭和三十七年（一九六二）一月、中国から国貿促関西本部を通じてプラント輸出商談を再開したいという申し出があった。

「佐藤さんは、如何《いか》なるお考えでしたか？」

仙石が聞いた。

「賛成とも反対ともつかぬと言うべきか……。まあ、反対はしないという態度でしたね」

總一郎は浮かない表情となった。池田首相は中国との関係改善の意向を示しているが、政治の世界では、まだまだその流れは主流となっていない。

「難しいですな。中国からプラント輸出の商談再開を言ってきておりますが、豊島さんの中国派遣は如何《いかが》いたしましょうか」

「仙石さん、ちょっと富山へ行かないか」

總一郎が突然、富山工場行きを提案した。

「富山工場ですか」

「善は急げだ。早速行こう」

總一郎は、仙石の手を引くようにして社長室を飛び出した。

總一郎は、富山工場の社員食堂に掲げられた棟方志功《むなかたしこう》の板画《はんが》『美尼羅牟頌《ビニロンしょう》』の前に立っていた。

「素晴らしいね」

總一郎は傍に立つ仙石に語りかけた。

「はあ、いつ見てもため息が出るほどです。強いエネルギーに圧倒されます」

仙石も『美尼羅牟頌』に目を奪われている。

「レオナルド・ダ・ヴィンチの『最後の晩餐《ばんさん》』という絵を知っているだろう」

「はい、存じております。実物を拝見したことはありませんが……」

「私は、ミラノで見た。あの絵は、サンタ・マリア・デッレ・グラツィエ修道院の食堂の壁画なのだよ」

「ほほう、修道院の食堂の絵なのですか」

仙石は初めて聞く話に驚いた。

「この『美尼羅牟頌』と同じだ。『最後の晩餐』は修道士たちを励まし続け、この板画は工場の人たちを励ましてくれている」

總一郎は、慈しむように板画を見つめている。

「その通りですなあ。枠《わく》をはみ出すように躍動する板画を見ていますと、何故か勇気が湧いてきます。辛《つら》さを忘れさせてくれます」

仙石も感慨深げに言った。

棟方の『美尼羅牟頌』は四枚の柵《さく》で構成されている。

一枚目は「黎明《れいめい》」の柵。棟方は天空を支えるかのような逞《たくま》しいツァラトゥストラに鷲《わし》と蛇《へび》を配し、「ツアラトウストラは三十才の時、其《その》故郷と其故郷の湖とを去りて山に入りぬ。その處《ところ》に彼は其精神と其孤獨《こどく》とを享楽《きょうらく》し、十年を経て倦《う》むことなかりき」というニーチェの言葉を彫り込んだ。

二枚目は「真昼」の柵。太陽に住むという伝説の三本脚《あし》の烏《からす》を日輪の中に描いた。そしてツァラトゥストラは山から出て太陽に語りかける。「……汝《なんじ》によりて照さるるところのものなくば、何の幸福なることか汝にあらむ……」と。

三枚目は「夕宵」の柵。夕宵の中に正座し、祈りを捧げる裸婦四人。「……汝の横溢《おういつ》を受け、その事の故《ゆえ》に汝を祝福せり……」。

四枚目は、「深夜」の柵。天から降りていく画面いっぱいのツァラトゥストラの姿。それは人間として強く生きることへの宣言であり、大いなる幸《さち》の象徴だ。

「……我自らの有《も》てるを配《わか》ち與《あたわ》むこと願ふ……」。

「私たちは、この四枚の柵のどの段階にいるんだろうね」

總一郎は仙石に聞いた。

「一枚目は黎明、二枚目は真昼……」

仙石は棟方が名付けた柵名を呟いた。

「少なくとも絶頂期の真昼ではありませんなあ。まだまだこれからやるべきことが多い……」

「私も同意見だ。私たちはまだ黎明期だと思う。ビニロンを世界に拡げるという使命のスタート台に立ったばかりだよ。豊島さんを中国に派遣しよう。そしてプラント輸出を前進させよう」

總一郎は力強く言った。

3

總一郎が考えるより遥かに熱意を持って、池田は日中関係改善を進めることを決意していた。

池田は自民党長老・松村謙三に、中国問題を全面的に任せることにした。松村は池田と反岸内閣で緊密な関係を持っており、岸内閣を打倒するために自民党総裁選に出馬したこともあった。池田は、中国に太い人脈を有する松村の力を借りて日中関係改善に乗り出した。

松村の中国人脈の中心は廖承志だ。廖とは、日本への留学・亡命経験のある郭沫《かくまつ》若《じゃく》の紹介で昭和三十年（一九五五）に知り合い、意気投合して以来、親しく交流していた。数度、中国を訪れ周恩来首相と会談し、お互い政治家として日中関係改善に共通して努力することに合意したのも、廖の斡旋《あっせん》だった。

松村は岸内閣では日中関係改善は無理であると諦めていたが、盟友池田が首相になったことにより一気に日中関係改善を進める好機が到来したと思った。池田の申し出は願ってもないことだったのだ。松村は廖と諮《はか》り、政治面では松村が、経済面を高碕達之助《たかさきたつのすけ》に任せることにした。

高碕は経済界の重鎮で戦前、満州重工業開発総裁なども務め、戦後も企業経営者として名をなすと共に、鳩山一郎《はとやまいちろう》内閣で経済企画庁長官、岸信介内閣で通産相を務めるなど政治家としての経歴もあった。当然ながら池田とも良好な関係にあった。

池田は全日空《ぜんにっくう》社長の岡崎嘉平太《おかざきかへいた》に、日中貿易促進のアイデアを民間の立場を踏まえて考えるように依頼した。岡崎は松村や高碕と諮《はか》り、メーカーや業界団体の直接参加、延べ払い措置を含む三年ないし五年の長期総合バーター協定、総合調整機関の設置、双方の保証人を立て、責任体制を固めるという案を池田に提出した。

池田は延べ払いの考えが取り入れられている、この岡崎案を了承した。延べ払いでプラント輸出が可能になれば、長期的に安定した日中貿易関係が築けると考えたのだ。池田の決断により、日中貿易はこの岡崎案に沿って進められることになった。

九月に松村は訪中し、周恩来と五回に亘って対談、岡崎案について検討した。松村と周恩来は、日中両国の政治的、経済的関係の正常化を進めるべきであるとの合意に達した。周恩来は松村に、「私は中国共産党員であり、松村先生は日本の自由民主党の党員である。二人の見方は一致できないことが自然であり、全部が一致するのは不可能である。これを前提として中日両国は平和共存を実行し、友好関係を発展させる。この点においては、私たちは一致に到達した」と語った。

イデオロギーの違いよりも、現実的政治経済を優先させる考えに立った結果の合意だった。これによって、日中の貿易協定締結のために、民間経済人代表として高碕が訪中することになった。

中国側は、貿易協定の目玉としてビニロンプラントの輸出を強く要請していた。

4

「總一郎さん、何か心配なことでも起きましたのでしょうか」

豊島が聞いた。總一郎があまりにも浮かない表情をしていたからだ。

「他でもない。これを見てくれ」

總一郎は新聞記事を見せた。アメリカのW・アヴェレル・ハリマン国務次官補が、日中関係改善に対して批判的な発言をしたのだ。アメリカで開催された日米協会主催の昼食会でのことだった。

「やはりアメリカは日本が中国と関係を改善することに、不満なのですね」

豊島は記事を読み、憂鬱《ゆううつ》な思いを顔に出した。

豊島は、先日、北京《ペキン》で中国側とプラント輸出の協議を行った。中国側の熱意は感じたが、条件の相違があり合意には至らなかった。中国側には日本国政府の出方待ちという姿勢が見えなくもなかった。その点では倉敷レイヨンも同じであった。

「日本は、これまで中国なしでも経済的、文化的、その他あらゆる面で上手《うま》くやってきたではないか。日本と中国の貿易は、実際、微々たるものであった。もし日本が共産諸国とどんな形であれ貿易を拡大するなら、共産諸国は将来、これを日本に不利な梃子《てこ》として利用するかもしれない。日本はこの危険をさとり、中国との貿易を政治目的に利用されないようにしてほしい」

ハリマンは渋面を浮かべて語った。中国と貿易関係を深めないように、アメリカ側からの日本への牽制の姿勢を明確にしたのだ。

「豊島さん」

總一郎は視線を真っ直《ま》ぐ《す》に豊島に向けた。こういう時は、何かとてつもないことを考えているに違いない。豊島は身構えた。

「政治家に頼ってばかりいるわけにはいかない。やっぱりこんなことは自分で動かねばならない。そうは思わないか」

「はあ……」

豊島はややたじろいだ。總一郎の意図が分からない。

「佐藤さんも反対はしないけど、積極的に応援してくれるわけじゃない。他の政治家も同じようなものだ。池田さんはなんとかしようとされているが、どうなるか分からない。このままだと局面を突破できない。中国へプラント輸出するなんて、いつ実現できるか分からない。そうだろう?」

「は、はい。そうです」

「あなたが伝えてくれたところによると、中国は随分、期待しているんだろう」

「彼らの条件は厳しいですが、プラント輸出実現への期待は大変大きいです」

總一郎は、自分で動くと言うが、いったい何をするつもりなのだろうか。

「十月に、アメリカでフォード財団後援の日米民間人会議が開催される。私が招待されているのは知っているね」

「存じ上げております。ダートマス大学で開催されるのですね」

「そこで、率直にビニロンプラントを中国に輸出したいと話します。あの会議にはアメリカの政府要人も出席しているからね。主催者の松本重治《まつもとしげはる》さんに相談したんです。きちんと見解を主張すべきだと賛成された。松本さんは、エール大学で勉強されてアメリカ人のことをよくご存じな方だ。アメリカ人は率直に発言すれば、必ず理解してくれるようだ。アメリカ人も日本人の考えを知りたがっているともおっしゃる。小泉信三《こいずみしんぞう》さんやライシャワー大使にもご相談したのだが、皆さん、私がアメリカ人に率直に話すのがいいとおっしゃる。反対する人はいない。松本さんの師匠筋《すじ》に当たる高木八尺《たかぎやさか》さんも、思い通りにやりなさいとおっしゃってくださった。アメリカン・アセンブリーのセルデン副会長もコロンビア大学総長のグレイソン・カークさんも皆、賛成だよ。日本からはイエスマンしか出席しない。アメリカ人にとっては物足りない。日本人の歯に衣着《きぬき》せぬ意見を聞かせてほしいというのがアメリカの希望なんだ。遠慮することはない。せっかく行くのなら、正々堂々と意見を表明してくる」

アメリカン・アセンブリーは、コロンビア大学の付属独立機関として一九五〇年に設立された。設立の中心人物は後に大統領になるアイゼンハワーだ。年に一度か二度、アメリカの知識人が数日、会議場に缶詰となって会議が開催され、その議論は大統領への提言としてまとめられる。議論は時々の米国が直面する課題が選ばれ、提言は大きな影響力を持っている。

そのアメリカン・アセンブリーに関係する有力者たちが、總一郎にビニロンプラント輸出に関してアメリカ人に話せと言っているのだ。彼らが總一郎の意見を聞きたがっている。總一郎の発言次第で反共、反中で凝り固まっているアメリカ世論が変わる可能性がある。總一郎は期待を抱いていた。

「ぜひともアメリカ人に私の考えを聞いてもらいたい。必ず理解してくれると信じている。日本の政治を動かすには、アメリカを動かすことが必要なんだ」

總一郎は強い口調で言った。

「アメリカに行かれるのですか？」

「絶対に行く。アメリカが日中関係改善に賛成だと分かったら、もう一度あなたに中国に行ってもらう。高碕訪中団に同行してもらいたい。いいですね」

近々にも高碕達之助が団長を務める訪中団が予定されている。

「分かりました。高碕訪中団に参加させていただきます」

「高碕さんには、日中貿易の具体的な実績に、どんなことをしてもビニロンプラント輸出を加えていただくようにお願いするつもりです」

總一郎はビニロンプラント輸出実現のために、ありとあらゆる人脈を活用する考えだった。

一方、首相の池田は大平正芳《おおひらまさよし》外務大臣に、日中貿易についての政府方針をまとめさせていた。

問題は延べ払いを認めるかどうかだった。延べ払いは、長期安定的な貿易関係を維持する約束となるのだが、これを易々《やすやす》とアメリカや台湾が認めるはずはない。ましてや長期延べ払いとなるプラント輸出となると、反対は必至だった。延べ払い期間は五年を限度とする。これが日本政府として認められるギリギリの線だった。

「中国は、倉敷レイヨンのビニロンプラントに強い関心を持っています。代表団にはぜひ倉敷レイヨンにも参加してもらい、今回の具体的な目玉にしましょう」

高碕は大平に進言した。

「そのことは聞いています。中国はたしかにビニロンプラントがほしいのですね」

大平が聞いた。

「単年度で決着する輸出品より、プラント輸出は長期間を要します。中国にしてみれば、日本の対中姿勢の変化が本物か否《いな》かを見極めるには、プラント輸出に対する姿勢を見るのが最も妥当であると考えているのでしょう。今回の貿易協定の初年度の取り決めに、倉敷レイヨンのビニロンプラント輸出をぜひとも織り込みたいと考えております」

「倉敷レイヨンは、これで利益を上げるつもりなのですか。相当、プラント輸出に執着しているようですが……」

「損はしないでしょうが、利益がそれほど上がるとも思えません。社長の大原總一郎氏は、中国への贖罪の思いが強いようです」

「贖罪ですか……。善良ではありますが、政治的ではありませんなあ。プラント輸出は、かなり長期の延べ払いとなりますから、慎重にしないと問題になります」

　大平は眉根を寄せた。

「承知しております」

　高碕は神妙に答えた。

「これは大変なことになるかもしれませんね」

　大平は台湾派の政治家たちの顔を一人一人思い浮かべながら、呟いた。

第十章　契約調印

1

昭和三十七年（一九六二）十一月九日、倉敷《くらしき》レイヨンの豊島武治《とよしまたけじ》副社長は高碕達之助《たかさきたつのすけ》、岡崎嘉平太《おかざきかへいた》と協議のうえ、「日中両国民間の長期総合貿易の発展に関する覚書」に基づき、ビニロンプラント輸出議定書に調印した。

訪中団の高碕のイニシャルTと、中国側の廖承志《りょうしょうし》のイニシャルLをとって「LT貿易」と呼ばれる日中民間貿易の始まりだった。

覚書には一九六三年から一九六七年までを「第一次五カ年」と定められている。貿易品目は日本からは鋼材、化学肥料など。なんといってもプラントが目玉だった。中国は単年度で完結するよりも長期間に亘《わた》って取引が継続するプラントを望んでいた。その意味で、倉敷レイヨンのビニロンプラント輸出は最適の貿易品目だった。

覚書の締結は高碕と廖の二名だけで行われた。二人の署名には肩書は付されていない。当時の複雑な日中関係を考慮したもので、民間であり、かつ政府間であるという二つの意味を持たせたためだった。だが決して契約を曖昧《あいまい》にするためではない。周恩来《しゅうおんらい》首相は、訪中団に「廖承志は私の代理人です」と言ったという。同じ意味で高碕は、日中貿易を推進しようとする池田勇人《いけだはやと》首相の代理人だった。「LT貿易」覚書は、実質的には周恩来と池田勇人の間で締結された契約だった。

日中貿易交渉が順調に進んでいる中で、高碕の最大の懸念《けねん》は、延べ払い供与の条件だった。池田首相からも慎重に進めるようにと念を押されていた。

プラント輸出など長期に亘る貿易では延べ払いが必要となるが、これは中国に対する実質的な信用供与であり、アメリカや台湾が反対の立場で目を光らせていた。

倉敷レイヨンのビニロンプラント輸出には、どうしても延べ払い融資が必要になる。一計を案じた高碕は、日本政府と協議せず独断でLT貿易の初年度契約に総額一〇〇〇万英ポンド、延べ払い期間実質七年間、分割払い金利四・五％という条項を挿入していた。

日本政府が許容している延べ払い期間五年を超える契約だった。

總一郎《そういちろう》は、豊島の北京《ペキン》からの帰朝報告を逸《はや》る気持ちで待っていた。

總一郎も豊島に早く日米民間人会議の様子を話したいと思っていた。アメリカは決して中国へのプラント輸出に反対ではないと伝え、安心させたかった。

「赤池《あかいけ》さんが来られました」

仙石《せんごく》がやってきた。

「赤池が……」

赤池は通産省通商産業審議官だ。總一郎の事業について、これまで何かと批判的な態度をとっていた。

「会いたい人はまだ来ないのに、会いたくない人は来るんだね」

總一郎は苦い表情になった。

「お会いになられますか」

仙石が聞いた。

「会わないといけないでしょう。仙石さんも同席してくれないか」

赤池は何を言うつもりなのだろうか。おそらく共産党国家である中国を支援するようなプラント輸出は、国益に反するとでも言うのだろう。どこまでも嫌な男だ。

仙石が赤池を同行して現れた。

——ん？　どうも様子がおかしい。赤池がやけに、にこやかだ。

「ご無沙汰しています」

　握手を求めてきた。

「まあ、どうぞ、座ってくれ。何か話があるのか」

　總一郎は、赤池の手を握らずにソファを勧め、自分も座った。

「中国へのビニロンプラント輸出という偉業を進めていると聞いて、やはり君はすごい男だと感心したんだ。大原孫三郎翁《おおはらまごさぶろうおう》の息子だけのことはある。人のやらないことをやるよなぁ」

　赤池の口調が、かつてのように挑戦的ではない。仙石を見ると首を傾《かし》げている。仙石も不思議に思っているのだ。

「高碕訪中団で中国に行っている豊島がもうすぐ帰ってくるから、貿易交渉の詳細を聞きたいと思っている」

「それより日米民間人会議でしっかりと日本の立場を主張したんだってね。通産省にも情報が入ってきているよ」

「耳に入っているのか」

　總一郎は、奇妙なほど親密な赤池の態度に不信感を抱いたが、変な邪魔を入れられないためにも、アメリカの意図を話しておくべきだと考えた。

「中国と日本の関係を説明し、ビニロンプラント輸出は、一企業の利益のためにやっているのではないと率直に話した。その時、アメリカ経済開発委員会元会長のデヴィッド氏が、私の発言を遮《さえぎ》ったんだ。びっくりしたよ」

「ほほう、どうしてそんなことをしたのかな」

「プラント輸出の件なら問題にしなくて良い。アメリカにはものの分からぬ人間もいるが、一定の条件下で行われる日中貿易に対して、いささかも反対するものではない。強《し》いてアドバイスするなら、用心深くやりなさい。こんなふうに言ってくださった。アメリカの指導的立場にある方々は、私たち倉敷レイヨンがやろうとしていることに、良識的な判断と対応をしてくださった。とても安堵《あんど》した」

「それは大変な成果だね。しかし、まだまだ越えるべき高い壁があるんじゃないか」

　赤池は思わせぶりな表情をした。

「どんな壁があるというのか」

　總一郎は身構えた。赤池はめずらしく友好的だが、いよいよ牙《きば》を剝《む》くつもりなのだろうか。

「延べ払いの件だよ。高碕訪中団が政府の許可なく、五年を超える七年のプラント輸出の延べ払い条件を初年度契約に織り込んだ件だよ」

「政府は日中貿易に関して延べ払いを認めたはずだが」

池田首相は、日中貿易促進の観点から延べ払いは西欧諸国並みとの考えを示していた。

「確かに肥料製品輸出などの延べ払いは認めていたよ。しかし、製造工場を作るプラント輸出は別物だろう。共産国の強化そのものだと思わないか。ましてや政府が認める五年を超えて、七年の延べ払いでは問題にならない方がおかしい。台湾やアメリカを気遣う大蔵省や外務省の連中が、早くも問題にしそうな気配なんだよ。一筋縄ではいかないだろうね」

赤池は渋面《じゅうめん》を作った。

その時、社長室のドアが開き、勢いよく豊島が入ってきた。

「戻って参りました」

顔には疲れが滲《にじ》んでいたが、難しい交渉を終えてきたという充実感からか、晴れ晴れとしている。

「お疲れ様、どうぞそこに座ってくれ。報告を聞きたくて待っていたよ」

總一郎は、立ち上がって豊島を迎えた。仙石もそれに従った。

「赤池、いや赤池さん、どうされたのですか？　こんなところに……」

帰朝報告のために喜び勇《いさ》んで駆けつけてきた豊島は、赤池の姿に明らかに戸惑っていた。

「赤池さんは、政府部内の情勢を知らせに来てくれたのだ。まあ、何はさておき豊島さんの報告を聞きましょう」

豊島は、赤池と並ぶ形で總一郎に正対して座り、中国での交渉の様子を話し始めた。

「とにかく今回の貿易交渉の眼目は、なんといってもビニロンプラントの輸出なのです。緊張しました。私は貿易交渉の一同行企業の代表に過ぎませんが、一躍中心に躍り出たのですから」

豊島は中国での大変な歓待の様子を、身ぶり手ぶりを交えた。表情からは疲れが消え、興奮したのか赤味さえ差してきた。

「ビニロンプラント輸出はそれほど大きなテーマだったのだね」

總一郎にも豊島の興奮が伝播《でんぱ》してきた。

「中国は長期に亘るプラント輸出に日本が踏み切るかどうかを、反共路線から転じる試金石《しきんせき》と考えているのです。ですから団長の高碕先生も、とにかくビニロンプラント輸出を契約に織り込みたいと熱意を持って交渉に当たられました。おかげで双方合意に至ったわけです」

「ところで高碕さんが政府の承諾なしに延べ払い条件を提示されたのは、本当なのですか」

　總一郎は赤池を気にしながら豊島に聞いた。

　豊島は一瞬、眉根《まゆね》を寄せ、厳しい表情になった。

「覚書には延べ払い条件は別途協議となっておりますが、中国側との話の流れで延べ払い条件を初年度の取り決めに挿入せざるを得なかったのです。しかしですね、私どものプラント輸出がなければ、破談になっていました。それだけは確かです」

「それが問題になっているんだ。越権行為だとね。台湾やアメリカの顔色を見ている官僚や政治家が多いから」

　赤池が言葉を挟んだ。

「しかし日米民間人会議では、日本が進める日中貿易に反対する空気はなかった。用心深くという声はあったけれども……」

「その用心深くが問題なのだよ。時代の流れは日中貿易促進だ。池田首相もそのお考えに変わりはない。しかし、慎重に事を進めないとどんな陥穽《かんせい》が待っているか分からないのが政治というものなんだ」

赤池がしたり顔で言った。

「ご忠告、ありがとう。ところで赤池さんは、日中貿易促進に賛成なのか」

總一郎は、赤池に聞いた。

あまりにも赤池の態度が今までと違い、友好的だからだ。何かにつけて總一郎の行動を邪魔するような態度を見せてきたが、今日はあまりにも違う。まるで別人だ。

赤池は、ソファから腰を浮かし、身を乗り出した。

「実は、池田さんに頼まれてね、今度選挙があれば自民党から出馬することになった。池田さんとは通産大臣時代にお仕えして、そのご縁だよ。池田さんは政策の安定のために、いずれ国民の信を問わねばならないと考えておられる。その時のために準備しておけと申し渡されてね。近く役所を退職し、こちらに戻って地元の皆さまにご挨拶をしたいと考えているんだ。その際には、ぜひとも倉敷レイヨンさんにご支援をお願いしたいと考えているんだ。この通りだ」

テーブルで頭を打つのではないかと心配になるほど、赤池は低頭した。

ああ、なんと変わり身の早いことよ、と總一郎は、薄くなった赤池の頭頂部を見つめていた。

「そういう事情だったのか、よく分かったよ。私は政治方面には疎《うと》いですが、頑張ってください」

「ぜひ、ぜひご支援をよろしくお願いします。当選の暁《あかつき》には、倉敷のため、倉敷レイヨンのため、粉骨砕身《ふんこつさいしん》この身を捧げる決意です。今まで失礼があったと思うけれど、それは私の倉敷レイヨンを想う心からの発露であったのでありますから」

赤池は高揚した口調で言った。もはや心は国会の赤絨毯《あかじゅうたん》の上に飛んでいるのだろう。

總一郎は、政治家を利用して物事を進めるという考えは一切、持っていない。ビニロンの開発もプラント輸出も全て正攻法で進めてきた。赤池が政治家になっても彼を利用しようとは思わない。しかし、自分の夢の実現の障壁が一つ取り除かれようとしていることだけは事実であり、喜ばねばならないのだろう。

「池田首相に、今回のプラント輸出が順調に進むように頼んであげよう」

赤池が卑屈な笑みを浮かべている。

「ご心配、ご配慮は無用。池田首相とは面識があるので、私から直接に説明させてもらう」

總一郎は赤池の申し出を毅然と謝絶した。

赤池は、やや憮然《ぶぜん》としたが、すぐに鉄面皮《てつめんぴ》な笑みを取り戻した。もはやひとかどの政治家気取りだと、總一郎は不愉快な思いに囚われた。

2

池田はビニロンプラント輸出に関して、アメリカから徹底した反撃を受けていた。

總一郎は首相官邸に池田を訪ね、ビニロンプラント輸出の実現について懇請した。日米民間人会議でのアメリカ側の発言や豊島からの報告に基づき、如何《いか》に中国がビニロンプラントを欲しているかについて熱意を込めて話した。

「私は、一民間企業の利益のためにこの事業を推進しようとしているのではありません」

總一郎は、池田を正面から見つめた。

池田は無言で、總一郎の話に耳を傾けていた。

「私は、日本が戦争で中国人民に与えた残虐行為、苦難の数々の責任を免《まぬが》れ得ないと思っております。私も軍需工場の経営者として戦争遂行に協力いたしました。私と同様、あるいはそれ以上に積極的に戦争への協力を惜しまなかった人々がおられます。彼らは一切の戦争責任を一部の戦犯《せんぱん》に押し付け、恬然《てんぜん》として戦後の繁栄の分け前を得ようと蠢《うごめ》いている。あさましい限りです。そのことに私は暗い気持ちにならざるを得ません。それゆえ私は私自身の義務と責任を、この事業を遂行することで果たしたいと考えています」

「私も同様の思いを抱いております」

池田は静かに頷《うなず》いた。

總一郎は、戦争責任を果たすべき人たちが、一部の戦犯にその責任を全て転嫁し、過去のことは水に流して、繁栄を享受しようとしていることに強い憤りを覚えていた。

「倉敷レイヨンは、私の父・孫三郎の代からビニロンに取り組み、日本人の力で、日本の原料で、日本の合成繊維を作ろうと社運を賭けて参りました。そして今日、ようやく事業の柱に成長したものです。ビニロンは私たちの宝であり、まさに命と言うべきものです。ですから慈善事業でプラントを中国に売却するつもりはありません。しかし一方で、ビニロンプラント輸出で儲けようとも考えておりません。今回のプラントでは、六億五〇〇〇万人の中国人に対して日産三〇トンのビニロンは年間一人当たりたったの〇・〇一七キログラムの繊維を供給するものでしかありませんが、それでも繊維不足で苦しむ中国の人々にとっていささかでも助けになるのであれば、それに過ぎる幸せはありません。同時にそれは過去の私たち日本人が犯した罪障《ざいしょう》の、何ほどかの償いになるのではないかと考えております。それ以外の考えはございません。重ねて申し上げますが、私は利益のために行動をしていません。大変僭越《せんえつ》な言い方を許していただけるなら、日本人のため、日本国家のために行動しております。それが私の思想であり、私は私の思想に忠実でありたいと願っております」

「大原さん、あなたのお考えはしかと受け止めました。外交にはいろいろな問題がつきものですが、私はプラント輸出実現に向けて真摯《しんし》な努力を惜しまないつもりです」

池田は、總一郎を励ますように強く答えた。

「よろしくお願いします。このプラント輸出が実現すれば、中国で戦死した我が社の社員も喜ぶことでしょう」

總一郎は静かに頭を下げた。ふと芝田《しばた》たちの微笑《ほほえ》んだ顔が見えた気がした。

「まだまだ予断は許しません。アメリカのケネディ大統領は、日本を中国共産党の勢力拡大を防ぐ防波堤にしようと考えています。アメリカは朝鮮戦争において中国と戦いました。その怨《うら》みを忘れていないのです。ご存じの通り、キューバ危機が発生しました。アメリカは世界が共産主義化することを恐れています」

昭和三十七年（一九六二）十月二十二日、アメリカの中庭とでも言うべき位置にあるキューバに、ソ連がミサイル基地を建設しようとしていることが判明し、海上封鎖を行った。いわゆるキューバ危機だ。

世界は一挙に米ソ対立による第三次世界大戦の危機に直面したが、幸いにもケネディとソ連のフルシチョフとの間で和解が成立し、危機は回避された。

しかし、これによって、アメリカの共産主義に対する警戒感が一層強まる。アジア地域においては、共産国家である中国の勢力が拡大することを懸念していた。

「中印国境紛争までも発生しましたから、アメリカの共産主義への恐怖心がいよいよ高まっているのですね」

日本がLT貿易を交渉している最中、同年十月二十日、中国は突如、インドに侵攻した。アメリカは中国が西側諸国に軍事的な挑戦を仕掛けたと判断し、中国と戦うインドを支援した。

「おっしゃる通りです。アメリカは、中国をアジア地域における支配的な地位にさせないために、日本に期待しているのです」

「やはり、延べ払いについて問題になるのでしょうか」

總一郎は聞いた。赤池からの示唆もあった最大の懸案事項だ。

「アメリカは強く反対していますが、日本とアメリカとは中国に対する立場が違うと説明しています。なんとか説得できるでしょう」

池田は自信ありげに言った。

池田の日中貿易の進展に向けた使命感は本物だ。總一郎は、プラント輸出の成功を確信した。

3

總一郎は、ビニロンプラント輸出の正式な政府承認に向けて動く一方で、社内に副社長の豊島や常務の矢吹修《やぶきおさむ》らによるプラント委員会を立ち上げ、具体的に推進させることにした。

昭和三十七年（一九六二）十二月十一日には、議定書に基づく第三次見積もり書を中国側に送付した。

同年十二月十四日に中国からビニロン使節団が来日し、倉敷工場などを見学した。中国側は早期の契約調印を強く望んだ。倉敷レイヨン側は、立地の決定が先だと主張した。それによって見積もり額が違ってくるからだ。立地候補としては、北京と吉林《チーリン》が挙がったのである。

總一郎は読売新聞の記者に取材を受けた。記者には「来年初めには成約する見込みだ。プラント規模は日産三〇トン、成約額は技術指導料を含めて約二〇〇〇万ドル（約七二億円）になる。延べ払いについては中国側は七年を希望しているが、従来の実績からみて五年程度になるだろう」と答えた。

記者は、目を輝かせ、「日中新時代の幕開けになりますね。私たちも応援します」と言った。

この発言は事前に取材を受けていたため、使節団来日同日の記事となった。新聞が支援してくれるという事実は、總一郎をますます勇気づけた。

しかし總一郎の予想に反して、翌三十八年（一九六三）になっても、遅々として政府の正式承認は進まなかった。

「なかなか政府は正式承認を下ろしてくれませんなぁ」

仙石が渋い顔で總一郎に言った。

「希望を持って進むだけです。鑑真和上《がんじんわじょう》を知っているだろう」

「ええ、日本に仏教を伝えるために六回も日本に渡航を試みて、盲目になられた方ですね」

仙石は訝《いぶか》しげに答えた。なぜ鑑真和上の話題を持ち出したのか分からない。

「鑑真和上に象徴されるように、中国の人々は私たち日本人に多くの文化的贈り物を与えてくれた。それも非常な困難を乗り越えてのことだよ。まさか今回のビニロンプラント輸出を鑑真和上の偉業と比べるほど傲慢《ごうまん》ではないが、それでも何ほどかの恩返しになるのではないかと思っている」

「鑑真和上と總一郎さんが重なって見える気がいたしました。しかしあれほど、ご苦労されなくともよろしいかと思いますが……」

仙石は戸惑いつつ言った。

「誰も歩いたことのない道を歩いているわけだから、苦労は仕方がない。きっともうすぐ『真昼』になるよ」

「『美尼羅年頌《ビニロンしょう》』の第二の柵《さく》になりますか」

「太陽は必ず昇る」

總一郎は力強く言った。

「今回のビニロンプラント輸出は当然に社史の一ページを飾るでしょうが、それ以上に、私たち倉敷レイヨンで禄《ろく》を食《は》む者の心に深く刻み込まれるでしょうな」

　仙石は興奮気味に言った。

「そうありたいね。企業とは、利益を上げるだけで責任を果たしたことにはならない。社会的責任があるのです。ひと言で言えば、新しい国民経済的な役割を担《にな》いながら発展することだよ。私は経営者として、倉敷レイヨンをそうした会社にしたいのだ」

　日本政府のビニロンプラント輸出への方針は、延べ払いをどうするかで揉め、不透明なままだった。しかし總一郎は、幹部たちを鼓舞《こぶ》して積極方針を指示した。

　同年一月二十四日に建設予定地が北京に決定したことを受け、三月七日には御子柴茂人《みこしばしげと》部長ら四人の立地調査団を派遣した。

　一方、總一郎の関係者への説明行脚《あんぎゃ》は続いていた。

　首相の池田ばかりではなく通産大臣、経済企画庁長官、大蔵大臣、外務大臣、官房長官、関係省庁の担当などと面談し、ビニロンプラント輸出の早期承認を訴えた。その中には台湾派の重鎮・佐藤栄作《さとうえいさく》も含まれていた。

　總一郎の熱意に打たれ、誰も表立って反対はしなかった。しかし積極的に賛成しようという態度も見せなかった。彼らは日米、日台間に、複雑かつ微妙な政治情勢が横たわっていることを充分に知っていたからだ。

同年三月十五日、再び赤池が總一郎を訪ねてきた。もはやすっかり政治家になりきっている。總一郎の支援を取りつけたくて仕方がないのだろう。

「池田首相は延べ払い融資に輸銀を使わず、民間銀行だけで行うなら政府承認を早めたい、という意向をお持ちなんだが……」

赤池は言った。輸銀とは、日本輸出入銀行のことで政府系金融機関の一つだ。

赤池は池田の立場を慮《おもんぱか》って、この辺りで妥協したらどうかと勧めているのだ。

「それは池田さんの真意か」

總一郎は珍しくきつい調子で聞いた。

赤池は動揺した顔つきで、「いや、まあ、真意というほどでもないが、打診というところだよ」と答えた。

「私は、池田さんばかりではなく他の方々にもお話ししているが、企業利益を優先してはいない。しかし企業リスクということは考えねばならない。また中国側は、今回のプラント輸出を、日本側の日中貿易に対する取り組みが本気であるかどうかの試金石と捉えており、そのためには政府が全面的に支援する輸銀融資が必要なのだ。ぜひご高配いただけるように、引き続きご努力をお願いしたいとお伝えしてほしい」

総一郎の返事に赤池は渋面のまま、すごすごと帰っていった。

「政府も苦労しているようですな」

仙石が眉根を寄せた。

「輸銀融資を求める方針は変わりないが、いざとなれば他の手段も考えねばならない。日本の銀行はこれだけのリスクを負うことは難しいから、外国の銀行から融資を受けることを研究してほしい。それと阿部《あべ》さんを呼んでくれないか」

総一郎は厳しい表情で言った。

仙石が常務の阿部守忠《もりただ》と一緒に、総一郎の前に現れた。

「イギリスのヒューム外相が来日されます。阿部さんが面談してプラント輸出の件を話してきてください」

総一郎の指示を受け、同年三月二十九日、阿部はヒューム外相と会った。

「イギリスはすでに中国を国家承認しています。対中国貿易について、イギリスは積極的に進めるつもりです。五年の延べ払いぐらいは問題ないでしょう。貴社の計画の成功を祈ります」と、ヒュームは語った。

阿部からの報告を受けた総一郎は、ただちにこの内容を英文にし、外務省を通じて関係省庁に報告した。

四月十一日、倉敷レイヨンのプラント契約草案を中国側に送付した。

五月二日、日本愛蘭協会の招きで廖承志の部下、孫平化《そんへいか》らが来日し、總一郎を訪ねてきた。

孫は、後に中日友好協会会長になり、日中友好に大きな足跡を残す人物だ。

戦前に蔵前《くらまえ》工業専門学校予科（現・東京工業大学）に入学したが中退し、中国に戻り、一九四四年に中国共産党に入党する。戦後は知日派として名を挙げ、廖の下でLT貿易に従事していた。

孫は廖に呼ばれ、「五月初めに日本に行ってほしい。蘭の代表団を率いてくれ」と命じられた。

「私は蘭など知りません。ネギとニラとの区別もつきません。蘭の代表団を引率《いんそつ》するなど、とてもできません」

と、孫は固辞した。

「松村謙三《まつむらけんぞう》先生からの依頼だ。先生は日本有数の蘭の愛好家で、日本愛蘭協会の総裁なのだ」

「ということは、蘭が主眼ではありませんね」

「当然だ。LT貿易の障壁を如何に取り除くかの話をしてきてほしい」

国交のない日中間では、公式の政府代表を送ることはできない。苦肉の策として民間交流の体裁を装わざるを得ない。

孫は、蘭関係者に加え、知日派の王暁雲《おうぎょううん》らと共に来日した。

廖は、前年の十一月にLT貿易の覚書を締結したにもかかわらず、ほぼ半年を経ても事態が進展しないことに焦っていた。

特に倉敷レイヨンのビニロンプラント輸出と、輸銀融資の政府承認がどうなるかが気がかりだった。

周恩来の指示で日中貿易推進を任されている廖にとって、プラント輸出問題の失敗は許されない。自分の政治的立場さえ揺るがしかねない。

「化学繊維プラントの売り込みは、ヨーロッパ各国から来てるんです。私たちはどうしても倉敷レイヨンプラントがほしいわけじゃありません。中日関係を重視しているのです。これは経済問題ではありません。今後の日中関係に関わる高度な政治的問題なのです」

廖は訪中した日本政府関係者に、苛立ちをぶつけた。

孫に課せられたのは、日中の膠着《こうちゃく》状態を打開することだった。

孫は、高碕や宇都宮徳馬《うつのみやとくま》、河野一郎《こうのいちろう》など有力代議士、通産官僚などに精力的に会ったが、多忙な中で總一郎を訪ねた。中国側のプラント輸出に対する意欲を示し、總一郎の考えを再確認するためだ。

「どんなに困難があろうとも、私たちは貴国にビニロンプラントを輸出する考えに変わりはありません」

總一郎は孫に言った。

「大原さんの強い意思に感激しております」

孫は力強く總一郎の手を握った。

「私は来日し、短期間で多くの人たちに会いましたが、日本政府はプラント輸出の決意を固めているとの感触を得ました。池田首相は約束を守られるでしょう。そう信じております」

「私も、日本政府は私たちを支援してくれると確信しております。プラント輸出契約を粛々《しゆくしゆく》と進めましょう」

總一郎も孫と固く握手を交わした。

矢吹修常務らが北京に飛び、プラント輸出契約調印に向けて交渉することになった。

一方、孫らの動きを警戒した台湾は、台湾総統府の張群《ちょうぐん》秘書長が来日し、岸信《きしのぶ》介《すけ》、佐藤栄作ら台湾派の政治家や経団連（経済団体連合会。現・日本経済団体連合会）などを精力的に訪問し、プラント輸出阻止に向けて働きかけた。また実質的な台湾大使である張厲生《れいせい》も、大平正芳《おおひらまさよし》外相に再三に亘りプラント輸出阻止を訴えた。大平はそれに対して、「西欧並みに中共貿易をやらないということでは、日本国民を納得させられない」と答えた。

昭和三十八年（一九六三）六月二十九日、北京人民大会堂において倉敷レイヨン側は矢吹常務、中国側は中国技術進口公司総経理の崔群《さいぐん》が、ビニロンプラント輸出契約に調印した。ポバール、ビニロン各日産三〇トン、ビニロン紡績糸日産五トンだ。

北京から調印終了の連絡を受けた總一郎は、「ようやくここまで来たが、まだまだこれからだ」と気持ちを引き締めた。まだ政府の正式承認と、輸銀融資及び条件が決まっていないからだ。

4

總一郎は、プラント輸出の政府承認と輸銀融資を求めて、政府関係者に精力的に接触、説明を続けていた。

中国側は輸銀融資の金利を四・五%にするよう求めていた。

「中国側の要求そのままを政府が承認するには、非常に厳しい情勢です」

プラント輸出の責任者の豊島と矢吹が険《けわ》しい表情で總一郎に説明すると、社長室には重苦しい空気が充満した。

「そうか……」

總一郎は表情を暗くした。

政府部内では、中国を特別扱いするわけにはいかない、通常の延べ払い金利は五%から七%だという意見が大勢を占めている。

どうして誰も彼もが反対するのだ。政府の石頭めと總一郎は怒鳴り声を上げたい気持ちだった。それほど重大な問題なのか。政府の石頭めと總一郎は怒鳴り声を上げたい気持ちだった。見回すと、豊島たちも暗い表情でうつむいている。ああ、これではいけない。社長である自分が絶望すれば、彼らは自分以上に絶望するではないか。

「たい焼きを食べるか」

豊島と矢吹は顔を見合わせて驚いた。總一郎が机の上で新聞紙を広げると、たい焼きの山が現れた。

總一郎は高級菓子より、たい焼きなど庶民的な菓子が好きだった。

如何にも美味《おい》しそうなたい焼きの登場に、社長室の空気が一変した。豊島と矢吹の表情も柔らかくなった。

總一郎はさっと手を伸ばしてたい焼きを摑み、鼻先で匂いを嗅いだ。

「新聞のインキの匂いがなんとも言えませんねぇ。これがないと、たい焼きの醍醐《だいご》味《み》はありません」

大きな口を開けてたい焼きを頰張《ほおば》った。

つられて豊島、続いて矢吹がたい焼きを摑み、口に入れた。餡《あん》のほどよい甘さが口中に広がった。

「美味しそうな物を食べておいでですな」

仙石が大柄な身体《からだ》を揺すりながらやってきた。

「仙石さん、たい焼きだ。美味《うま》いよ」

「一ついただきますかな」

仙石は手を伸ばし、たい焼きを摑むと頭からかじった。

「これは美味いですな。いい餡子だ」

仙石が目を細めた。

「我が社を定年退職した人が、岡山でたい焼き屋を開業していてね」

總一郎はすでに二つ目に手を出していた。

「我が社のOB社員が、たい焼きの店を開いているのですか」

豊島が驚いた。そんな情報をいつ總一郎は入手したのだろうか。自分たちでさえ知らない。

「岡山工場を訪ねた時、教えてもらったのだよ。すぐに買いに行き、いただいたらとても美味しかった。それで今日、真佐子《まさこ》に買ってきてもらいました」

總一郎は三つ目に手を出した。とにかく食べるのが速い。

「これだけ總一郎さんに食欲があれば、もうすぐ政府も承認しますな」

仙石が負けじとたい焼きに手を出した。

「おっ、美味そうですね。私も一つ」

渉外担当の阿部常務も社長室に入るなり、手を伸ばした。

「おお、阿部さん、たい焼きを食べながらでいいから、政府の様子を報告してください」

總一郎が言った。阿部は慌てて頰張っていた、たい焼きを飲み込んだ。

「外務省は……」

阿部は説明を始めた。

外務省は、プラント輸出に反対はしないが、アメリカ、台湾の出方に非常な警戒感を抱いている、特に台湾は輸銀の活用には絶対に反対との立場であり、強硬な態度を全く崩そうとしないなどと説明した。

「なんらか台湾の面子《メンツ》を立てる必要があるだろうと、苦慮されております」

「面子をねぇ」

總一郎が呟いた。

通産省は、中国市場の将来性を見込んで積極姿勢。大蔵省は輸銀の活用がなければ延べ払いは不可能だろうと、様子見ながら賛成。

「政治家はどうなのか」

「自民党の台湾派の先生方は相変わらず反対です。アメリカなどとの関係を考えると、なぜ日中貿易にそんなに熱心になるのだ、そのセンスを疑うとまでおっしゃる方がおられますが、そうは言うものの松村先生や高碕先生が熱心に説得工作を続けておられますので、徐々に軟化の兆《きざ》しが見えます」

「最後は吉田《よしだ》さんかなぁ」

總一郎は吉田茂《しげる》の顔を思い浮かべた。

吉田とは、昭和十三年（一九三八）、總一郎が二十八歳の時、真佐子と一緒に欧州滞在から帰国する際、秩父丸《ちちぶまる》で同船して以来の付き合いだ。ハワイでは同じ車で島巡《めぐ》りを楽しんだ。ヒトラーの台頭など、欧州の暗い未来を予想していたのだろうか、吉田に「あなたのことをドイツかぶれかと思っていたら案外、そうでもなかったので見直しました」と言われたのを思い出す。

今回のプラント輸出を何度も吉田に説明した。吉田は、その都度、大いに事業を進めなさいと励ましてくれた。吉田は台湾の蔣介石《しょうかいせき》とも非常に懇意にしている。台湾との関係がこじれた場合、それを解決するのは吉田しかいないだろう。

「全てが上手《うま》くいけば、私は、沖縄に行ってみようと思います」

總一郎は、愛して止まない地の名を挙げ、たい焼きを口に入れた。

5

昭和三十八年（一九六三）八月二十日、大平正芳外相、田中角栄《たなかかくえい》大蔵大臣、福田一《ふくだはじめ》通産大臣の三大臣が協議し、倉敷レイヨンのビニロンプラント輸出承認の合意に達した。

ただし延べ払い金利は、中国側の希望である四・五％を六％に引き上げた。これによって増額する中国の負担分を輸出総額から割り引くことで、七二億円となった。期間は五年の均等払いとした。

大平は記者会見で、「対中貿易は可能な限りやっていくという従来の政府方針に変わりない。貿易にプラント輸出が入らぬことはない」と語った。

同年八月二十三日、政府は閣議でビニロンプラント輸出を正式決定した。同月二十六日、通産省は輸出承認書を発行した。

台湾の抗議行動は素早かった。

台湾総統府の張群秘書長は岸信介や大野伴睦《おおのばんぼく》らに接触し、池田首相に圧力をかけるよう申し入れた。また台湾大使である張厲生は大平に、政経分離の原則に反するプラント輸出の認可取り消しを要望した。大平は、延べ払い輸出は他の欧米諸国並みであり、中国に特別な扱いはしていないなどと回答し、張の要望を拒否した。

台湾総統・蔣介石は、八月二十二日、吉田茂に抗議電報を発信した。蔣は、吉田が池田首相の師匠筋《すじ》に当たるので、池田への効果的な圧力をかけることができると考えたのだ。

「ビニロンプラントを分割払いの方式によって匪賊《ひぞく》（共産中国）に売却する議案の

通過は、ただ匪賊に経済的な援助を与えるだけではなく、盗人《ぬすっと》に糧食を与えることとなり、その経済的力量を強め、その侵略的野心を助長するであろう。もし実施に付すれば、必ずさらなる民情の沸騰を招き、制止できなくなり、新旧の怨みが発生し、これが両国の友好に憂いをもたらすであろう」

蔣は、強い調子で吉田にビニロンプラント輸出の契約破棄に尽力するよう迫った。八月二十四日に張厲生は吉田に面会し、蔣の電報を手渡した。

吉田は、プラント輸出に賛成していたが、蔣介石の抗議の強さに、日台関係の悪化を懸念し、倉敷レイヨンのビニロンプラントを台湾に購入させるのは、どうかと池田に提案した。しかし吉田の提案を池田は拒絶した。池田は、中国への延べ払いは援助ではなく、他の西欧諸国同様の民間取引であり、長い交渉を経ているので今さら台湾に変更するのは無理だ、と吉田に説明した。

池田は、政府の方針として日中貿易を推進してきたのであり、たとえ吉田の頼みであっても、唯々諾々《いいだくだく》と聞き入れるわけにはいかなかった。

總一郎は大磯《おおいそ》の吉田邸を訪ねた。吉田は、總一郎を薔薇園《ばらえん》に案内し、ステッキを片手に歩く。薔薇の花が咲き、むせるほどの香りが漂っていた。

「ようやくビニロンプラントの輸出が承認されました。お世話になりました」

総一郎は、吉田の背後を歩きながら言った。

「それは良かった。中国人は偉い民族ですよ。この隣の国を無視するような馬鹿なことをしてはいけません。中国人とはよく理解し合わねばいけません。プラント輸出は大いにおやんなさい。日本の技術や工業力を中国人に理解させることは、大切なことですよ」

吉田は穏やかな口調で言った。

「ほら、ごらんなさい」

吉田がステッキを上げた。総一郎がその方向を見ると、青空にくっきりと富士山が見えた。

「大原さん、前途洋々ですよ」

吉田は、総一郎に振り向くと、蔣介石から強烈な抗議を受けていることなどおくびにも出さず、にこやかに微笑んだ。

吉田は、蔣介石にプラント輸出の政府方針変更は不可能だと返電した。自ら張厲生を訪ね、謝罪した。

吉田の謝罪にもかかわらず、台湾の怒りは収まらなかった。それに拍車をかけたのは、「台湾の大陸反攻政策（共産中国を攻撃し、中国大陸を奪還するというもの）は空想に近い」という池田の発言だった。

九月十八日、二十日、二十六日と、三日続けて台湾の日本大使館に投石事件が発生。第二次世界大戦時に戦死した台湾人一万八〇〇〇人の補償を日本に求めるよう、台湾議会が議決。さらに中華人民共和国油圧機器訪日代表団通訳だった周鴻《しゅうこう》慶《けい》が台湾亡命を希望したにもかかわらず、日中関係悪化を懸念した日本政府は周を中国に送還してしまったという、いわゆる周鴻慶事件が起きると、台湾の怒りはピークに達した。台湾は大使召還などを実施し、日台関係は断絶の危機に陥った。

ここにきて吉田は昭和三十九年（一九六四）二月二十三日、腹心の北沢直吉《きたざわなおきち》代議士と娘の麻生和子《あそうかずこ》を伴って、「ひなたぼっこにでも行くか」と気楽な様子で台湾に旅立った。外見は気楽に見せていたが、日台関係改善のために池田首相の親書を携えた実質的な特使だった。それも台湾の怒りを収めるという任務を負った、気の重い旅だ。

吉田は蔣介石と三度も会談し、日台、日中関係について話し合った。蔣介石はビニロンプラント輸出について強硬に反対した。

吉田は、蔣介石との間で、日本が「二つの中国構想」に反対することなど五項目の同意を交した。その中には日中貿易は民間貿易に限り、中国に援助を与えるごとき行為は厳に慎むことという項目も入っていた。

この結果、日台関係は修復されたのだが、吉田は台湾から帰国後の五月に、第二次吉田書簡と呼ばれる書簡を蔣介石宛に送った。そこには、中国向けプラント輸出金融に輸銀は活用しない、倉敷レイヨンに続く輸銀を活用した大日本紡績（ニチボー）によるビニロンプラントの中国への輸出は認めないと書かれてあった。

吉田はあくまで私信だと言ったが、池田首相が病気退陣し、佐藤栄作が首相に就任すると、中国向けプラント輸出には輸銀融資を認めないとの、書簡通りの政府方針が打ち出されることになる。

その結果、大日本紡績のビニロンプラントなど四〇件に及ぶプラント輸出が契約破棄された。倉敷レイヨンはすんでのところで認められた。幸運だった。

總一郎は、台湾の抗議の強烈さに心を痛め、吉田に苦労をかけたことに感謝するために再び吉田を訪ねた。

「君のために台湾に行かされたよ」

吉田は温かい口調で言った。

「本当にありがとうございました」

總一郎は深く低頭した。

「どうして大原さんは、これほど熱心に中国向けにビニロンプラントを輸出しようと思ったのですか。それほど有利なビジネスとも思えませんがね」

吉田は改まった様子で聞いた。

總一郎は姿勢を正した。

「平和の精神にできるだけ忠実であろうと努力した結果、戦争の犠牲になった若い人たちのことが忘れられないのです。倉敷レイヨンにもそうした若い人がおりました。私は彼らの冥福《めいふく》を祈るために、ビニロンプラントを捧げたいと思ったのです」

「そうだったのですか。大原さんの思いはよく分かりました。全ては贖罪《しょくざい》なのですね。私たち生き残った者は、戦争で命を落とされた人たちに恥じない生き方をせねばなりませんね」

吉田はそう言うと、「庭を歩きましょうか」と總一郎を庭園の散策に誘った。

「同行させていただきます」

總一郎の目が涙で潤んだ。中国戦線で命を落とした芝田たち若き倉敷レイヨンの社員にやっと報いることができると、強い安堵感を覚えた。

第十一章　天あり、命《めい》あり

1

昭和三十八年（一九六三）八月二十六日に、日本政府は倉敷《くらしき》レイヨンに対して、正式にビニロンプラント輸出の承認を与えた。

プラントの概要は、ポバール日産三〇トン、ビニロンステープル日産三〇トン、トウ日産五トン、バーロック紡績《ぼうせき》一万二〇〇〇錘《すい》、契約金額約七二億円、支払い条件は契約発効時に契約金額の一〇％、船積完了時に同一五％、船積完了後五年間に残りの七五％を均等分割払い、工事完成時期は、契約発効の日から三十二カ月以内となっている。

ビニロンの原料であるポバール製造、ビニロン短繊維ステープル、長繊維トウ、それらを撚《よ》り合わせて糸にしていく紡績機械など、總一郎《そういちろう》は、新興国中国のために、倉敷レイヨンのノウハウの全てを惜しげもなく提供した。

血が滲《にじ》むような努力で作り上げてきたビニロン製造ノウハウを提供することに問題はないのか、という社内外の声が總一郎の耳に届いていた。しかし、それらは總一郎にとっては、心にさざ波さえ立てないほど小さな雑音に過ぎなかった。

一旦、動き出したら完璧を期すことにこだわる總一郎らしく、必要な技術資料を残らず提供し、その量は数トンに及んだ。また倉敷レイヨンばかりでなく、機械メーカーの技術者も含めて百数十名を中国に送った。

中国側は、倉敷レイヨンがビニロン製造ノウハウの全てを一気に提供する姿に感激し、信頼を深めていった。

「まさか、ここまでやっていただけるとは思いませんでした。中国側は大変感謝しており、日本や日本人に対する信頼が大いに増したのは間違いありません」

高碕達之助《たかさきたつのすけ》は、LT貿易の主眼であるビニロンプラント輸出が順調に進んでいることを、總一郎に感謝した。

「契約通り進めるだけです。中国の人々にいささかでもお役に立てば、産業人として望外の喜びです」

總一郎は、誇らしげに答えた。

――中国という国は、吉田茂《よしだしげる》元首相が言う通り決して侮れない。倉敷レイヨンが提供した技術を活用して、いずれ近い将来、自分たちで多数のビニロン工場を建設するだろう。

大原《おおはら》總一郎は愚か者だ、理想を追求するあまり、大きなライバルを作り上げるだろう、将来、ほぞを噛むことだろう、と陰口をたたく人がいる。勝手に言わせておけばいい。中国がライバルになるなら、それだけ役立ったということだ。倉敷レイヨンもドイツのヘルマン博士の発明を参考にしながら、独自の工夫を加えビニロンを作り上げた。ドイツから日本、そして中国、さらに世界へとビニロンの良さが理解されれば、それは倉敷レイヨンの発展にも繋がる。それが本当の進歩ということだ。

しかし、總一郎はある評論家の、新聞紙上におけるビニロンプラントの輸出を中止すべきだという批判だけは、看過できなかった。

評論家は、總一郎の行為を「七二億円でも引き合うプラントを七四億円で売ろうとしたものなら、それは善意でも贖罪《しょくざい》でもない縁日商人《えんにちあきんど》の卑しい根性と言わねばならない」と侮辱《ぶじょく》し、蔣介石《しょうかいせき》の「徳を以《もっ》て怨《うら》みに報いる」という日本に対する姿勢に反して、ビニロンプラント輸出は「仇《あだ》を以て徳に報いる」行為であり、「良心を失った人間の脱《ぬ》け殻《がら》ではないか」と口汚く非難したのだ。

縁日商人とは何事だ。さすがにこれには總一郎も怒りを覚えた。冷静でめったに激しない總一郎には珍しいことだ。

「このまま放置できません。社員に悪い影響があってはなりません。今回のビニロンプラント輸出は、私たちの誇りなのですから」

總一郎は、仙石《せんごく》にそう言うと、彼の批判に対し、社内報に反論を書いた。

「プラントを高く売りつけようとすることなどない。単に利子の変更であること。かつて蔣介石の傘下であった中国国民の大半は大陸にいて、台湾より寒い大陸で繊維が不足する生活を強《し》いられているのだ。彼らの生活を向上させるためのビニロンプラント輸出が、なぜ恩を仇で返すがごとき行為なのか」など。

反論には、社員たちには真実を知ってもらいたいという強い思いを込めた。

總一郎には、ふと考えついた大きなプランがあった。それはアメリカの要人たちに今回のプラント輸出の成功を報告することだった。それに最も相応《ふさわ》しいのが日米民間人会議だ。それを倉敷で開催したらどうだろう。——その考えが芽生えた時、總一郎は嬉しくて一人、笑いを洩《も》らした。

誰もが考えつかないことを考えついてしまうのは、父・孫三郎《まごさぶろう》譲りかもしれない。いったい誰が、日本の名もない地方都市で国際会議が開催できると想像するだろうか。倉敷、ｗｈｅｒｅ？　と言われるのがオチだ。

しかし、倉敷には誇るべき文化がある。高梁川《たかはしがわ》流域の自然、倉敷川沿いの旧倉庫街、邸宅などが江戸時代からそのまま維持され、残っている。孫三郎が、その価値に気づき、自らの資産を提供し、保存に努めてきたためだ。

昭和五年（一九三〇）に、孫三郎の盟友である児島虎次郎《こじまとらじろう》を顕彰するために作られた大原美術館。そして大原家の蔵屋敷などを利用して作られた民藝館、考古館などは日本国内を探しても比類なき素晴らしさだ。

国力とは、経済力や軍事力などで計るのが一般的だが、文化力がなければ、それは真の国力ではない。経済力と軍事力を優先した結果、戦争に敗れた日本がこれから国際社会で生きていくために必要なのは、文化力ではないのか。

日本の首都・東京は、戦後の復興の象徴ではある。しかし、日本はそれだけではない。地方にこそ豊かな歴史と文化が息づき、今日まで連綿と続いている。

孫三郎は、倉敷にこだわり過ぎたと反省し、總一郎に広く世界に目を向けろと言い残したが、これからの日本を考える時、地方こそ重要になるだろう。日本の真の復興の鍵は地方にあり。これこそが真実ではないだろうか。歴史を重視しない民族が、世界から尊敬されることなどない。

また経済発展優先で、日本は景観も文化も歴史も何もかも破壊されつつある。それに対して危機感がない。経済こそ最優先だからだ。しかし経済発展と環境との「調和」こそが重要なのだ。

そのためには文化財や水質、景観などを経済発展と妥協するのではなく、徹底して調和を図《はか》らねばならない。それを成し遂げているのが倉敷だ。倉敷を世界に発信することができれば、日本人の中の経済発展至上主義に一石を投じることができるだろう。

總一郎は、アメリカの要人たちが大原美術館を訪れ、エル・グレコの『受胎告知』やマティスやモネの絵に感動する姿を想像した。美術品の美には普遍性がある。ある特定の場にあっても、その場だけのものではない。あらゆる人々を感動させる。この美の普遍性が、倉敷を一地方都市ではなく、普遍的な都市として位置づけてくれるだろう。アメリカの要人たちは、倉敷に来て、日本人に対する認識を変えるに違いない。自分たちが戦った民族は、これほど深く美を愛する民族だったのだと……。

總一郎は、国際会議を主催するためにホテル建設を始めていた。和と洋を融合した、倉敷の街に溶《と》け込む、海外の人々にも評価されるホテルだ。

ロビーには棟方志功《むなかたしこう》の板画《はんが》『乾坤頌《けんこんしょう》』（現在は『大世界の柵〈坤〉――人類より神々へ』）が飾られる。棟方にベートーベンの「第九」などを聴かせに聴かせて制作してもらった。ベートーベンの世界を板画に展開してもらいたい。とにかく雄大、雄渾《ゆうこん》な構想で制作してもらいたい。その希望だけ伝えた。棟方はそれに充分過ぎるほど応えてくれた。幅一二・八四メートル、高さ一・七五メートルの板の中に人間が、神が、躍動している。

棟方がアトリエで自信たっぷりに見せてくれた板画が、ホテルの壁を飾る姿を想像して總一郎は目を細めた。

2

昭和三十九年（一九六四）三月二十九日、第二回日米民間人会議（通称・倉敷会議）が前年に完成した倉敷国際ホテルで開催された。

第一回は、二年前にアメリカ、ニューハンプシャー州ハノーバーのダートマス大学で開催された。

その際に總一郎は、会議でアメリカの要人たちにビニロンプラントを中国へ輸出することの理解を求めた。そして彼らから、反対しないとの言質《げんち》を得た。その結果、ビニロンプラントは無事、中国へ輸出され、工場が建設されようとしている。

会議には日米双方からそれぞれ約二〇名程度参加した。日本側から住友化学工業副社長の長谷川周重《はせがわちかしげ》やノーベル賞を受賞した湯川秀樹《ゆかわひでき》博士など。アメリカ側からは、アメリカ政府と関係が深いエール大学のE・S・ロストウ教授など。

会議が始まって五日目の午後、いよいよ總一郎の発言の順番が回ってきた。

「いよいよですね。總一郎さん」

仙石は、会議場に入る總一郎に、にこやかに話しかけた。

「ええ、いよいよです。私は、彼らへの感謝と、自らの事業への思いをしっかりと話してくるよ」

總一郎は答え、会議場に入っていった。

第二次世界大戦が終結して十九年が経ったが、自由主義圏と共産主義圏との冷戦には終わりは見えず、加えて同じ共産主義圏同士の中ソ対立も激しさを増し、国際情勢は混迷を深めていた。

そこに衝撃的な事件が起こった。昭和三十年（一九五五）、ベトナムでクーデターが発生し、アメリカ主導による南ベトナムが樹立され、インドシナ半島での自由主義圏と共産主義圏の対立が決定的となったのだ。そして昭和三十八年（一九六三）十一月二十二日に、アメリカのケネディ大統領がテキサス州ダラスで凶弾に斃《たお》れた。急遽《きゅうきょ》、副大統領のジョンソンが大統領に就任したが、彼はベトナム戦争の泥沼に入り込んで行く。

こうした混迷する国際情勢の中で実行された倉敷レイヨンの中国へのプラント輸出は、対立する国々の間に投じられた希望の一石であると、会議出席者たちは思っていたのだろうか。總一郎が席につくと、待ちかねたように彼らは總一郎に近づき、口々にビニロンプラント輸出実現を祝福した。總一郎は、彼らと丁寧に握手を交わしながら、胸が熱くなっていくのを感じていた。

ようやく会議場のざわつきが収まった。議長が總一郎の名前を呼んだ。通常は座ったまま発言するのだが、總一郎は、ゆっくりと立ち上がる。出席者たちを一人ずつ確かめるように見つめた。目を閉じる。ここに至るまでの苦労が、次々と瞼《まぶた》の裏に浮かんでくる。小さく息を吐いた。そして目を開け、「中国に対して日本人は古来、親近感を持っております」と口火を切った。

中国を日本が侵略したことに対する償いを為《な》すべきだと考えていたこと、第一回日米民間人会議（ダートマス会議）で、アメリカ側からプラント輸出への反対がなかったことへの感謝を述べた。

「私が日本政府の認可を得るまでに、私が交渉した人で正面から反対する人は一人もいなかった。にもかかわらず、不思議なことに中国へのプラント輸出は大変難しかったのであります」

總一郎は、プラント輸出に関する日本政府内の空気について語った。

日本政府は、反対はしないが、アメリカ政府が反対しているのではないかと慮《おもんぱか》り、輸出承認に踏み切れないでいた。その時の焦燥感を總一郎は正直に話した。

「日本政府は、アメリカ政府に対し、はなはだ低姿勢でありすぎたと思います」

總一郎は、アメリカ側の出席者の表情を窺《うかが》った。總一郎のアメリカ政府に対する批判ともとれる言葉に、彼らの注意が惹きつけられている。

「先ほど、ロストウ教授は、共通の価値観を持たないとパートナーシップは成り立たないと言われましたが、これは日本とアメリカだけではなく、人類に共通の価値観でなければならぬと私は考えます。先ほどから、研究者の皆さんは中国について話しておられましたが、私は共産主義国家が奉ずるマルキシズムといえども、人類共通の尊厳に立ってこそ初めて生き、またそれ以上のものになると考えております。そこに初めてパートナーシップが生まれるのであります。企業は、日本企業も含めてですが、目的のために手段を選ばないところがあります。それではパートナーシップは生まれません。特に中国とはそうであります。中国と取引をする際は、筋道を通し、人としての道理を尽くさねばならないのです。私たち倉敷レイヨンは、その姿勢で中国と交渉して参りました。だから中国とパートナーとなり得たのであります」

拍手が起きた。中国という政治体制が異なる国家との関係においても、パートナーになり得ると言い切ったことに感動した出席者がいたのだ。

続けて總一郎は、交渉に当たって右翼からの脅迫はなかったこと、如何《いか》なる政治献金もしなかったこと、中国と関係のある社会党や共産党にも頼らなかったこと、ただひたすら事務担当大臣に意図を説明しただけだと説明した。

「認可決定後、私は自民党の右派、岸《きし》、佐藤《さとう》、吉田、藤山《ふじやま》（愛一郎《あいいちろう》）氏らに会いましたところ、彼らは『自分はもともと賛成だった』と申したのであります。日本の実態は、それほどまでに自主性のないものでありました」

と總一郎は、日本の政治家の姿勢を批判した。

続けて契約内容の詳細を解説し、中国への技術支援などについて説明した。

總一郎は、一旦、話すのを中断し、もう一度、出席者たちを見渡した。

彼らは、總一郎のあまりにも率直な話に驚きつつも、話す内容に魅了されていた。緊張しながら總一郎の次の言葉を待っている。

「自由主義と共産主義が対立をしております。しかし思想の選択の自由は、その国の国民にあります。日本にも共産主義の需要はかなりあります。それを権力で抑えたからといって、阻止できるものではありません。要するに、それは国民生活の幸福の問題だからであります」

現在も続く東西冷戦、そして一九五〇年代にアメリカで荒れ狂った共和党ジョセフ・マッカーシーが主導した共産党員を排除するマッカーシズム、通称「赤狩り《あかが》」の恐怖を経験していたアメリカ側出席者の何人かが、記憶を蘇《よみがえ》らせたのだろう。

ゴクリと唾《つば》を飲み込んだ。

「アメリカの方々は、この会議で私が、アメリカに対して批判的過ぎると思われたかもしれませんが、実は、日本にはアメリカの影響下にある人が、むしろ多過ぎるのです。それが問題であると私は考えております。アメリカ人が、そういう日本人をパートナーシップの適当な相手と思うのは間違いなのです。そういう人々は、アメリカの流儀を見習い、マネジメントを真似《まね》たために、アメリカに迎合しているにすぎません。第二次世界大戦後のアメリカンデモクラシーは、日本人にとって美しく見えました。しかしアメリカの生活様式が日本に導入されるにつれ、アメリカ文化の悪い面も滔々《とうとう》と入ってきました。それは私を含め、多くの日本人の顰蹙《ひんしゅく》を買っているのです」

アメリカを代表して会議に臨《のぞ》んでいる彼らに対して、一切おもねることのない總一郎の発言に、会議の場は水を打ったように静まり返った。

總一郎は、まだ続ける。それは海外投資に対する考え方だった。

「韓国は国内での階級が厳しく、進出したとしても韓国国民の利益になりません。一部の韓国の権力者の利益になるだけであります。これでは戦前に日本が行った植民地支配と同じ結果を生むと考え、投資を取り止めました。私は、外国に投資する際には、その国の国民の利益を優先すべきだと考えております。そこで私は、アメリカやヨーロッパの方々に訴えたい。後進国への投資が、それぞれの国の国民の幸福にならず、アメリカやヨーロッパの資本家の利益追求になっている場合が多いのではないかということです。そのような態度は非難されるべきでありましょう。今回、中国へのプラント輸出は中国国民の利益のために決意したのであります。外国への投資は、かくあるべきだと確信しております」

總一郎は、欧米諸国にとって耳に痛い話を堂々と語り、そして企業の社会的責任に論及した。

「日本は経済成長を急ぐあまり、経済成長と環境とのアンバランス、すなわち公害問題が発生しております。企業には社会的責任がありますが、これは株主のために利益を上げることだけではありません。それは単に経済的責任であり、社会的責任を果たしたことにはなりません。企業は、何がしか新しい国民経済的な役割を果たしながら発展していかなければ、社会的責任を果たしたことにはならないのです。

ところで良い資本主義と良い社会主義は、だいたい非常に似たようなことになると思います。資本主義と社会主義は対立しておりますが、良いもの同士の対立は戦争でもって優劣を決めなければならないものではありません。しかし、これが良くない資本主義と良くない社会主義となりますと、両者は極めて激しく対立するのであります。その際、悪いもの同士を比べれば、どちらも悪いのであって、どちらがより悪いかということはナンセンスであります」

總一郎は、現在の冷戦状態を批判し、中国との関係改善には、倉敷レイヨンのビニロンプラント輸出のような、大きな理想を持ったプロジェクトを多く推進するべきだと強調し、話を締めくくった。

これは暗に、中国向けプラント輸出に対し、輸銀による延べ払い融資不適用方針が佐藤内閣で決められようとしていることへの批判だった。

總一郎は、敗戦国の人間でありながら、日本人としてアメリカ人に対して率直に発言した。

日本人出席者の中には、はらはらしながら聞いていた者もいたが、大方は自分たちの考えを代弁してくれた總一郎に拍手を送った。

一方のアメリカ人たちも、總一郎の誰にもおもねらない発言に爽快ささえ感じていた。

会場を去る際、アメリカ側の出席者が何人も總一郎に握手を求め、「あなたの発言を拝聴することができたことが、この会議に出席した最大の収穫でした。あなたの率直さに感銘しました」と言い、總一郎の発言を称賛した。

總一郎は、出席者が最後の一人になるまで見送り、会場を後にした。

やり終えた満足感で身体《からだ》に心地良い疲労を感じていた。倉敷という地方の一都市から世界に自分の言葉を発信することができたこと、これがどんな意味を持つのかは分からない。しかしなんらかの意味はあるだろう。

「お疲れ様でした」

仙石が近づき、慰労の声をかけた。

「ありがとう」

「おっしゃりたいことは言えましたでしょうか」

「せいぜい半分というところだね」

總一郎は、言葉とは裏腹に満足そうな笑みを仙石に向けた。

「半分、それで充分でしょう。続きがあるということですから」

仙石がおおらかに笑った。

「ねえ、仙石さん、沖縄に行かないか」

「沖縄ですか」

「平良《たいら》さんらに会いたいんだよ」

總一郎は目を細め、沖縄の青い海と空、そして女子挺身隊《ていしんたい》として倉敷レイヨンで働いてくれた平良たちの笑顔を思い描いていた。

3

最近、どうも胃から鳩尾《みぞおち》あたりに詰まるような違和感がある。いつもは、皆が驚くほどの勢いで啜《すす》ってしまううどんも、よく嚙みながら食べるようにしている。気にし過ぎるのも良くないが……。

飛行機の小窓から果てしなく広がる海が見える。沖縄の海だ。この海を見るだけで心が洗われる。本当に美しい。

總一郎は、倉敷に民藝館を作るなど、日本の民藝復興運動に尽力していた。柳《やなぎ》宗悦《むねよし》や浜田《はまだ》庄司《しょうじ》らと共に、庶民の生活に根差す美を多くの人に知ってもらいたいと思い、活動していた。その運動の中で、沖縄は特別な意味を持っていた。沖縄にこそ日本人の故郷がある。そう確信していたのだ。

眼下に広がる青く澄んだ海を眺めていると、遠い先祖が舟を操り、波に翻弄《ほんろう》され、陸を目指している姿が浮かぶ。彼らの血が自分にも熱く流れている。

自分でも、自分のことをおかしい人間だと思う。おかしいと言うべきか、不思議と言うべきか。總一郎は窓外に広がる青い海を眺めながら、自分という存在に思いを馳《は》せていた。

大原總一郎という人間は、いったい何者か。

合成繊維という化学の最先端の研究をし、それを事業化し、人々の生活を文明の力で豊かにしようとする事業家だ。絶えず便利で快適なものを生み出し、経済を成長させるのが重要な役割だ。

しかしその役割はプラス面ばかりではない。總一郎は、伝統や文化の破壊者の顔を持っている。成長を目指せば目指すほど、日本人が古来持っていた良きものを破壊する。愛する祖国を西欧化し、先進国の植民地にしてしまうことに加担してしまう。

總一郎は、それを加速させる一翼を担《にな》い、あるいは担わざるを得ないことに痛切な悲しみを覚えていた。

今は、日本人は高度成長の掛け声の下で西欧化を謳歌《おうか》している。しかしそれは必ず行き詰まるだろう。手本としている西欧人でさえ、中世やさらにもっと過去の復活を夢見ているのだから。やがて日本人も西欧人のように過去の復活を試みようとするだろう。しかしその時、日本人はいったい何をよりどころにすればいいのだろうか。

高度成長は、台風のようなものだ、と總一郎は考えている。

多くのものを破壊し、四散させてしまう荒々しい台風。沖縄は毎年の台風に堪《た》え、自身の文化を築き上げてきた。その経験から高度成長という台風が吹き荒れても、伝統の力と美しさを断固守り抜いていくだろう。そう祈りたい。沖縄の伝統と美が破壊されたら、日本は故郷を失ってしまう。

「父さんは、本当に沖縄を愛していますね」

隣に座った謙一郎《けんいちろう》が話しかけてきた。今回の沖縄の旅には、謙一郎をどうしても連れていきたかった。謙一郎は、大学院での研究が多忙だと言い、同行を喜ばなかったが、どうしてもという思いで總一郎が頼み込んだ。

中国へのプラント輸出は順調に進行している。ひと時のゆとりを感じている。このような時こそ、謙一郎と心ゆくまで話したいと思ったのだ。

總一郎は、平良敏子たちの芭蕉布《ばしょうふ》の復活を支援したり、自らも芭蕉布を愛用し、それで作られたネクタイを締めて、仕事に向かうこともたびたびあった。

「沖縄はね、日本の故郷なのだよ。本土が起こした戦争のせいで、その故郷が失われそうになった。その愚を二度と犯してはならないんだ」

總一郎は険《けわ》しい表情になった。

沖縄は第二次世界大戦で米軍の進行を食い止める防波堤の役割を担わされ、多くの住民が犠牲になった。沖縄の誇りである首里《しゅり》城は砲弾で無残な姿を晒《さら》し、青い空は空襲で朱色に染まっていたという。戦争で伝統を担う人や自然などが失われ、大切に守られてきた沖縄の文化が破壊されるのを防ぎたいと、總一郎は平良たちを支援し、芭蕉布の復活に尽力した。

「戦争のことだね」

「戦争ばかりではない。今度は本土の高度経済成長が、沖縄の文化を破壊する可能性があるんだ。そんなことがないように、私たち経済人自身が自重自戒しなければならないと思っている。今はまだ大丈夫だろうが、日本は沖縄の伝統や文化を大事にしなければ、将来、故郷を失ったさまよえる民族になるんじゃないかと心配だよ。そんな日本人など、どの国の人も評価してくれない」

總一郎は謙一郎に苦い表情を向けた。

「父さん、そろそろ到着しますよ」

「ああ……」

總一郎は、眼下の海を眺め続けていた。

「父さん、眞栄城《まえしろ》さんのご家族も空港に来ておられるようです」

「楽しみだね。啓二《けいじ》さんからの伝言を預かっているから」

眞栄城啓二は、富山工場に勤務する新人だ。富山工場は、倉敷レイヨンにとって最も重要な工場の一つである。ビニロンの量産化を開始した際、ポバール製造の拠点として選んだのが富山だ。ここがあったからこそポバールという原料からビニロンという最終製品まで、一貫して製造する能力を持つことができた。

そこで働く新人に沖縄出身者がいると總一郎は耳にした。沖縄は日本でありながら、今はまだアメリカの占領下にある。パスポートを持ち、法的には外国人のような扱いで富山で働く若者のために何かできることはないか。

總一郎は、いてもたってもいられなくなり工場長に連絡した。

「あなたのところに、眞栄城啓二さんという沖縄出身の若者がいますね」

「はい、おりますが」

工場長は、社長である總一郎からの電話に驚いた。何か不始末があったのだろうか。

「近く、沖縄を訪ねる予定にしています。彼のご両親に伝言すべきことはないか、聞いてほしいのですが」

工場長は耳を疑った。總一郎が沖縄訪問するに際して、富山工場の新人の両親に伝言するというのだ。

「眞栄城の両親に会われるのですか」

驚きつつ聞いた。

「ああ、せっかくだからね。彼に聞いてくれないか。きっとご両親はお喜びになるだろう」

總一郎の本気を確認した工場長は、眞栄城に總一郎の申し出を伝えた。工場長以上に驚いたのは眞栄城だった。社長の總一郎とは、今まで親しく言葉を交わしたことなどない。

「本当ですか？　大原さんが、両親への伝言を聞いてこられたのですか」

「本当だよ。何か伝言を言いなさい。遠慮しなくていいから」

工場長の励ましの言葉を受け、眞栄城は、考えに考え抜いた結果、「元気でやっています」とだけ伝えてくれるように言った。

「それだけでいいのか」

工場長は眞栄城の伝言を書きとめたメモを總一郎に送った。

「ここに彼の伝言を大切にしまってあるんだ」

總一郎は、スーツの胸を軽く叩いた。

4

飛行機が徐々に高度を下げる。海を渡る波の白さが、總一郎の目の前に近づいてきた。

那覇《なは》空港の到着ロビーには、總一郎を出迎えるために多くの人が集まっていた。

「大原社長、沖縄へようこそ」

弾《はず》んだ声がロビーに響いた。

真っ先に駆け寄ってきたのは、戦争中に女子挺身隊として倉敷紡績で働いてくれていた女性たちだ。その集団の中心には、芭蕉布復活に努めている平良の満面の笑顔があった。

「皆さん、元気でしたか。ようやく沖縄に来ることができました」

總一郎は、目がしらを熱くしながら、彼女の手を握りしめた。

「おかげさまで多くの人たちが芭蕉布制作に参加してくれるようになりました。私の家の工房も手狭になって新しくしました」

「それはなによりだったね。あなたの努力が沖縄の文化を守り、育てているんだね。ありがとうございます」

總一郎は、傍に立っていた謙一郎に向かって「あれを」と言った。

謙一郎は頷《うなず》き、下げていた鞄《かばん》の中から小さく折りたたんだ包装紙を取り出し、總一郎に渡した。

總一郎がそれを広げると、沖縄の空や海と同じ、鮮やかな透明感溢れる真っ青な紙だった。

平良は、不思議そうにその紙を見つめた。

「沖縄の空の色と海の色を包んだのですよ。そうしたらこんな色になったよ」

總一郎は微笑《ほほえ》んだ。

その瞬間、平良は總一郎の胸に顔をうずめ、辺りをはばからず号泣した。

「覚えていてくださったのですね」

平良は總一郎を見上げた。

「覚えていましたよ」

總一郎は微笑んだ。

平良が倉敷を離れ、沖縄に帰る際のことだ。

平良は總一郎に、「ぜひ沖縄に来てください。何もお土産《みやげ》を差し上げられませんが、海の色、空の色、その青さだけはたっぷりとあります。ぜひそれを包む包装紙を持ってきてください」と言った。それは總一郎が瀬戸内海の美しさを自慢したことへの、平良なりの返事だったのだ。

「沖縄の空と海の青さをこの包装紙に包んで、土産に持ち帰るつもりだよ」

總一郎は、青い包装紙を広げた。平良が弾むような声で笑った。

一人の男性が總一郎に近づいてきた。

「眞栄城啓二の父です。息子がお世話になっております」

がっしりした体軀《たいく》の背の高い男性だ。總一郎と同じくらいの背の高さで目線を合わせた。

「啓二さんからの伝言をお預かりしております」

「恐縮です」

男性は、緊張した表情でわずかに頭を下げた。

總一郎は、スーツのポケットからメモを取り出すと、「元気でやっています」と啓二の伝言を読み上げた。

その途端、男性の目が潤み、涙がこぼれた。深く項垂《うなだ》れ、「ありがとうございます。息子は幸せ者です」と呻《うめ》くように言った。

「啓二さんのことは私たちにお任せください。しっかり育てますから」

「社長さまにこんなことをお願いすると失礼ですが」

男性は、生真面目《きまじめ》さがそのまま表れた表情で總一郎を見つめた。

「なんなりとおっしゃってください」

總一郎の言葉に励まされ、男性は息を一つ飲み込み、「生涯の伴侶《はんりょ》を選ぶには、外見に囚われず、よく内面を見て選ぶようにと伝えてください」と言った。

「承知いたしました」

「夜走《ゆるは》らす船《ふに》や　子ぬ方星目《にふあぶしみ》あてぃ　吾《わ》んなちぇる親《うや》や　吾《わ》んどぅ目《み》あてぃ」

男性は、野太い声で静かに歌った。

總一郎は、男性の歌を目を閉じて聞いている。

「父さん、何の歌ですか」

謙一郎が聞いた。

總一郎は目を開け、「沖縄に伝わる民謡だよ。『てぃんさぐぬ花』と言うんだ。ていんさぐというのは鳳仙花《ほうせんか》のことでね。昔からその花の汁を爪に塗ると魔よけになると言われていた。それでこの歌は親の恩や教えの大切さ、ありがたさ、親が子を思う歌として歌われてきたんだ」と答えた。

謙一郎は、目を見開いた。總一郎の沖縄の古謡に対する知識に驚いたのだ。

「意味はね、『暗い夜の海を航行する船は北極星に見守られ、私を生んでくれた親は私を見守ってくれている』と私は解釈してる。どこにいても子を思う親の気持ちはありがたいものだよ」

總一郎は、そう言うと「てぃんさぐぬ花や　爪先《ちみさち》に染《す》みてぃ　親ぬゆしぐとぅや肝《ちむ》に染みり」と歌った。

謙一郎にも歌の意味は、「ホウセンカの花の汁が爪先に染みつくように、親の教えを心に染みつくようにしなさい」ということだろうと理解できた。

男性は微笑むと、「よろしいですか」と言い、總一郎に握手を求めた。

その時、平良たち倉敷で女子挺身隊として働いた女性たちからも歌声が湧《わ》き起こった。

「今日《きゆぬ》の誇《ふく》らしゃや　何《なう》にじゃな譬《たてい》る　蕾《ちぶ》でぃ居《う》る花ぬ　露《ちゆ》ちゃたごとぅ……」

沖縄の民謡で祝いの席で歌われる「御前風《ぐじんふう》」の一節だ。

「今日の嬉しいことは何にも喩《たと》えることはできない。蕾の花が朝露に出逢い勢いよく開花したような嬉しさだ」と歌う女性たち。この歌は、總一郎が沖縄から遠く離れて働く彼女たちを慰めるために聞かせたものだ。

總一郎の目に涙が溢れ、それが頬《ほお》を伝う。

「父さんは、まるで沖縄文化の庇護者のようですね」

謙一郎が呟いた。

「戦後、倉敷で沖縄の文化を再興しようともされましたし、庇護者というのは当たっておりますなぁ」

仙石が感に堪えない様子で言った。

「何を不遜《ふそん》なことを……。沖縄の文化は彼らが守るものだよ」

總一郎は、ハンカチを取り出し、涙を拭った。

彼女たちのゆっくりとした穏やかな歌声が、いつまでもロビーに響いていた。

5

最近、どうも腹の具合が悪い。

總一郎は、指先で下腹を強く押さえた。下腹が張っている。先ほどトイレに行ったばかりだが、すっきりと便が出た気がしない。顔をしかめる。

「どうされましたか」

仙石が聞いた。

「たいしたことはないと思うんだが、腹の具合が良くないんだ」

「それはいけませんね。大原病院で検査をしていただいたら如何《いかが》ですか？」

仙石が心配そうに言う。

「大丈夫さ。今、忙しいから。病院に行く時間はないよ」

總一郎は、仙石に一枚の長く巻かれた紙を見せた。毛筆の力強い筆致の文字が躍動していた。

「社訓ですか」

「戦前に定めた工場綱領を改めるつもりだ」

「あれは失礼な言い方ですが、良くできています。今も社員の心に生きています」

「そう言ってもらえると嬉しいが、しかし如何にも古い。現在の社員にはどうかと思う。六月二十四日には我が社が創立されて三十八周年になります。それを記念して新しく社訓を定めたいんだよ。良い会社というのは社員に社訓がしっかりと根づいているものだからね」

總一郎は、社訓の重要性を認識はしていた。会社も家も、そのよりどころとなる基本的な考え方がある方がいい。困難に遭遇した時、その考え方に立ち戻れば、間違った判断をしないで済む。

しかし戦前の反省が強く残っていたため、社訓を定めることを躊躇《ちゅうちょ》していた。自分の考え方を社員に押し付け、縛り付けることになりはしないかと懸念していたのだ。

多くの企業やその経営者と交流する中で、倉敷レイヨンを社会に有用な会社として未来永劫残していくためには、社訓が必要だと強く意識するようになった。

「敢《あ》えて申し上げますが」

仙石は息を詰めた。

「何を敢えて言うのかい？」

總一郎は、怪訝《けげん》な表情で仙石を見つめた。

「總一郎さんの書かれるものは難しいと評判です。もし作られるなら分かりやすい社訓をお願いします」

仙石の真面目な言い方に、總一郎は思わず噴き出した。

「何を言うかと思ったら、分かりやすくですか。はい、はい。充分に心がけたつもりですよ。まあ、読んでくれないか」

仙石は、社訓が書かれた紙に目を落とした。

「『われらは事業共同体の精華を高揚し、産業の新階梯を創成して、国家社会に奉仕することを期する』。これは工場綱領第一条の、君国に報ずるの道は云々《うんぬん》に準拠しておるんですな」

「企業の利益は社会に貢献したことの対価であるべきだという思いは、今も昔も変わらない。それにイノベーションこそ倉敷レイヨンの根本だ」

「『われらは謙虚を旨とし、進取闊達《しんしゆかつたつ》の気象と不屈の闘魂をもって事にあたる』。これも工場綱領第二条、三条の報謝敬虔《ほうしやけいけん》と職責完遂に準拠していますな」

「それと我が大原家の二三《にさん》の精神、すなわち『驕《おご》れば衰え、満は損を招き、謙は益を受く』という謙受説をとり入れている。社員には謙虚な姿勢で独創性を発揮して、独善に陥らず、進んでもらいたい」

「『われらは合理と秩序の精神を貫き、同心協力しておのおのその職責を完遂する』。なるほど、これも工場綱領第四条の同心戮力《どうしんりくりよく》ですな」

「同心戮力を同心協力に易しく言い換えたが、思いは同じだよ。私たちは協力するにしても曖昧《あいまい》さや馴《な》れ合いは好まない。それは同心協力とは言えない。あくまで合理的で秩序の精神を貫くべきだと思っている」

総一郎は、はっきりとした口調で言い、「どうかな」と仙石に問いかけた。

仙石は社訓が書かれた紙から目を離し、「結構です。格調もあり、分かりやすく、今までの考えも踏襲されております。要するに、『世のため、人のため、他人《ひと》のやらないことをやる』ということですな」と答えた。

「分かっていただけたかな。その通りです」

「だってこれは總一郎さんの生き方、そのものですからね」

「仙石さんに評価してもらって、ほっとしたよ。ここまでなんとかやってこられたのは、本当に仙石さんたちのおかげだから。この社訓は社員の皆さんへの私からのメッセージだが、私自身の自戒でもあるんだ」

總一郎は、神妙な顔をした。

「何をおっしゃいますか。總一郎さんあっての倉敷レイヨンです。中国でのプラント建設も順調に進んでおります。来年には、ぜひとも完成披露式典に中国へ行っていただきたいと思っております。また人工皮革『クラリーノ』の発売も控えております。まだまだこれからですよ」

仙石は、強い口調で言った。

「そうだね。まだまだだね」

總一郎は笑みを浮かべた。下腹が少し疼《うず》くような気がして、手を当てた。

——検査をしてもらうかな……。

ふと弱気の虫が動いた。

「それじゃあ行きましょうか」

仙石が促した。来年度入社予定の内定者を倉敷に呼んでいた。

「会議室だね」

「来年は文系理系合わせて一〇〇人ほど採用します。そのうちの五人を呼んでいます。これから總一郎さんのスケジュールに合わせて順次、呼んでいく予定です。彼らと一緒に食事をしていただいて、彼らにはその後、工場など施設を見学してもらいます」

「若い人に会うのは楽しみだなぁ」

總一郎は、腰を上げた。

会場となっている会議室に入ると、内定した学生が一斉に立ち上がった。誰もが初々しさに溢れ、緊張した表情で總一郎を見つめている。

「座ってください」

總一郎は親しく声をかけ、席についた。彼らも腰を下ろした。

「何か食事は出るの？」

總一郎が仙石に聞いた。

「うどんを用意しています」

学生たちが一瞬、目を丸くした。何故うどんが出るのか、という表情だ。もっと豪華な食事が出されると期待していたが、うどんと聞いていかにも落胆した様子の者もいる。

「ここのうどんは美味《うま》いよ」

總一郎は、にやにやしながら言う。

「悪いねぇ。うどんは僕の大好物なんだ。みんなは嫌いかな」

「いいえ、好きです」

一人の学生が大きな声で答えた。それにつられるように、他の学生たちも「好物です」と声を合わせた。

「仙石さん、良かったね。みんなうどん好きだそうだ」

「はい、仲間ができましたな」

仙石が愉快そうに笑った。

うどんが運ばれてきた。湯気が總一郎の眼鏡《めがね》を曇《くも》らせる。

「さあ、遠慮なく食べなさい。お代わりしてもいいんだよ」

總一郎は、早速、割り箸《ばし》を割ると、勢いよく音を立てて、うどんを啜った。

警戒していた学生たちも總一郎が率先して箸をつけたので、音を出して啜り始めた。

いいものだな。こちらも元気になる。

總一郎は、学生たちが美味しそうにうどんを啜るのを眺めていた。しかしいつものようにお代わりする気力は湧いてこない。どうも下腹にうどんが詰まっているような感覚がして、食が進まない。

目の前にいる学生のことが気になった。どことなく中国戦線で亡くなった芝田《しばた》に似ている。

「君の名前は？」

總一郎は箸を置き、話しかけた。

「和久井康明《わくいやすあき》と言います。東大経済学部を来春、卒業予定です」

元気な声だ。目が生き生きしている。

「出身はどこだね」

「本籍は岩手県盛岡《もりおか》です」

「ほほう、宮沢賢治《みやざわけんじ》だね。岩手の人がどうして我が社に入ろうと思ったのかな。岩手じゃ我が社はあまり知られていないだろう」

總一郎は、親しげに話しかけた。

和久井はうどんを食べていた箸を置き、目を輝かせた。

「大原總一郎という人物に憧れて入社を希望しました」

「私に」

総一郎は、自分を指差し、目を見開いた。自分自身の置き場所に困ってしまい、隣にいる仙石に顔を向けた。仙石は、和久井の言葉など、耳に入らぬといった風情で悠々とうどんを啜っている。

「そうです」

和久井は、はっきりした口調で言い、胸を張った。

「私なんかに憧れるとは、君、どうかしているよ」

照れたように言った。

「『世界』に社長がお書きになった、ビニロンプラント輸出に関する論文を読ませていただきました」

昭和三十八年（一九六三）九月に刊行された雑誌『世界』（岩波書店）に掲載された「対中国プラント輸出について」という論文のことだ。

「あれを読んでくれたのか」

總一郎は、相好《そうごう》を崩し、もっと和久井の話を聞きたいと思い、箸を置いた。

「感動しました。特に『私は私の義務を果たしたいと思う』というところ、そして『私はいくばくかの利益のために私の思想を売る意思を持ってはいない』という箇所には、胸が震《ふる》えました。単なる儲け主義ではない会社があるんだと思い、ぜひこの会社にお世話になりたいと思ったのです」

和久井は、總一郎を真《ま》っ直《す》ぐ見つめた。

總一郎は、その目のまばゆさに目を細めた。

他の学生にも顔を向けた。皆が、總一郎を見つめている。

「總一郎さん、嬉しいですな。プラント輸出をした甲斐がありました」

仙石が満足げに微笑んだ。

「そのようだね。今日はいい日になったなぁ。未来を託す若い人と出会うことができた。これで我が社も安泰だね。感謝します」

「總一郎さん、まだまだやるべきこと、やってもらいたいことがいっぱいあります」

仙石の言葉に總一郎は頷きつつ、目がしらに熱いものが込み上げてくるのを抑えることができなかった。

6

昭和四十年（一九六五）八月十三日、中国で進めていたビニロンプラント工場が遂に完成した。日本と中国を結びつけたビニロンプラントは、予定よりも八カ月も早く完成した。

十月、完成したビニロンプラント工場を視察するために、總一郎は初めて中国大陸の地を踏んだ。

總一郎は、プラント建設に従事した社員一人一人の手を取り、「皆さん、ご迷惑をおかけしました。おかげでこれだけ早く工場が建設しました。ありがとうございます。一日でも早く日本へお帰りいただけるように手続きいたします」と感謝の言葉をかけた。

社員たちが「中国の人たちの温かさに触れられましたし、食事も美味いですし、もう少し中国にいても構いませんよ」と話すと、期せずして全員から高らかな笑い声が湧き起こった。どの笑いも喜びに溢れ、不満や屈託は微塵《みじん》も感じられなかった。

工場周辺には、總一郎を歓迎するために中国の人々が数多く集まっていた。

總一郎が群衆に驚いていると、日中関係の最高責任者である廖承志《りょうしょうし》が「中国人民は、あなたのことを中国人民のために日本政府を説得し、動かしてくれた資本家だと感謝しているのです」と話しかけてきた。

「お役に立てて幸いです」

總一郎は握手を求める廖の手をしっかりと握りしめた。

帰国して間もなく、總一郎の身体に癌《がん》が見つかった。直腸癌だった。最近の体調不良は、やはり癌が原因だったのだ。

医者から診断結果を聞いた際、交流のあった陶芸家河井寛次郎《かわいかんじろう》の、「この世に招かれてきた我等」という言葉が心に浮かんだ。

「この世に招かれ、いくばくかの義務、役割、責任というものを果たし、一方で自在に楽しみ、そして再び天に帰る。この繰り返しなのだ」と總一郎は理解した。そう考えるとなんとなく落ち着いた気持ちになる。悲嘆にくれることもなく癌を従《しょう》容《よう》として受け入れた。

昭和四十二年（一九六七）四月十二日、国立がんセンター病院で手術をする。思うように体調が回復しないまま、十二月五日の常務会に出席した。總一郎には、この日が最後の常務会になるだろうという予感があった。

「これを書いてきたよ」

色紙の束を仙石に手渡した。

それらには力強く「親和」や「温故」、「日新」などの二文字と日付、大原總一郎の名前が書かれていた。

病院で書きためたものだった。定年退職者に渡す色紙だ。

定年退職者の一人一人に直筆の色紙を渡すようになったのは、昭和三十七年(一九六二)からのことだ。それはある退職者の発言がきっかけだった。

總一郎は定年退職者の集まりに参加し、彼らと談笑していた。その時一人の参加者が「長年、勤務したのに社長から手紙一つ、お父さんはもらえなかったねと家族に言われてしまいました」と苦笑いを浮かべた。

「それじゃ色紙を書きましょう」

總一郎は、その場で即座に約束し、その時から定年退職者の一人一人に向けて色紙を書くようになったのだ。

「病室でお書きになったのですか」

仙石は、思わず胸が塞《ふさ》がれるような思いに囚われた。ベッドの上で起きるのも自由にならなかったのを知っているだけに、なおさらだ。

「みんなの顔を思い浮かべるだけでも楽しいことだよ」

總一郎は微笑み、「困難に遭遇した時、あるいは反対に好調すぎて安易な道を選択しそうになった時、そんな時は倉敷レイヨンの社訓に立ち返ってください。『世のため、人のため、他人《ひと》のやらないことをやる』、この精神で絶えずイノベーションに挑戦してください」と、いつにも増して力強く役員たちに言った。「世のため、人のため、他人のやらないことをやる」とは、仙石が社訓をさらに分かりやすく言い換えた言葉だ。總一郎は、この言葉を気に入って多用していた。

總一郎が予感した通り、この日が最後の常務会出席となった。

十二月二十日、国立がんセンターで再度手術を行った。

「なあ、真佐子《まさこ》、あなたと同じ墓に入りたいと思うが、どうかなぁ。あなたはカソリックだから、私も洗礼を受けてカソリックにならないと同じ墓に入れないだろう。嫌か？」

總一郎は、ベッドに横たわりながら、寄りそう妻の真佐子に話しかけた。その顔は、頬がこけ、往年の力強さにはほど遠かったが、それでも目だけはしっかりと輝いていた。

「弱気は禁物《きんもつ》ですよ。必ず良くおなりになります」

真佐子は胸が張り裂けんばかりの悲しみを抑え、無理に笑みを作った。最近、總一郎は、何度もカソリックになるための洗礼を受けたいと言う。

真佐子は、受洗した途端に總一郎が死んでしまうのではないかと恐れ、それを真剣に取り合わないようにしていた。

「嫌なのか」

「嫌ではありません。同じお墓に入るなど、信じる神様が違っても可能なことです」

「私は真剣だよ。こういうことはきちんとしておかないといけない。私が真佐子と同じ墓に入るためには、カソリックにならないといけないだろう」

「頑固ですね」

真佐子は、何事もきちんとしておかないと気に入らない總一郎らしいと思い、おかしみを覚えた。

「真剣にお願いするから。洗礼を受ける手配をしてくれないか」

總一郎は、強く真佐子を見つめ、その手を握りしめた。真佐子は、思わず涙ぐんだ。胸が詰まって言葉が出ない。真剣なまなざしに打たれてしまった。そして「分かりました」と頷《うなず》いた。

「覚えているかなぁ。フィレンツェのヴィットリオ・エマヌエル二世記念堂で、シューマンの『交響曲第一番』の〈春の交響曲〉を聴いたこと」

總一郎は、真佐子との新婚時代、欧州で暮らしたことを思い浮かべていた。

「ええ、はっきりと覚えています。四月のフィレンツェの街は春の日差しに溢れ、うっとりとするほど暖かく、いろいろな花が競うように咲き誇り、小鳥が陽気に歌っていました。その中を私たちは驢馬《ろば》が引く白い馬車に乗って劇場に向かいましたね。まるで夢のようでした」

「そう、夢のようだった。何ものにも代えがたい地上の天国だったね……」

總一郎は呟くように言った。

「病気を治して、もう一度連れていってくださいませね」

真佐子が励ました。

それには總一郎は弱々しい微笑みで応えただけだった。

「天あり、命《めい》あり……」

總一郎が天井の一点を見つめて言った。

「死生、命あり。富貴、天にあり、でしょうか」

真佐子が『論語《ろんご》』の一節を口にした。人の生死や富貴は、人間ではどうしようもない。天の命ずるままだと解釈されている言葉だ。

「私たちは、なんらかの果たすべき義務を担って天からこの世に遣わされてきて、その義務を果たした後に、天に召されるのだろうね。そう思うんだ。私は、自分自身の義務を果たしたのだろうか」

總一郎は、食い入るように真佐子を見つめた。

「あなたは充分に義務を果たされましたよ」

真佐子は涙を流しながら、總一郎の手を強く握った。

「ありがとう」

總一郎は心から安心したかのように屈託のない笑みを浮かべ、真佐子の手を握り返した。その力は、真佐子が驚くほど強かった。

昭和四十三年（一九六八）七月十七日、カソリックの洗礼を受けた。洗礼名、ヨセフ。

同月二十七日午前三時二分、永眠。享年《きようねん》五十八。

板画家・棟方志功は、

「泣いても叫んでも、あの大原さんはもう帰ってこないのだと思うと胸がかきむしられるような気持ちです。大原さんは日本の美の最大の理解者でした。大原さんの死は、いわば日本の芸術の魂が失われたことを意味します」

と嘆き悲しみ、しばらくの間、板画の制作ができないほど失意に沈んだ。

エピローグ

――ビニロンプラント輸出五十周年記念式典の会場――

謙一郎《けんいちろう》は、気を取り直して、再び舞台に設置されたスクリーンに映る總一郎《そういちろう》の写真を見た。

――ちゃんと挨拶しろ。皆さんがお前の言葉を待っているぞ。

總一郎の声が聞こえてきた。

「このような機会をいただき、大原《おおはら》總一郎の血脈に繋がるものとして、まことに嬉しく、関係者の皆さまに感謝の気持ちでいっぱいであります」

謙一郎は話し始めた。

国産の技術を高めることが日本を復興させる唯一つの道だと信じて、總一郎は社員たちを励まし続け、ビニロンの事業化に成功したこと。

次に總一郎は、その技術が中国の人々を救うと信じ、日本やアメリカの反対に抵抗してプラント輸出に突き進んだ。社員たちも總一郎と一緒に抵抗する人たちと戦い、プラント輸出が実現し、中国に根づいたこと。

「この事業が成功したのは、短絡的なまなざしではなく、悠久の歴史を眺める長い目と、目先の現象に左右されない深く強い信念、そして日中両国の事業家と技術者の努力の賜物《たまもの》であります。多くの困難を乗り越えて実現されたこのビニロンプラントの物語が、五十周年を迎えた今日も、そして将来に亘《わた》っても、日中両国に長く記憶され、語り継がれていくことを期待しております」

謙一郎は、話を終え、聴衆に深く一礼した。

拍手が湧《わ》き起こった。

壇上から下りる時、總一郎の写真に頭を下げた。總一郎の写真の口角が引き上がり、微笑《ほほえ》んだように見えた。

「お疲れ様でした。なかなか良かったです」

席に戻ると、社長の伊藤文大《いとうふみお》が眼鏡《めがね》の奥の目を細めて、話しかけてきた。

「緊張しました。父がずっと傍にいるような気がしたものですから」

謙一郎は苦笑した。

「そうでしょうな。總一郎さんは、今もまだもっと先を見つめておられますから。謙一郎さんが緊張されるのも無理はありません」

「え？　父は、伊藤さんがおっしゃった百年先より、もっと先を見つめているってことですか」

謙一郎は、壇上の總一郎の写真に目を向けた。

「はい。百年なんてもんじゃありませんよ。總一郎さんが経産省に抵抗してビニロン原料のポバール製造を実行してくださったおかげで、我が社はポバール製造世界一になり、液晶テレビのフィルムなど、ポバール関連事業でも世界一になりました。總一郎さんが繰り返し言われた、『真に恃《たの》むべきは模倣や他人の知識の買収ではなく自らのうちにある力のみ』という信念、すなわち『世のため、人のため、他人《ひと》のやれないことをやる』という信念が我が社に脈々と続いていますからね。次の百年に向けてその信念を貫きます」

伊藤は強い口調で言い、大柄な身体《からだ》を謙一郎にぐっと近づけた。「私はですね、總一郎さんは言葉を残した経営者だと思うんです。言葉が我々の中に生きている限り、總一郎さんは永遠に私たちの中で生きています。経営者の最も重要な役割は、社員や世間の行動の規範になるような言葉を残すことではないでしょうか。私たちの心にぐっと迫り、沁み込むような言葉をです。これが、百年先よりもっと先を見つめておられるという意味です」

そう言った後、伊藤は再び總一郎の写真に向き直ると、手を合わせて、低頭した。

「言葉を残した経営者か……。伊藤さんもなかなかいいことを言いますね」

会場の広い窓を覆っていたカーテンが一斉に開いた。庭園が現れた。緑の木々が陽光に輝いている。謙一郎は、あまりのまばゆさに目を細めた。

「今日、大原《おおはら》總一郎の子であることに誇りを覚えます」

謙一郎は無意識に呟いていた。

〈了〉

特別収録対談

「百年先の日本をつくる」という大きな視点を持った経営者

伊藤正明（株式会社クラレ　代表取締役社長）
×江上剛（作家）

実はあれもこれもクラレの製品

江上　国産第一号の合成繊維「ビニロン」の事業化を実現させるだけでなく、国家を動かして、国交回復前の中国にビニロンプラントを輸出することも成し遂げた、稀代《きだい》の名経営者。クラレを創り上げた大原總一郎《おおはらそういちろう》の半生を描いた作品が、本作です。

本作を描くことになったきっかけは、JAXAで人工衛星の取材をしたときに、人工衛星の保護フィルムを留めるのに「マジックテープ」が使われているのを見たことでした。ギザギザの面同士を貼り合わせる、財布や靴などでよく見かけるテープがこんなところでも使われているのか、と驚き、記事に書いたところ、伊藤文大《ふみお》さん（クラレ前社長）に「マジックテープはクラレの登録商標です」というご連絡をいただいたことから、クラレに強く興味を持ちました。

普段何気なく使っているけれども、実はクラレの製品というものは、マジックテープに限らず、たくさんありますね。

伊藤 ありがとうございます。最も有名なのは、ランドセルで使われている人工皮革の「クラリーノ」だと思いますが、実は、フードコートやファストフード店でよく見かける、ピンクやグリーンのチェック柄が入ったメッシュのふきん、「カウンタークロス」もクラレの製品です。

江上 液晶テレビやスマートフォンの画面に使われている光学用のポバールフィルムも、クラレがつくっているんですよね。

伊藤 はい。このフィルムに関しては、当社が世界で約八〇％のシェアを握っています。その他にも、数多くの製品で国内外のトップシェアを持っています。ビニロンは今も世界で一〇〇％のシェアですし（中国を除く）、カツオ節のパックや自動車のガソリンタンクで使われている「エバール」という樹脂も、世界六五％のシェアです。また、国内ではマジックテープや歯科用接着材が、それぞれトップシェアを占めています。

「他人《ひと》のやれないことをやる」を体現

江上　これだけ数多くのトップシェアの製品を持つ企業に成長できたのは、大原總一郎の功績が大きいのではないでしょうか。

伊藤　そうですね。当社の企業理念である「世のため人のため、他人《ひと》のやれないことをやる」という言葉は、總一郎が社長をしていた頃に多用していた言葉です。今でも、新たな事業を始めるときには、「それはクラレがやるべきことなのか？やって意味があるのか？」という議論が社内でよくされるのですが、これは「他人のやれないことをやる」という精神がクラレに息づいているから。だから、他社にない製品を数多く生み出せ、シェアも獲得してこられたと思います。

江上　總一郎が「他人のやれないことをやる」を体現して見せたのが、「ビニロン」でしたね。

伊藤　本作でも描かれているように、戦後、製造しやすく汎用性の高いナイロンが一世を風靡《ふうび》するなか、總一郎は、あえてビニロンにこだわった。しかも、原料のポバールからつくろうとしました。通産省からは「糸屋は糸だけにしろ」「ポバールなんかやめとけ」と言われながらも、かたくなに自分の信念を貫き通したわけです。

江上　そうやって他人のマネをしなかったことが功を奏し、ビニロンとポバールはクラレ躍進の原動力になりました。

伊藤　ビニロンは水に溶けやすい弱点を克服することで、学生服で使われるようになりましたし、今もトップシェアを持つ光学用ポバールフィルムやエバールも開発できた。エバールは、ポバールと他の原料を組み合わせてできたものです。ビニロンにこだわり、原料から一貫して生産していなかったら、今のクラレはありません。

江上　前社長の伊藤文大さんが、總一郎のことを「百年先が見えた経営者」だと言っていましたが、大げさでなく見えていたのかもしれませんね。そうでなければ、戦後のお金のない時期に、二億五〇〇〇万円の資本金しかなかった会社が、「法王」と恐れられた日銀の総裁のもとに出向いて、一五億円も融資してほしいなどとは言えません。

伊藤　いくら創業家の人間だからといって、会社に対する負担を考えたら、資本金の六倍の融資を求めるなど、普通はできません。それだけ、本気で実現できると信じていたわけですから、その先見性と勇気には驚かされます。

松下幸之助は彼を「美しい経済人」と評した

江上　總一郎は、他にも、良い言葉をたくさん残していますね。

伊藤　はい。總一郎や、その父である創業者の大原孫三郎《まごさぶろう》の言葉は、これまで経営理念やスローガンなどで使われてきたのですが、二〇一五年に整理して「企業ステートメント」としてまとめ直しました。

たとえば、「私たちの使命」では、「世のため人のため、他人のやれないことをやる」に加えて、「私たちは、『独創性の高い技術』で『産業の新領域を開拓』し、『自然環境と生活環境の向上』に寄与します」という言葉を掲げているのですが、これらはまさに總一郎の言葉を整理し直したものです。

私は、この企業ステートメントを自分の机の横に置いて、いつも見ているのですが、改めて、大事にしていかなければいけない言葉だと感じています。

江上　「自然環境と生活環境の向上」というのは、近年、ＳＤＧｓ（持続可能な開発目標）やＥＳＧ投資（環境、社会、ガバナンス要素を考慮した投資）が注目されるようになってから、さまざまな企業で言われるようになりましたが、總一郎は、高度成長期の時点で「公害問題は企業が片付けるべきだ」と言っていましたね。そんなことを、公の場で述べた日本の経営者は、總一郎が初めてだったのではないかと思います。

伊藤　創業者の孫三郎も、足尾《あしお》鉱毒事件の現場を自分で見に行っていましたから、總一郎もそういう話を聞いて、「企業が、公害を撒き散らしてはいかん」と強く思ったのでしょうね。總一郎の残した言葉を読んでいて思うのは、よき企業人の前に、よき一般市民であろうとしていること。一市民として考えたときに、自分の周りの平穏で幸せな環境を壊すというのは、何よりもやってはいけない、と考えたのでしょう。

江上　總一郎は昔から、「企業の利益は、社会貢献の結果としての利益だ」ということも述べていました。一企業よりも、社会が良くなることを考えていたのでしょうね。

伊藤　先代の孫三郎は大原社会問題研究所を設立していましたし、總一郎自身も、日本フェビアン研究所の活動を通して、日本の行く末を考えていました。先ほど、「總一郎は、百年先が見える経営者」という話が出ましたが、總一郎の語録や行動をたどってみると、百年後のクラレだけでなく、百年先の日本をつくりたいという、もっと大きな視点を持っていたのではないかと思います。

江上　国交が樹立されていない時期に、中国にビニロンのプラントを輸出しようとしたことも、クラレの繁栄のためだけではなかったそうですね。

伊藤　總一郎は、戦争に対して強い贖罪《しょくざい》意識を持っていました。病気で戦地にいけなくなったこともあって、少しでも国に貢献しようと軍需工場を作ったわけですが、その結果、工場が爆撃され、犠牲者を出してしまった。そして戦争を通して、中国の人たちに塗炭《とたん》の苦しみを味わわせてしまった、と。だから、ビニロンプラントを輸出すれば、繊維不足で苦しむ中国の人々に、少しは償《つぐな》いになるのではないか、と考えたわけです。

江上　国交のない国にプラントを輸出するというのは、政治的な問題にまで発展する話ですからね。実際、国内外から反対があったわけで、一企業人の行動とは思えませんでした。

伊藤　總一郎には、ノブレス・オブリージュ（財産や地位のある人には社会的な責任と義務があるという考え方）があったのだと思います。だから、行動せずにはいられなかったのでしょう。

江上 松下幸之助は、總一郎が亡くなった後に、「非常に美しい経済人」「『日本人はこんなものだ』という見本に、僕は大原さんを持っていきたい感じがしますなあ」と語ったそうですが、それは、一企業の利益ではなく、社会全体の利益を考える總一郎の姿勢に感銘を受けたのでしょうね。

我々は幸せになるために働いている

江上 企業ステートメントにまとめた總一郎の言葉のなかで、伊藤社長が強く意識している言葉は、他にもありますか。

伊藤 私たちの信条にある、「安全はすべての礎《いしずえ》」は、非常に強く意識しています。

總一郎は、社長をしていたときに、「我々は幸せになるために働いているんだ。だから、会社で働いたことで、病気になったりケガをしたりと不幸になるようなことはあってはいけないんだ」ということを何度も言っているんですね。私も、社長になる前から、その言葉に強く影響を受け、実際に行動に移してきました。

江上　たとえば、どのようなことを？

伊藤　私は、二〇〇七年からビニロンの生産部長をしていたのですが、当時、ビニロンの生産現場では毎年のようにケガ人が出ていたんですよ。というのは、ビニロンは製造の過程で素材が機械のローラーに巻きつくことがあるのですが、いちいち機械を止めて巻き付くのを直すと、大きなロスになります。だから、機械を動かしながら取ろうとするのですが、それでローラーに接触してケガをする事故がよく起こっていました。そこで、私の任期の間に、このようなケガをゼロにしようと決意しました。

江上　ただ、現場の人は使命感もプライドもありますから、簡単にはいかなかったのでは？

伊藤　ええ。私は、他の部署から来た人間なので、頭ごなしに言っても「あなたに何が分かるのか」となるだけです。現場の社員たちは、生産効率が下がるので、機械を止めたくない。ベテランの職人さんからは「問題なく取れるので、機械を止める必要はない」と言われました。

しかし、これによって不幸な社員を生み出すことはしたくなかったので、諦めなかった。「効率が下がってもいいから、やめよう」と根気よく話を進め、二年かけてようやく納得してもらいました。

江上　近年、日本のメーカーの品質偽装が相次ぎましたが、その背景にあるのは生産効率を下げたくないという思い。要は、数字でしか判断しない経営者やマネジャーが多いからですが、伊藤社長の行動は、それとは真逆ですね。

伊藤　会社は儲かっているけど、社員が幸せだと思えない会社は、やはりダメだと思うんですよ。私は、社員一人ひとりがよりよく生きられるような会社をつくりたい。こうした考えに至ったのも、總一郎や孫三郎に学んだからだと思っています。

江上　日本全体を良くすることを考えながら、社員一人ひとりのことも大切にする。總一郎のようなバランス感覚のある経営者が、これからの日本には求められているのではないでしょうか。

主な参考文献

『大原總一郎年譜〈資料編〉』（株式会社クラレ）
『米軍資料で語る岡山大空襲』日笠俊男著（岡山空襲資料センター）
『大原總一郎——へこたれない理想主義者』井上太郎著（中公文庫）
『大原總一郎随想全集　全四巻』大原總一郎著（福武書店）
『戦後復興と大原總一郎』兼田麗子著（成文堂）
『戦後日中関係と廖承志』王雪萍編著（慶應義塾大学出版会）
『倉敷からはこう見える』大原謙一郎著（山陽新聞社）
『大原總一郎の経営理念とその実践』山上克己著（財団法人労働科学研究所）
『戦後日本経済史』内野達郎著（講談社学術文庫）
『大原孫三郎——善意と戦略の経営者』兼田麗子著（中公新書）
『わしの眼は十年先が見える——大原孫三郎の生涯』城山三郎著（新潮文庫）
『脱占領時代の対中政策』小山展弘著（志學社）
『幻の棟方志功』株式会社クラレ（財団法人大原美術館）

『旧約聖書ヨブ記』関根正雄訳（岩波文庫）
『「非常時の男」一万田尚登の決断力』井上素彦著（財界研究所）
『日々美の喜び――民藝五十年』外村吉之介著（講談社）
『大原孫三郎傳』大原孫三郎傳刊行会編（大原孫三郎傳刊行会）
『東レ』井上正広・大西富士男・村松高明著（出版文化社新書）
『近代日本総合年表　第四版』（岩波書店）
『値段史年表』週刊朝日編（朝日新聞社）
『日本化学繊維産業史』日本化学繊維協会編（日本化学繊維協会）
『石油化学ガイドブック』（石油化学工業協会）
日本経済新聞「私の履歴書」（平良敏子）

その他クラレ提供の社史、資料、新聞記事など多数。

本書は二〇一六年六月にＰＨＰ研究所より刊行された『天あり、命《めい》あり　百年先が見えた経営者　大原總一郎伝』を改題し、加筆・修正したものである。

著者紹介
江上　剛（えがみ　ごう）
1954年、兵庫県生まれ。早稲田大学政治経済学部卒業。77年、第一勧業銀行（現みずほ銀行）入行。人事、広報等を経て、築地支店長時代の2002年に『非情銀行』で作家デビュー。03年に同行を退職し、執筆生活に入る。
主な著書に、『失格社員』『会社人生 五十路の壁』『ラストチャンス 再生請負人』『庶務行員 多加賀主水が許さない』『我、弁明せず』『成り上がり』『怪物商人』『翼、ふたたび』『クロカネの道』『奇跡の改革』『住友を破壊した男』などがある。

ＰＨＰ文芸文庫　百年先が見えた男

2019年５月22日　第１版第１刷

著　者　江　上　剛
発行者　後　藤　淳　一
発行所　株式会社ＰＨＰ研究所
東京本部　〒135-8137 江東区豊洲5-6-52
第三制作部文藝課　☎03-3520-9620（編集）
普及部　☎03-3520-9630（販売）
京都本部　〒601-8411 京都市南区西九条北ノ内町11
PHP INTERFACE　https://www.php.co.jp/

組　版　朝日メディアインターナショナル株式会社
印刷所　図書印刷株式会社
製本所　東京美術紙工協業組合

ISBN978-4-569-76891-5